D1877519

पार

(उपन्यास)

श्रीकांत वर्मा स्मृति पुरस्कार से पुरस्कृत

पार

वीरेन्द्र जैन

वाणी प्रकाशन

वाणी प्रकाशन

4695, 21-ए, दरियागंज, नयी दिल्ली 110 002

फ़ोन : +91 11 23273167 फ़ैक्स : +91 11 23275710

शाखाएँ

अशोक राजपथ, पटना 800 004, बिहार

कॉफ़ी हाउस कैम्पस, महात्मा गांधी मार्ग, इलाहाबाद 211 001, उत्तर प्रदेश

महात्मा गांधी अन्तरराष्ट्रीय हिन्दी विश्वविद्यालय, वर्धा 442 001, महाराष्ट्र

www.vaniprakashan.com
marketing@vaniprakashan.in
sales@vaniprakashan.in

Paar
by Virendra Jain

ISBN : 978-81-7055-346-5
Novel

© वीरेन्द्र जैन

हार्डबैक प्रथम संस्करण 1994
हार्डबैक द्वितीय संस्करण 1998
हार्डबैक तृतीय संस्करण 2012
हार्डबैक चतुर्थ संस्करण 2022

मूल्य : ₹ 395

इस पुस्तक के किसी भी अंश को किसी भी माध्यम में प्रयोग
करने के लिए प्रकाशक से लिखित अनुमति लेना अनिवार्य है।

आर.के. ऑफ़सेट, शाहदरा, दिल्ली-110 032 में मुद्रित

वाणी प्रकाशन का लोगो मक़बूल फ़िदा हुसेन की कूची से

‘डूब’
के शुरुआती
तीन पाठकों
सर्वश्री राजेन्द्र यादव
डॉ० निर्मला जैन और
डॉ० विश्वनाथ त्रिपाठी को
‘डूब’ का अगला पड़ाव

आर

मुइया राउतनी रही, न जनी।

मुइया इस खेरे की रही, न उस खेरे की।

मुइया माई रही, न मुखिया माई।

मुइया अपने मन की रही, न अपने जन की।

अपने लिलार की इबारत को नहीं मेट पाई मुइया।

देह ने दगा दी मुइया को।

देह के आगे हारी मुइया अब सब दिन उस कुघड़ी को कोसती है, जब उससे वह चूक हुई थी।

चूक ऐसी कि मेटी न जाए, सीख ऐसी कि भेंटी न जाए।

कई बसकारे बीते, तब की बात है। मुइया माँ बनी थी। मौढ़ा जना था मुइया ने। मुखिया ने ऐलान किया था—मुइया के मौढ़ा का नाम बजेगा—गुनिया!

गुनिया यानी अगला मुखिया!

सुनकर फूली न समाई थी मुइया। मैं बचुआ जनमते ही हो गई मुखिया-माई!

हरदम अपने बचुआ को निहारती। लाड़ लड़ाती, लाड़ बरसाती।

अगला मुखिया होगा मोरा बचुआ! मोरा लाड़ला!

अभिमान से, ठसक से, फूली न समाती मुइया। खेरे में न अटती मुइया। अपने आस-पास, दिग्-दिगंत तक चित्त न धरती मुइया।

दो बसकारे राजी-खुशी बीत गए। फिर आई मुइया पर विपद आपद। मौढ़ा ने मुइया का दूध जुठारना छोड़ दिया। स्तन से मुँह लगाना छोड़ दिया। लाख जतन किए पर हेर के न दे। मुँह फेर-फेर ले। जमाने भर का अल्ल-बल्ल खाए, पर माई का दूध आँखों को भी न सुहाए।

मुइया की जान आई सांसत में। आपद को तो उसने खुद ही टेर लगाई थी। लाड़ में एक-दो रोज छिरिया का थन गुनिया के मुँह में धर दिया। गुनिया उसे उसी तरह चूस गया जैसे माई के स्तन को चूसता था। तीसरे रोज गुनिया की एक ही जिद—छिरिया का थन दो मुँह में, माई का नहीं! डाँटा, डपटा, भूखा, निर्जला रखा। सब व्यर्थ। गुनिया की एक ही रट, एक ही टेर, एक ही गुहार—छिरिया के थन से छलकाओ फुहार।

बेटा भूखा हो तो माई के मुँह तक कौर कैसे जाए!

एक दिन, दो दिन, तीन दिन—मुइया कलेजे पर पत्थर रखे रही। कोई उपाय तजबीजती रही। इस बीच गुनिया ने भूख मिटाने की नई तरकीब खोज ली। टपरा में जो गिरा मिला, भखोस लिया। टपरा के बाहर जो नजर आया, गले के नीचे उतार दिया। सत्रह तरह के कंद-मूल, व्यंजनों का स्वाद पा जाने के बाद माई का दूध सुहाने का सवाल ही नहीं रहा।

मुइया की जान आफत में। कहते बने, न सहते बने! मुखिया का हुकुम था—पाँच बसकारे तक गुनिया को माई का दूध पिलाया जाए। यहाँ दो बसकारे बाद ही गुनिया छरक गया।

करते-कराते औरों को भी खबर लग गई। खूब भद्द पिटी मुइया की। मुखिया ने कोई दंड नहीं दिया, प्रायश्चित करने को नहीं कहा, इसी को गनीमत मान कर मुइया का गम कम हुआ।

पर गनीमत कहाँ थी उसमें! जिस-तिस तरह बसकारा बीता। ठंडे दिन, ठंडी रातें आईं। हवा के झोंकों से देह किटकिटाई—कि मुइया की देह ताप माँगने लगी।

मुइया दुविधा में!

मुइया घोर संकट में!

मुइया विकट उलझन में!

मुइया निपट अकेलेपन में!

देह की मंशा पूरी करती है तो मुखिया-माई का आसन डोल उठेगा। मुखिया के, खेरे के कोप का भोग बनेगी। बिरादरी बाहर कर दी जाएगी।

यह सब भी मंजूर। देह को ताप मिले तो!

संकट यह कि ऐसा करेगा कौन? देह का ताप हरेगा कौन?

कौन है इस खेरे में ऐसा जन, जो उपतकर तपाए मुइया का तन-मन!

ताप की चाह की मारी मुइया की देह जुड़ा-जुड़ा जाती है। हाड़-हाड़ काँपता है। अपना जन साथ दे तो चुपके से कोई उपाय भी करे। जड़ी-बूटी खाकर जनने से बचने और देह को ताप देने का जतन करे मुइया। जैसा वे करती हैं जिनका जन सिधार गया है, कि जिन्हें किसी ने फिर से अपनी जनी नहीं बनाया।

अपना जन साथ देगा, इसमें संदेह है मुइया को।

वह क्यों साथ देगा भला! उसे देह की कौन कमी है! बाँका-जवान है। खेरे की कितनी तो जनीं, कुंवारीं तक आँखन के दोई गटा फाड़कर हेरती फिरती हैं सब दिन उसको!

मुइया क्या करे!

देह की मंशा पूरी कैसे करे?

देह को ताप कैसे पहुँचाए?

देह को कब तक दबाए?

अभी तो उमर पड़ी है सामने!

यह कैसी मुसीबत में डाल दिया मुखिया ने! कब का, किस कुसूर का बदला चुकाया मुखिया ने!

मोरी मंशा, मोई उमर, मोरी मति, मोई गति पर काहे विचार न किया मुखिया ने!

मुखिया-माई बना कर मोए अपनी ही देह की हरजाई बना दिया मुखिया ने!

ऐलान कर दिया कि मोई कोख से पहले ही जने बचुआ का नाम बजेगा—गुनिया!

गुनिया की माई को बच्चा जनने पर पाबंदी है, यह याद नहीं रहा मुखिया को!

मोए लिलार पे एक ही बच्चा जनने की इबारत कब बाँच ली मुखिया ने!

और बाँच ली, जाँच ली, तो फिर वह झूठ क्यों साबित हो रही है!

नासमझी मुखिया की और दुर्गति मोरी!

बहुत दिनों तक अपने से लड़ती रही मुइया। बहुत लड़ी। अपने को बहुत रोका, बहुत मनाया। अंत में अपने से हार गई मुइया।

जीत गई मुइया की देह।

देह की मंशा।

देह की मुराद।

जीत गया मुइया का विनाश।

जीरोन को छोड़ आई मुइया। अपने जन को छोड़ आई। अपने छौने से बचुआ को बिसूर आई। मुखिया-माई का आसन तज आई।

मुइया किसी की जनी रही, न माई।

देह हो गई मुइया।

देह की हो गई मुइया।

देह की खातिर सब त्यागा। देह से ही अब बचा उसका नाता। देह-धर्म निभाने को अपना जन, अपना तन-जाया बेटा, अपना खेरा, अपनी बिरादरी, उनसे जुड़े समाजी धर्म को भुला दिया मुइया ने।

उनका अपनापन, सगापन, सम्मान, सत्कार, कोई नहीं रोक सका मुइया को।

किसी की कोई गुहार, पुकार, मनुहार, सुनाई नहीं पड़ी मुइया को।

मुइया को एक ही आवाज हर कहीं से सुनाई दे रही थी—अपनी देह की आवाज। अपनी देह की पुकार। अपनी देह का हाहाकार!

उसी को सुनने, उसी का शमन करने, उसी मृग-मरीचिका-सी आवाज की दिशा में निकल पड़ी मुइया।

बीरानों में, बेगानों में, बियावानों में।

अर्सा पहले मूसर खेरे के कुछ जन, कई मवेशी लेकर आए थे जीरोन खेरे में। उनके संग उनका मुखिया भी था। गबरू-जवान, बाँका, छैला-सा मुखिया। उसे देखकर जीरोन खेरे की कई जनीं की आँखें जुड़ा गई थीं। कइयों ने विचारा था—यदि दूसरे खेरे के जन, कि जनी से नातेदारी जोड़ने का रिवाज होता तो इसे यहीं रख लेते। या फिर इसी के संग अपनी मौढ़ी का ढोल बजवा कर विदा करते।

उस मुखिया पर गई नजर हटने का नाम ही न लेती थी।

नीचट काला रंग। ऐसा कि सिर से पाँव तक कहीं राई-रत्ती भी रंग बदरंग न था। मसल भीगी भर थीं। नथुनों के नीचे रोम जैसे हलके बालभर उभरे थे। एक बार भी हजामत न बना चेहरा। ठोडी सफाचट। अंग-अंग में चमक इतनी कि आँखें चौंधिया जाएँ हेरने वाले की। कहीं भी जल ढालो, रपट कर जमीन से आ लगे। हाथ धरो तो फिसल-फिसल जाए। अंग-अंग में लचक इतनी कि बेड़नी गश खा जाए।

उसके संग थे कई और जन। कुछ संगाती उम्र में मुखिया से बड़े, कुछ अधबूढ़े और कुछ हमउम्र। साथ में थे कई ढोर-डाँगर। दुधारू गाएँ, जबर भैंसें, दो बैल और गल्लन छिरियाँ-बकरियाँ।

उनके आने पर पंगत हुई थी। पंचैट जुटी थी। मुखिया ने उनके बाली उमर के मुखिया को देखकर पहले शोग जताया था, उनके बुजुर्ग मुखिया के सिधार जाने का। फिर बिरादरी से भेंटा था।

मूसर के बाँके मुखिया को अपने करीब आसन दिया था। उनके खेरे की खबर-दबर ली थी। जानना चाहा था कि उनके खेरे में कितने जन हैं, कितनी जनीं, कितने मौढ़ी-मौढ़ा। कितने टपरा। कितने ढोर-डाँगर। कितनी छिरियाँ-बकरियाँ। कितनी खेती-बाड़ी के लायक जमीन। कितनी हार-डाँग। कितने कुआँ-बावड़ी। कितने ताल-तलैयाँ।

और यह भी कि इधर हमरे खेरे में पधारना क्यों कर हुआ? यहीं आए हो या ढोर-डाँगर लेकर कहीं और जाने को निकले हो?

तब मूसर खेरे के मुखिया ने बखानी थी पूरी राम-कहानी।

"कुछ बरस से हमरे खेरे के दिन अच्छे नहीं चल रहे हैं मुखियाजू। गौंड़ बब्बा खफा हैं कि जाने कोई ऊँच-नीच हो गई खेरे के किसी जन से या जनीं से। किसी देवता को पथरा समझ कर तोड़ दिया, कि फोड़ दिया, कि फेंक दिया, कि थान बदल दिया उनका, कि हग-मूत दिया उन पर, कि देख कर भी अनदेखा कर दिया उनको, कि मान गिरा दिया उनका, खबर नहीं।

"किसी और खेरे वाले ने जप-तप करवा दिया, कि रिद्धि-सिद्धि कर दी, कि खेरे को कील दिया, कि शाप दे दिया, कि मेटने का कौल भर लिया, खबर नहीं।

"पहली गाज तो ये गिरी कि हमरे मुखिया सिधार गए। अबेला में ही गौंड़ बब्बा

को प्यारे हो गए। हमरी शिक्षा-दीक्षा अभी पूरी भी न हुई थी। सब ऊँच-नीच, नियम-धरम, पक्ष-पाबंदी, सिखा-बता भी न पाए थे कि उनका बुलावा आ गया। वे तर गए। हमें अधर में छोड़ गए।

"फिर लिलार का लिखा हुआ यह कि भंड़यन ने, डाकुअन ने हमरी नाक में दम कर दिया। आए दिन डाकू कंधा पे बंदूक टाँगे आने लगे। खेरे में धमाचौकड़ी मचाने लगे। हर बार जो भी कोई गिरोह आता, हमरी एक-दो जनीं, कि मौढ़ियन को हाँक ले जाता। न हम कभी उनका कुछ बिगाड़ पाए, न उन्हें रोक पाए, न हटक पाए।

"पहले की गई जनीं तो महीना, दो महीना पीछे लौट आती रहीं, पर बाद में जाना तो कइयों का हुआ, लौटना एक का भी न हुआ।

"अब खेरे की दशा यह है कि जनीं तो बची हैं मुट्ठी भर और जन हैं गल्लन। मौढ़ी-मौढ़न की भी यही दशा है। मौढ़ा हैं मुतकेरे और डोर बँधने की उमर की मौढ़ी हैं तनक-सी।

"अब संकट यह कि खेरे में एका कैसे रहे। सारे काम कैसे निबटें! पकाना-खाना, गोढ़ना-कूटना, बीनना-छानना, छाबना-बटोरना, सब अल्ल-पल्ल हुआ रहता है।

"सो मुखियाजू, हमरी यह विनती है कि हमरे संग आई ये गैया-भैंसें, छिरियां-बकरियां तुम राख लो और अपने खेरे की कुछ जनीं हमरे संग पठै दो। तुमरे खेरे में तो न जनीं कम हैं, न मौढ़ीं। तुम्हें मवेशी मिल जाएँगे और हमरा काम सध जाएगा। न जाना चाहें जनीं तो कुछ डोर बँधने की उमर वाली मौढ़ियन को हमरे संग पठै दो।"

मुखिया ने दत्तचित्त होकर मूसर खेरे के मुखिया की कथा सुनी। उसकी मंशा सुनी। फिर बखानी अपनी राय-बात। फैसला।

"एक जमाना था जब मवेशी के बदले मौढ़ी कि मौढ़ी के बदले मवेशी लेते-देते रहे हमरी बिरादरी में। पर कब? जब इक्का-दुक्का डेरा डालकर रहते रहे, तब। अब यह मुमकिन नहीं। अब नहीं लेखते हम अपनी मौढ़ी को मवेशी बिरोबर। अब इक्का-दुक्का नहीं, हम इकट्ठे रहते हैं खेरा बसा कर। ये खेरा हमरा कुनबा है। कुनबे की परवरिश, देख-रेख, मान-मर्यादा का ख्याल रखना हमरा पहला धरम है। अब हम आदमियों की नाईं जीने का ढंग सीख रहे हैं। आदमी बनना है तो उनके नेक नियम-धरम अपनाने होंगे कि नहीं!

"तुमरी जरूरत हम न पूर सकेंगे। दूसरे खेरे में जनी कि मौढ़ी पठैने का चलन नहीं हमरे खेरे में। फिर तुमरे संग पठैने का तो सीधा मतलब है पनी जनी को पने हाथों खाई-खंदक में धकेलना। सैकड़ों बरस पीछे की जिंदगानी जीने को लाचार करना। है कि नहीं? उस जीवन में, जिसमें एक ही जनी के कई-कई जन होते रहे।

"आँहाँ! जो नईं हो सकत अब! हमरी आँखन छित्तां नईं हो सकत!

"रही मुतकेरी दीखने की बात।

"सो कब कौन पार से लुढ़क जाए। कब किसे जनाउर टोर खाए। कब कौन-सी हारी-बिमारी में सिधार जाए। कौन बच्चा जनने के काबिल न बने। किसका बच्चा जने से मन उचट जाए। कौन डाँग का काम तज के टुकनिया-बीजना बनाने की मंशा जाहिर कर बैठे। कौन अपने जन से मुक्ति पाने की गुहार लगाए—कौन देखने गया है! तब ऐसे जन को दूसरी जनी की दरकार होगी कि नहीं!

"आगे जैसा बखत आएगा, वैसा चलन चलाएगा तब का मुखिया।

"तुम अभी बाली उमर के हो। असमय के मुखिया। ज्ञान में अधूरे। तुमरी जरूरत वाजिब है। अपनी उमर के मुताबिक तुमने तजबीज भी बुरी नहीं सोची। पर हम तुमरी जरूरत पूरी न कर पाएँगे।

"अब तुमरे छितां है ये हमरा खेरा। तुम अपनी आँखों देख चुके हो कि कितनी तो जमीन है हमरे पास खेती-किसानी वाली। कितनी घनी डाँग है हमरे खेरे के आसपास। इतना सब समेटने-करने में तो हमरे खेरे की जनीं कम पड़ जाती हैं। ऐसे में अपनी किसी जनी को खेरे से पठैने की बात हम सोचें भी कैसे?

"हाँ, तुममें से जो जन यहाँ रह जाना चाहें, उनका सत्कार होगा यहाँ। यहाँ के नियम-धरम का पालन करें। हमरे संग हमरे होकर रहें।

"हमरी मानो तो तुम सब जन दूसरे खेरन में रह-मिल जाओ। जवान-जहान हो। कोई भी खेरा पलक-पाँवड़े बिछा कर तुम्हें कुबूल लेगा।"

जीरोन खेरे के मुखिया की नेक सलाह के बदले मूसर खेरे के बाँके मुखिया ने मुखिया का जश बखाना। फिर भी जाते-जाते वह ऐसा कुबोल बोल गया कि वह बोल मुखिया सहित पूरे खेरे के दिल में खुभ गया।

बाँका मुखिया मसखरी-सी करता हुआ बोला, "हम आदमी की नाईं आए सो तुम नट गए मुखिया! भंड़यन की, कि राउतन की नाईं आए होते तब देखते तुम कितनी ज्ञान-ध्यान की बातें बखान पाते। तब तो अपनी मंशा पूरी करके ही लौटते यहाँ से। तब मवेशी भी साथ न लाने पड़ते, हाँ यहाँ सैं जितनी जनीं और जितने मवेशी चाहते, हाँक ले जाते!"

उसके कुबोल सुनकर मुखिया को ताब आ गया था छिन भर को। छिन पीछे अपने पर काबू पाया मुखिया ने। पाउना समझ कर भूल जाना चाहा उसके कुबोल को। लेकिन उसका धमकाना, चेताना मौंगे-मौंगे कैसे सुन लेता मुखिया!

सो वापस जाते मूसर खेरे के वासियों को चुनौती दे ही दी मुखिया ने—

"वह भी करके देख लेना। आदमी की नाईं आए थे सो आदमी की नाईं लौट भी पा रहे हो। और घाईं आए होते तो हम भी राउत हैं! हैं भी तुमसे जबर, ज्यादा। कभी

आकर देख लेना। कंटक ही न काट दें तो कौल गौंड़ बब्बा को, पूरो जीरोन तुमरे पाँवों में धर के डाँग में बिला जाने में छिन भर नईं लगाएँ हम, हाँ!"

आदर-सत्कार के साथ शुरू हुई बात बैर-कलह पर जाकर थमी। जमूसर की डाँग के छोटे से खेरे से आया वह दल खाली हाथ, केवल कलह कमा कर लौट गया।

मूसर खेरे वालों के जाने के दिन से ही जीरोन के मुखिया के लिलार पर चिंता की अमिट लकीरें नजर आने लगी थीं।

दुविधाग्रस्त हो गया था मुखिया।

शल्य लग गई थी मुखिया को।

मुखिया को रातोदिन की एक ही चिंता, एक ही फिक्र, एक ही रट।

'बड़ा-बूढ़ा न रहे सिर पर तो ऐसी दुर्गति होती है खेरे की! कहीं मैं भी अधबीच सिधार गया तो मुढ़ी पटक-पटक कर रोएँगे सब जन।'

उसी दिन से मुखिया ने मन-ही-मन यह तय कर लिया था कि अब जिस भी पहली जनी की औलाद बेटा होगा, उसे गुनिया घोषित कर देगा।

बहुत दिन इंतजार करना पड़ा मुखिया को। यह फैसला किए पीछे जिस जनी की खबर मिली उसी ने मौढ़ी जनमी। किसी ने मौढ़ा जना भी तो वह जनमते ही सिधार गया। एक ही दिन-छिन में जीवन-मरण के कारज पूरे कर गया।

मुखिया की मंशा पूरी की मुइया ने। मुखिया की दुविधा हरी मुइया ने।

खेरे की खातिर मुखिया ने ऐलान कर दिया—मुइया का मौढ़ा बजेगा गुनिया!

मुखिया ऐसा न करता अगर उसके मन में शंका न होती। सुपने में भी न करता।

मुखिया को इल्म था कि मुइया की यह पहली संतान है। एक ही बच्चा जने पीछे पाबंदी कभी किसी मुखिया ने नहीं लगाई। मुखिया को संदेह था कि मुइया से 'सत' निभेगा नहीं। देह न कुबूलेगी पाबंदी।

मुखिया चाहता था कि किसी ऐसी जनी के मौढ़ा जनमे, जिसके पहले भी कई बच्चे हुए हों, मगर बचे न हों। सिधार गए हों।

वैसी जनी से सत निभ भी जाएगा। यह सोचकर वह अपने को समझा लेगी कि एक और बच्चा जनमते ही मुखिया-माई का आसन छिन जाएगा।

फिर बच्चा जनमने के बाद जिएगा कि धरती छूते ही सिधार लेगा, कौन जाने! सो नाहक मुखिया-माई का आसन क्यों तजूँ? बिरादरी के, खेरे के कोप का भोग क्यों बनूँ?

पर मुखिया को उन दिनों चैन कहाँ था! सब्र कहाँ था! मुखिया सोचता था—जैसे मैं बिरादरी की, खेरे की फिक्र में फिक्रमंद हूँ, मुइया भी इस फिक्र में हिस्सा बँटाएगी। खेरे की खातिर देह को राख कर लेगी।

पर मुइया को खेरे से, बिरादरी से, अपने जन से, अपने बेटे से ज्यादा जरूरी लगा अपनी देह की फिक्र करना।

सो देह की खातिर सब-कुछ एक साथ त्याग कर अलग-थलग हो गई मुइया।

इस भरोसे पर खेरा छोड़ आई मुइया कि मूसर खेरे के जो जन कभी जीरोन में आए थे, उन्हें आज भी दरकार होगी जनी की।

वे मुझे कुबूल लेंगे।

वहीं सिराएगी अब मोरी ताप की मारी देह।

देह का ताप वहीं दूर होगा।

तिल-तिल कर मरने से बच जाऊँगी मैं।

पल-पल को चैन से जी पाऊँगी मैं।

वहीं हरेगा कोई देह का दरद।

तब टीस न मचेगी।

हाड़ न किटकिटाएँगे।

देह के कष्ट दूर होंगे।

देह की मंशा पूरी होगी।

देह फिर-फिर हरियाएगी।

मोरे जन को काहे का टोटा। मैं रही, न रही एक-सी। अब आस-औलाद तो मैं दे नहीं सकती थी। कहीं दे न दूँ इसीलिए तो दस क़दम दूर छिटका रहता था मुझसे।

मैं खेरे में रही आई होती तो देह से हारती ही हारती। अपने जन को भी ले डूबती।

अब तो मैं अकेली ही डूबी न। वह वहाँ शौक से कर ले दूसरी जनी। उसे दे आस-औलाद। उस पर तो कोई पाबंदी नहीं।

मूसर खेरे में मुइया का सत्कार ही हुआ। हाथों-हाथ लिया मूसर वालों ने मुइया को। यह खबर मिले पीछे कि मुइया का मौढ़ा है जीरोन का गुनिया—मूसरवालों की खुशी दोगुनी हो गई। जीरोन की मुखिया-माई चल कर आई है उनके पास! जीरोन के मुखिया का छैंका लाँघ कर! उस खेरे से, जहाँ का मुखिया एक मौढ़ी तक देने को राजी न था!

अब कहाँ गई जीरोन के मुखिया की नाक? बंदिश ने फोड़ दिया न एका! चला था राउत से आदमी बनने! उनके तौर-तरीके सीखने!

अरे, राउत हो तो राउतों के-से नियम-धरम चलाओ। राउतों के रिवाज अपनाओ। देह को भुला कर खेरे को सँवारने की जुगत बिठाने के फेर में है जीरोन का मुखिया।

अरे, राउत तो देह के लिए जीता है। देह से जीता है। देह ही जीती है राउत की।

जब देह को सुख नसीब न होगा तो काहे को तोड़ेगा, खपाएगा, गलाएगा देह को कोई राउत !

खूंखार जनाउर के आगे !

सपाट पार-पहाड़ के आगे !

विकट जलधार के आगे !

मुखिया का मामला अलग है। देह का सुख गँवाने पर इतना बड़ा आसन पाता है कि नहीं ! राजा कहलाता है कि नहीं ! सब सुख बैठे-बैठे भोगता है कि नहीं !

मूसर खेरे ने कुबुल लिया मुइया को।

नहीं, मुइया को नहीं, मुइया की देह को।

यहाँ आने के कुछ दिनों बाद मुइया के सामने भी उजागर हो गई यह सचाई। मुइया ने मूसर खेरे को कई मौढ़ी-मौढ़ा दिए, पर वह किसी की जनी नहीं हो पाई। जितनों के पास जनी नहीं है, उन सब की जनी है मुइया।

कहने को भले ही यहाँ कोई किसी की जनी है, कोई किसी की, लेकिन हकीकत में तो सब-सब की जनीं हैं। सब जन सब के हैं। जितना जो जिसका है, उतना ही उसका भी है जिसका कोई दूसरा है।

हर बसकारे, दो बसकारे पीछे मुइया मूसर खेरे को नए राउत, राउतनें देती रही। कोई जिया कोई सिधार गया। मुइया नहीं जानती कौन-सा किसका है।

देह की मंशा तो पूरी हुई लेकिन देह को सुख नसीब नहीं हुआ। देह की जरूरत ही पूरी नहीं हुई, देह से ज्यादती भी हुई।

जैसे मूसर खेरे ने कभी संपूरन मुइया को नहीं कुबूला, मुइया भी मूसर खेरे को पूरे मन से चित्त में नहीं बसा पाई। जीरोन को नहीं बिसूर पाई।

जिस-तिस तरह देह गला कर मूसर खेरे में रहती रही मुइया। देह धरने तक रहती रहती। कोई और ठौर था ही कहाँ ! लेकिन लिलार पर लिखी इबारत में तो कुछ और भी गुदा था।

बसकारे के दिन आए ही थे। दो-तीन बार मेघ बरस चुके थे। एक रोज बिना मेघ बरसे ही पूरे मूसर खेरे में जल-ही-जल समा गया। जाने कहाँ दुका बैठा था इतना जल ! जाने कहाँ से राह फोड़ कर आ पहुँचा मूसर में।

मूसर के सब जन भागे अंधियाई छोड़, अंधियाई लाँघ, दूसरी अंधियाई में। पार के उस पार। ऐसे गदबद दी जैसे भूत ने पिछयाया हो। न सँभलने का मौका मिला, न सँभालने का। खेरा का खेरा बाल-बच्चों को बगल में चाँपे अंधियाई पार कर गया।

मुइया उनकी गैल-गैल नहीं भाग पाई। पाँव भारी थे मुइया के। पाँव उठ कर ही न दें। पार को पार न कर सकी मुइया। आधे पार में थक-हार कर बैठ गई। न किसी ने

उसकी तरफ निहारा, न सुध ली, न राह जोही।

पानी को पछाड़ने के बाद पानी के उतरने के इंतजार में पेड़ से टिक कर बैठ गई मुइया।

सामने हहराते, हिलोरें लेते पानी से कहीं ज्यादा ऊँची, तेज हिलोरें मुइया के हिया में तूफान मचाए हुए थीं।

हिया कुछ थमा तब नई राह तजबीजने निकली।

भय से नहीं, दुख से नहीं, छल से, कष्ट से, बेगानेपन से आहत मुइया।

मैदानी इलाके में पहुँचने पर खबर लगी कि लड़ैई गाँव की सरहद में है वह। जीरोन खेरे के ठीक सामने बड़े पार के साथ बसा गाँव लड़ैई। जहाँ जीरोन की कई जनीं आती-जाती हैं सौदा-पटा करने।

पेट के जीव को जनम देने, शरण दिलाने के लिए मुइया लौट आई अपने जीरोन खेरे में।

यहाँ आकर महादुर्गति हुई मुइया की। खूब कोसा खेरे वालों ने। कई वज्रपात हुए मुइया पर।

खबर मिली कि उसके जन ने दूसरी जनी कर ली। उसका बेटा गुनिया एक रोज जाने कहाँ बिला गया!

बिन माँ का, सौतेली माँ का, बिन बाप का-सा बेटा कहाँ डोलता है, किसी को क्या फिकर! जब उसकी सगी मतारी ने मोह-ममता न दिखाई उसके प्रति!

डाँग में गया गुनिया तलैया में डूब गया, कुआँ में गिर गया, पार से लुढ़क गया, कि जनाउर के गाल में समा गया, कोई खबर नहीं!

अब फुलिया का बचुआ हो गया है गुनिया। फुलिया हो गई है मुखिया-माई।

मुखिया ने मुइया को क्षमा कर दिया। खेरे में रहने की इजाजत दे दी। उसकी खातिर गौंड़ बब्बा के थान पर मढ़वा गढ़वाया। उसे ढोल बजाने का मौका दिया। यह मुइया का कुभाग कि कोई उसकी थाप सुन कर नहीं उठा।

तब मुखिया ने मुइया को सुझाया, "तू अब किसी की जनी नहीं रही। देह का सुख बहुत पाया तूने। अब लिलार के लिखे को फिर न मेटना। तू खेरे में अलग टपरा डाल कर अकेली रहेगी। बच्चा जने पीछे उसकी खुद परवरिश करेगी।

"खयाल रहे, किसी जनी को तुझसे गिला न हो! ऊँच-नीच का, मान-अपमान का भान हमेशा बनाए रखना होगा तुझे! अब की बार तूने नियम-धरम को चित्त से उतारा तो ये खेरे वाले तेरी गर्दन उतार लेंगे!"

तब से अलग टपरा बना कर रहती है मुइया। बीजना बनाती है। गांजिया बनाती है। पिरियाँ बनाती हैं। टुकनियाँ बनाती है। बुहारी बनाती है। सूप बनाती है। पंखी बनाती है।

चिरौंजी दरती हैं। तेंदू बीनती है। गाद सुखाती है। गाँव-गाँव में इन्हें बेचने जाती है। और बेचने जाती है राउतों के हाथों बनाई गई चामरे की पनैयाँ, जूतियाँ। साझी खेती में मुइया की हिस्सेदारी नहीं है। अपने सामान के बदले गाँव वालों से जो पाती है, उसी से गुजारा करती है।

मूसर खेरे से पेट में संग आया जीव अब जीरोन की धरती पर, अपनी माई की जन्मभूमि, शरणभूमि, प्रायश्चित भूमि पर बड़ा हो रहा है। जब सयाना हो जाएगा तब माई के काम में हाथ बँटाएगा। अच्छी संगत में जनमने के एवज में हो सकता है गुण भी गाए।

उसे निहारते हुए जब-तब सोचती है मुइया, उसकी माई, एक जमाने की मुखिया-माई।

अभी तो मुइया राउतों के बीच रह कर भी राउतन नहीं रही।

मुइया कई जन की होकर भी किसी की जनी न रही।

दो

कमर के पास दोनों हथेलियों को एक-दूसरी की गिरफ्त में दिए पार के ऊपर, और ऊपर की ओर बढ़ता जा रहा है मुखिया। जिस अवस्था में औरों को सीधी राह पर चलना भी दुष्कर लगे, उस अवस्था में पहाड़ के शिखर की दिशा में चढ़ता जा रहा है मुखिया।

इस गति से मानो उचान की ओर न बढ़ कर अतल-जल में गहरे, और गहरे पैठता जा रहा हो। या फिर जल की थाह पा कर, हवा के सहारे, जल के तल से ऊपरी सतह की ओर आ रहा हो!

किसी अजनबी को अजूबा लग सकता है मुखिया। लेकिन इसमें अजूबा कुछ भी नहीं। पार को इस तरह एक ही साँस में पार कर जाने की जनम-जिंदगानी से आदत रही है मुखिया की। अभ्यास है मुखिया के साथ। निरे बचपन से इस चौथेपन तक ऐसे ही पार को लाँघता, फलाँगता, नापता, रौंदता आया है मुखिया।

फिर भी, लगातार पहाड़ के ऊपर, और ऊपर जा क्यों रहा है मुखिया?

क्या आज ही पार के पार जा बसना है?

पार के पार क्या कोई खजानां है?

या नया जीवन?

या नया संसार?

या कोई रहस्यलोक?

कौन जाने!

पार के शिखर पर पहुँच कर मुखिया ने सामने नीचे छूट गए अपने खेरे को भर आँख देखा। फिर चेहरा घुमाकर दूसरी दिशाओं में निहारा।

जिस पार पर मुखिया खड़ा है, उससे थोड़ा ऊँचा एक और पहाड़ खड़ा है सामने।

मुखिया की ऐन राह रोके।

मुखिया का ज्ञान रोके।

उससे कुछ फासले पर उससे थोड़ा ऊँचा एक और पार। पार के पीछे, पार की पीठ थामे, पहाड़ों की एक लंबी शृंखला है सामने। सबसे पीछे सबसे ऊँचा पार।

संभव है उसके पीछे भी छोटा, फिर और छोटा, फिर और छोटे पहाड़ों की एक शृंखला उस तरफ भी हो। है कि नहीं, मुखिया को खबर नहीं। मुखिया का ज्ञान इधर की सात अंधियाई पहाड़ियों तक सीमित है।

पार-शृंखला को निहारना छोड़ कर मुखिया एक शिला पर बैठ गया। गुंताड़ा लगाने के लिए। मनन करने के लिए।

सब दिन के देखे इस पार के शिखर पर सुस्ताने नहीं आया मुखिया।

आया है कुछ गुनने।

कुछ विचारने।

किसी अबूझ शल्य का निदान तलाशने।

मन की कोई उलझी गाँठ सुलझाने।

अपने आप से एकांत में एकालाप करने।

जीरोन खेरे के सब प्राणी जानते हैं कि मुखिया जब किसी दुविधा में होता है, खोजे से भी जिस दुविधा का निदान मगज में नहीं आता, उस शल्य की काट तजबीजने आता है पार के माथे पर।

पार की मुढ़ी रौंदकर, पार के सिर पर सवार रह कर पार से पूछता है—कि बता हमरी शल्य का निस्तार क्या है ! इस संकट की काट का औजार क्या है !

जब तक अपनी शल्य की काट नहीं मिलती, खुद चैन नहीं लेता, पार को भी बेचैन रखता है।

निस्तार जान लेता है, औजार पहचान लेता है, तब लौटता है खेरे में।

मुखिया अपने में मन-मगन, दोनों हाथों को पीठ के पीछे टेके, शिला पर हथेलियाँ फैलाए, आकाश में कुछ तलाश रहा था कि यकायक अपनी हथेलियों के ऊपरी सिरे पर गीलापन महसूसते ही चौंका।

सावधानी से सिर घुमाकर देखा मुखिया ने। अपनी पीठ पीछे झबरा को जीभ लपलपाते देखकर निश्ंचित हुआ।

मुखिया ने आसन बदलकर प्यार से झबरा की पीठ पर हाथ फेरा। मान हो आया झबरे पर। मुखिया ने लाड़ में डपट लगाई, "तोए संगे पंचैट करनी थी का मोए। काहे को गदबद दी पार तक !"

झबरा जान गया, मुखिया उसकी हरकत पर नाराज नहीं, खुश हुआ है।

झबरा बैठे-बैठे ही खिसका। अपनी थूथनी मुखिया के अधमुड़े पाँवों के बीच फंसाई। फिर हफहफाने लगा—हफ हफ हफ हफ !

मुखिया ने एक बार फिर झबरे के सिर पर हाथ फेरा।

प्यासा है ! सोचा। फिर अपने ही सोच में डूब गया।

निदान न सूझते देख मन-ही-मन घोखा—'एक से दो भले।'

झबरा को चेताया। लाड़ में लड़ाई का-सा स्वाँग भरते हुए मन-ही-मन उलाहना दिया—'अब संग-संग पिछयाया है तो संग-साथ निभा भी तो ! कोई कारगर उपाय सुझा

भी तो !'

झबरा ने अपनी काया को थोड़ा और खिसकाया। अपनी पीठ मुखिया के पाँवों के नीचे पहुँचाई और गर्दन पाँवों के पार निकाल कर मुखिया को निहारा—जैसे पूछता हो—'शल्य तो बता !'

'तोए खबर न हो जैसे !' मुखिया ने उलाहना दिया।

'भूल गया ! तू ही तो पहले-पहल वह मनहूस खबर लाया था।'

मुखिया ने झबरे को कोई बीती बात याद दिलाई।

'अब मोए ऐसे हेरता है जैसे तोए दीन-दुनिया से कौनऊँ सरोकार ही न हो !'

'अ र र हाँ ! वह खबर ! हाँ, याद आया ! मैं ही तो लाया था वह मनहूस खबर ! सच कहूँ मुखिया, मोए खबर न थी कि ऊ खबर के मिले पीछे तोए पार नापना होगा। खबर होती तो मैं खबर देता ही न। आँखें मूँद लेता। मुँह चाँप लेता। कान ढाँप लेता। नहीं तो इस घनी डाँग में कहीं भी बिला जाता, पर तुझे यों गिला करने का मौका न देता।'

'नहीं रे, तू काहे को दुख मनाता है। तेरा कोई दोष नहीं। तूने तो अच्छा किया जो बखत रहते खबरदार कर दिया। तू खबर न देता, हमें खबरदार न करता और बेध्यानी में हमरे किसी जन से कोई ऊँच-नीच हो जाती, तब तो हम कहीं के न रहते।

'अब खबर मिले पीछे सोच-विचार का, निदान-समाधान का मौका तो हाथ में है न। अब हम-तुम देर-सबेर कोई कारगर उपाय भी खोज ही लेंगे। इस संकट का, आपद का हल बूझ ही लेंगे।'

'दो लफ्जों में कहो न मुखिया कि झबरे तू कुसूरवार नहीं है। बस्स ! किस्सा खतम। तुम खोजो निदान-समाधान। तब तक मैं थोड़ा सुस्ता लूँ। तुम पार से अपनी दुविधा का निदान पाओ, मैं अपनी थकान से पार पा लूँ एक झपकी लेकर।'

झबरा निश्चिंत होकर झपकियाँ लेने लगा। मुखिया के निकट होने से घोड़े बेचकर सोने का इरादा बनाने लगा।

उधर मुखिया मन के घोड़े दसों दिशाओं में दौड़ाने लगा।

अब का हो सकत है !

जा बैठे-ठाले की का आफत आ चैंटी सेंतमेंत में !

अब ई खेरे से भी भगने हुइए का !

भाग कर जाएँगे कहाँ ?

आहाँ ! भागेंगे नहीं। भगने से बात नहीं बनने की। ऐसी उम्दा जगह, ऐसी घनी छाँवदार ठौर और कहीं न मिलेगी।

सिद्धनपुर में लड़ैई से भगे लोगों ने टपरे डाल लिए हैं। पड़ाघाट में पहले से मुतकेरे टपरा हैं। जिठौत वाले अपने खेरे की दिशा में आँख उठा कर हेरने तक नहीं

देंगे। सो लौट-फिर कर बचा ये जीरोन। यहाँ से हम जाएँगे कहाँ ?

हाँ, एक डौल है। निष्कंटक। अँधियाई को एक पार और पार कर जाएँ ! जैसे मूसर खेरे वाले कर गए। बताती तो थी मुइया। जाने वे वहीं हैं कि अंत चले गए !

फिर ऊ पार के पछाईं पानी न मिले तो जिएँगे कैसे ? पार तो एक छोड़ गल्लन ठांड़े हैं सामने। जहाँ जल हो, वहाँ आदमजात ने डेरा न डाला हुआ हो, यह नामुमकिन है। जहाँ जल हो, छाँह हो, उजियारा हो, जमीन हो, वहाँ जीवन तो कब का दस्तक दे चुका होगा !

मुखिया की दुविधा का अंत नहीं।

मुखिया उठा। उठकर पार के शिखर पर चहलकदमी करने लगा। जहाँ तक नजर पहुँचती रही, कुछ अदृश्य-सा तलाशता रहा।

सामने लड़ैई के पहाड़ पीछे सूरज नदी में सिराता-सा जान पड़ने लगा था। अँधियाई के कई पहाड़ इसी के साथ संझा मैया की गोद में समा गए। थोड़ी देर में लड़ैई के पहाड़ की परछाईं मुखिया के खेरे को भी संझा मैया की गोद में पहुँचा देगी। लड़ैई की छाँव में ढक जाएगा पूरा खेरा।

मुखिया के कुछ पल को थमे पाँव फिर से हरकत में आ गए। दोनों हथेलियों को एक-दूसरी की सुपुर्दगी में देकर मुखिया फिर कदमताल करने लगा।

बाएँ से दाएँ, दाएँ से बाएँ। बीस कदम बाएँ फिर बाइस कदम दाएँ।

पार की मुढ़ी पर कदमताल करते-करते कदम जवाब देने को हो आए लेकिन पार ने मुखिया को जवाब नहीं बखाना। मुखिया को शल्य से पार नहीं लगाया।

यकायक मुखिया को लगा कि शायद पार को खबर ही नहीं, कि हमरी शल्य है क्या !

मुखिया ने उनींदे झबरे की पीठ पर हाथ फेरा। चेताया झबरा को कि जो हमें बताई थी, वह खबर पार को भी तू ही बता। बता पार को कि हमरी चिंता क्या है ! बूझ इससे कि उस चिंता की काट का औजार क्या है।

झबरा की नींद उचटी। यकायक हुई छेड़छाड़ से झबरा चौंका। खुद को सावधान और चौंकाने वाले को असावधान करने की गरज से भौंका झबरा।

भौंका सो भौंकता ही गया। भौं-भौं ! भौं-भौं ! भौं-भौं ! भौं-भौं !

तब तक भौंकता रहा, जब तक ठीक से मोर्चा नहीं सँभाल लिया।

तब तक भौंकना चाहा, जब तक चौंकाने वाले को नजर की ज़द में नहीं ले पाया।

अँधियाई की सातों पहाड़ियाँ झबरे के साथ-साथ भौंकने लगीं।

भौंऽऽऽऽ ! भौंऽऽऽऽऽ ! भौंऽऽऽऽऽऽ ! भौंऽऽऽऽऽऽऽ !

पहाड़ों से जा-जा टकराती ध्वनियों ने, पहाड़ों से लौट-लौट आती प्रतिध्वनियों ने झबरा को और उत्तेजित कर दिया। झबरा को यकीन हो चला कि यकीनन उसकी

ललकार को कोई ललकार रहा है।

झबरा उत्तेजित हो आया। क्रोधित हो आया। अपना आपा खो बैठा। रिसा गया। अपने उस अज्ञात शत्रु से, अदृश्य प्रतिद्वंद्वी से, एक ललकार के बदले कई ललकार झबरा तक पहुँचाने वाले से ठन गई झबरा की।

झबरा और जोर-जोर से भौंकने लगा। अपना तमाम साहस जुटाकर, पूरा ध्यान लगाकर, समूची जान लड़ा कर।

जितनी जोर से झबरा भौंकता, उससे कई गुणा तेज आवाज में कई-कई बार झबरा के कानों से किसी के भौंकने की आवाज टकराती।

भौंकते-भौंकते झबरा की थूथनी दुखने लगी। पेट सलवटें खा गया। जबड़ा टीसने लगा। प्यास और बढ़ गई। अवसर पाते ही जीभ और ज्यादा लपलप करने लगी। लेकिन झबरा को हार कुबूल नहीं। उसे तो पार पाना है ललकार पर।

लेकिन यह संभव कैसे हो! दुश्मन तो लगता है ढीठ है। जबर भी है। एक नहीं, अनेक में है। एक भौंक के बदले कई बार, कई तरफ से भौंकता है।

हार न मानने की जिद में झबरा भौंकता रहना चाहता है। यह संभव नहीं। थक गया है। पस्त हो चुका है।

झबरा ने एक बार मुखिया को निहारा। याचनावश नहीं। सहयोग, सद्भाव और हौसला-अफजाई की उम्मीद से।

मुखिया को कहीं और उलझा हुआ पाया सो चेताया—भौं!!

मुखिया पलभर को चौंका। फिर चेहरा खिल गया मुखिया का।

मिल गया निदान। मुखिया पार पा गया अपनी दुविधा से।

मुखिया ने अभिमान से झबरा की पीठ थपथपाई। झुक कर उसकी थूथनी को मसल दिया। मुँह बिचकाकर चिढ़ाया झबरा को। लाड़ जताया। आभार कुबूल किया।

झबरा ने मुखिया के इस अप्रत्याशित व्यवहार को सहयोग का आश्वासन समझा। झबरा की थकान छूमंतर हो गई। मुखिया की शह पाकर झबरा दूनी गति से भौंका। अपने पार से ऊँचे पार की ओर गर्दन तान कर भौंका।

मुखिया ने झबरा को प्यार से पुचकारा। चुपा जाने का इशारा किया।

झबरा चुपा गया। गर्दन लटका ली। कनखियों से दूसरे पार की तरफ देखा। चाहा कि एक बार और भौंकूँ। उसकी अंतिम ललकार का भी जवाब दिया था पार के पार मोर्चा लिए ललकार ने। झबरा अंतिम ललकार अपनी ओर से पहुँचाना चाहता था।

यह संभव कैसे हो! मुखिया को तो लगता है अब सब्र ही नहीं।

मुखिया को पार की ढलान की तरफ जाते हुए देखकर झबरा मन मसोसकर रह गया। भौंका नहीं। मुखिया पर भी नहीं। रंज पी गया। साथ छोड़ गए मुखिया का

साथ न छोड़ने का मन बना लिया। रफ्ता-रफ्ता ढलान की ओर कदम बढ़ाए। फुफ-फुफ फुफ-फुफ करते हुए ढलान के किनारे तक जा पहुँचा।

यकायक झबरा को ध्यान आया कि उसकी एक भी फुफ का जवाब नहीं दिया पार के उस पार बैठी फुफकार ने!

झबरा अपनी जीत पर खुश हो आया। उछला। अपनी थूथनी से अपनी पीठ थपथपाई। दो-चार बार पाँवों के नीचे की मिट्टी को पंजों से खुरचकर हवा में उड़ाया।

इतने भर से मन नहीं भरा। खुशी फिर भी भीतर कुलाँचें भरती रही। तब झबरा ने पार के शिखर पर बेआवाज कई कुलाँचें भरीं—फुफ-फुफ-फुफ करते हुए। जीत का अंतिम सफल दाँव बार-बार दोहराते हुए। पार के शिखर पर हर कुलाँच के साथ जीत के निशान छोड़े। हर अगले कदम पर पार के शिखर को अपने पंजे में और ज्यादा मजबूती से चाँपा।

यही क्रिया दोहराता-तिहराता हुआ ढलान तक आया। काफी नीचे तक ढलान उतर गए मुखिया को देखा और मुखिया के पास पहुँचने के लिए हलके पंजों के सहारे ढलान उतरने लगा।

पार उतरता झबरा बेहद खुश था। खुश भी और मन-मगन भी। अब उसके सामने एक ही लक्ष्य था—जल्द-से-जल्द मुखिया तक पहुँचना। इसीलिए बिना किसी तरफ ताक-झाँक किए, कुछ सूँघे-पलटे, वह पार उतरता रहा।

पार उतरते मुखिया की नजर लड़ैई की ओर लौटते मवेशियों पर अटक गई। दूर दीखते उन मवेशियों पर नजर पड़ने के बाद मुखिया को एक डग भरना भी दूभर हो गया। बीच उतरान में थिर हो गया मुखिया।

ठीक तभी झबरा ऐन मुखिया के पीछे पहुँचा। मुखिया के पाँवों के बीच थूथनी अड़ा कर भौंका—भौं!!

अपनी बेध्यानी पर ध्यान नहीं देने दिया मुखिया को। उससे पहले मवेशियों पर मुखिया की नजर गई, इसे नजरंदाज करने में कामयाब रहा झबरा।

झबरा ने तेजी से मवेशियों की दिशा में गदबद देनी चाही। धूल उड़ाई, शरीर फैलाया। पेट फुलाया। अंग-अंग चटकाया।

मुखिया झबरा की मंशा ताड़ गया। हवा में तीर भांज रहा है झबरा। उसकी पीठ सहलाकर मुखिया ने और करतब करने से रोका। बदले में झबरा ने जमीन की तरफ थूथनी लटकाकर मुखिया की सलाह मान लेने के लक्षण दिखाए। पूँछ हिलाते हुए मुखिया की परिक्रमा की। हफ-हफ-हफ करते हुए पूरे बदन को हिलाया-झुलाया और 'जो आज्ञा' वाले अंदाज में मुखिया के आगे-आगे पहाड़ उतरने लगा।

इन्हीं मवेशियों को कुछ दिन पहले पहली बार देखकर भौंका था झबरा। पार के

बीचोंबीच खड़े रहकर भौंका था। फिर दाएँ-बाएँ दौड़कर, उछल कर भौंका था। जब तक किसी जन ने उसकी भौंक पर कान नहीं दिए, तब तक भौंकता रहा था झबरा।

पार के नीचे खेरे में, बसावट में मौजूद कई लोगों ने एक साथ झबरा की भौंक पर कान दिए थे।

क्या हुआ? झबरा गदबदा क्यों रहा है?

पक्षी-परेबा को देखने पर इस तरह नहीं भौंकता झबरा। तब आकाश की ओर थूथनी उठाकर कभी भौंकता है, कभी फुफ करता है, कभी झपट्टा मार कर आकाश में बिचरते पक्षी के पंख-पखेरू को अपने जबड़े में चाँप लेने के सपने बुनता है। हर हाल में लगातार भौंकता नहीं है।

लगातार भौंकता है तब, जब कोई जंगली जानवर दिख जाए या जनाउर की गंध पा जाए। तब भी इस तरह नहीं भौंकता। जनाउर की गंध पा जाने के बाद उसे देखने भर तक को तो वहाँ ठहरता नहीं। भौंकते हुए खेरे की तरफ गदबद देता है।

लड़ैई के साव लोग घोड़े पर बैठे पठार के गाँवों की ओर जाते दीखें, तब भी भौंकता है झबरा। लेकिन तब भी इस तरह गदबदाता नहीं है। जब तक साव और घोड़ा आँख से ओझल न हो जाएँ, तब तक भौंकता रहता है, फिर पक्षी के पंख-पखेरू दबोचने के काम में जुट जाता है। अपना आहार जुटाने में व्यस्त हो जाता है।

लेकिन आज तो लगातार भौंक रहा है। गदबदाकर भौंक रहा है। नजर के सामने आए जीव-जंतु को नजर की ज़द से ओझल नहीं होने देना चाहता।

झबरा की भौंक में आज चुनौती भी है! चेतावनी भी! कुतूहल भी! जिज्ञासा भी!

खौफ से नहीं, ईर्ष्या से भौंक रहा है झबरा। आँखों में समा गए नवागंतुक को कम, खेरे वालों को अधिक जताने के लिए! बताने के लिए! सावधान करने के लिए! अपने पास बुलाने के लिए! अपना राज़दां बनाने के लिए!

यह क्या?

झबरा की भौंक के जवाब में किसी और कुत्ते की भौंक भी सुनाई दी!

झबरा पार की दिशा में थूथनी उठाकर तो भौंक नहीं रहा कि आवाज पलटे। फिर यह प्रतिध्वनि है भी तो नहीं। प्रतिध्वनि में एक खनक भी तो मिली होती है। पहाड़ और हवा की टकराहट से भरी। कभी आवाज से कहीं ज्यादा सुरीली, कभी मद्धिम, कभी भारी-भरकम, कभी सिर्फ झौंका-सा।

किसी और कुत्ते के भौंकने की आवाज कानों में पहुँची कि पार की तरफ दौड़े खेरे के कई जन। सबके सब झबरा जितनी ऊँचाई क्षण-भर में लाँघ लेने को उतावले- से।

अ र र रे! इतने मवेशी! कहाँ से आए? कहाँ जा रहे हैं?

कहीं इन्हें कोई चुपके से हाँक तो नहीं लाया?

कहीं हमरे खेरे का ही कोई जन तो नहीं दिखा गया यह करतब ?

कहाँ के होंगे ये मवेशी ?

सिद्धनपुर में तो इतने मुतकेरे मवेशी हैं नइयां। वही है हमरे खेरे से सटा गाँव। पार के करकें बसा गाँव।

लड़ैई के तो नहीं हैं? वह भी तो पार के पछाई ही बसा है। पार के किनारे-किनारे पार पार करो सो जा पहुँचो लड़ैई में। हमने जाकर तो नहीं, पार के ऊपर ठांड़े रह कर देखा है कई बार।

ये मवेशी हमरे खेरे की ओर कैसे आए? भला लड़ैई वाले क्यों भेजेंगे पार के पार मवेशियों को! उनके आसपास चराई के लिए कम हार है क्या! कोसों लंबी हरीभरी हार पसरी पड़ी है उनके सामने तो! अपनी हरियायी हार को छोड़ यहाँ घनी डाँग में भेज कर आफत मोल लेनी है क्या उन्हें! डाँग का क्या भरोसा! जाने कब कोई ढोर-बछेरू पार से लुढ़क जाए! जनाउर के मुँह में चला जाए! गैल हिरा जाए! कोई जहरीली जंगली फूल-पत्ती खा जाए!

कहीं ऐसा तो नहीं किसी गाँव से लड़ैई वालों की ठन गई हो और बदले में उस गाँव वालों ने मुँह अँधेरे उनके मवेशी इधर को हाँक दिए हों!

तब तो जरूर कोई अनर्थ होने वाला है!

अपने खेरे की खैर नहीं अब तो!

दौड़ो! गदबद दो! मुखिया को खबर दो!

"मुखिया! ओ मुखिया!"

आवाज सुनी कि मुखिया के काम करते हाथ थमे।

खेरे में सबसे बड़ा, सबसे मजबूत टपरा है मुखिया का। लकड़ी की बाड़ के बाद पेड़ों की बाड़ से घिरा हुआ।

मुखिया ने टपरा के भीतर छाँहदार आँगन में आग पर तप रहे हँसिए को पानी की नाद में सिराया। गुनिया को धौंकनी घुमाने से रोका। धौंकनी की कील निकाल कर हत्थी अलग की। फिर उठ कर टपरे से बाहर आया।

बाकी काम समेटना गुनिया की जिम्मेदारी है। गुनिया को बनना है अगला मुखिया।

टपरा छाबना, घन चलाना, हँसिया, हल पाँजना, ढोल बजाना, सब सीखना है गुनिया को। और भी कई कामों में महारथ हासिल करनी होगी। मुखिया कोई काम न जाने, यह तो होगी हेठी वाली बात।

गुनिया को अपनी देख-रेख में पारंगत करना मुखिया की नैतिक जिम्मेदारी है। यही सब उसे सिखाया था पुराने मुखिया ने। जब वह गुनिया बजता था। यही चलन

है। यही नियम है। यही धरम है।

टपरा के बाहर खेरे भर को देखते ही चौंका मुखिया।

सब-के-सब ! ऐसा क्या हो गया ?

जनाउर ने कोई ढोर-बछेरू, कि मौढ़ी-मौढ़ा तो नहीं उठा लिया! ये कुत्ते क्यों भौंक रहे हैं ?

कुत्ता नहीं, कुत्ते !

झबरा तो मैदान की ओर मुँह करके भौंक रहा है, ऐसे में पार से पलटकर उसकी भौंक इस तरह सुनाई देने का तो सवाल ही नहीं उठता। लगता है काफी देर से भौंक रहे हैं। भीतर घन चलने के चलते कोई आवाज सुनाई ही नहीं दी।

पर ये दूसरा कुत्ता कहाँ से आया जो झबरा से भौंकने में बराबर टक्कर ले रहा है !

"मुखिया, गजब हो गया !"

"का भओ ! गाज गिर गई का ?"

"आँहाँ ! लड़ैई के मवेशी अपने खेरे की डाँग में पिड़ आए।"

"गैल हिरा गए हुइएं।"

"कैसी बातें करते हो मुखिया ! ढोर-बछेरू अपनी जानी-चिनहारी गैल हिरा जेंहें ?"

"तो क्या कोई हाँक लाया इन्हें ?"

मुखिया ने एक बार सामने एक किनारे से दूसरे किनारे तक नजर दौड़ाई। खेरे के सब जन सामने मौजूद पाए तब थोड़ी-सी निश्चिंतता आई।

"लगत तो ऐसोई है। पर वह जन अपने खेरे को नइयां।"

दुनिया ने मुखिया की शंका का समर्थन करने के साथ ही सफाई दी।

"जब अपने खेरे का नहीं तो तुम सब बेफिक्र रहो। कोई लाग-डाँट में हाँक लाया होगा। अभी गाँव से बरेदी कि कोई और आकर वापस ले जाएगा।"

सबको ढाँढस बँधाकर मुखिया ने विदा किया। खुद भी गुनिया को अपने साथ लिए टपरा के भीतर आ गया।

उधर मवेशी भी साँझ-सकारे तक वापस लौट गए।

लेकिन मुखिया की चिंता का अंत यहीं नहीं हुआ।

अगली सुबह लड़ैई के मवेशी फिर जीरोन में हाजिर थे।

उसी दिन से मुखिया के चित्त को कई चिंताएँ लग गईं।

लड़ैई वालों ने अपने मवेशी यहाँ क्यों भेजे ?

हमरे खेरे में मवेशी क्यों चराना चाहते हैं ?

लड़ैई के आसपास की चरागाह आसमान में बिला गई क्या ?

बिला भी गई हो तो क्या हुआ ! पंचमनगर, बारी, टोढ़े, पानीपुरा, सिरसौदिया, शंकरपुर, जमूसर की ओर भेज देते। वे गाँव लड़ैई की सीध में, दाएँ-बाएँ हैं। ये पार पीछे, पार नकवा कर ढोरों को यहाँ जीरोन में लाने की किसने सुझाई। कैसे सूझी !

कल को किसी ढोर-बछेरू को जनाउर टोर खाए। किसी को किसी गाँव का वासिंदा हाँक ले जाए। किसी गैया-बछिया का पाँव किसी झाड़ी या खड्ड में उलझ जाए। दरक जाए, टूट जाए। तब संकट हमरे सिर ! आफत हमरी !

लड़ैई वाले हमरी मुढ़ी पर लट्ठ बजाकर माँगेंगे अपना ढोर। एक ही रट लगाएँगे —ढोर कहाँ दुकाया है ! किसने हलकान करके लूला बनाया है !

लाबरो इल्जाम लगाएँगे - तुमने ढोर की भंड़याई कर ली। गोश्त खा गए हुइयो। हाड़ गला लए हुइएं। चामरे की पनैयाँ बना लई हुइएं।

अपने मनगढ़ंत इल्जाम को हजार बार दोहराने के बाद उसी को सचाई मान लेंगे। हमरा खूँटे से बँधा ढोर खोल ले जाएँगे। न हमरी एक सुनेंगे, न हमें सँभलने देंगे।

हम उनका क्या बिगाड़ पाएँगे ! वे ठहरे गाँव वाले। कितने गल्लन जन ! लाठी-बल्लम से लैस। हम क्या हैं उनके आगे ?

वह जो ठाकुर आता रहा वर्षों तक कंधा पर बंदूक टाँगे। डाँग-डाँग डोलता था। जब चाहा, जिस चाहे ढोर-बछेरू को बंदूक का निशाना बना लेता था। अपने तनिक से शौक की खातिर, हमरे मौढ़ी-मौढ़न का मुँह बिना दूध के सुखाता रहा।

हेरता ऐसे था दोई गटन से गोया आँखों-ही-आँखों में स्वाहा कर देगा हमें। बंदूक से ढोरों पर और आँखों से हम पर आग उगलता था। हम निगाह न हटा लें तो लिलार पर तीसरी आँख बंदूक से बनाने को हाथ कसमसाते रहते थे उसके।

एक बार जब उसका घोड़ा हार में हिरा गया तब कैसा तांडव किया था उसने। वह तो गौंड़ बब्बा ने सद्‌बुद्धि दी जो दुनिया और कई जन डाँग में गदबद दे गए। झबरा की मदद से घोड़े का पता पा गए। उसे सही-सलामत ठाकुर के सामने ला हाजिर किया।

कहीं दुनिया भी सबकी तरह ठाकुर के आगे थरथर काँपने में लगा रहता तो उस रोज ठाकुर हमरे तमाम मवेशियों को ढेर करके ही चैन लेता। तब भी लेता कि नहीं, खबर नहीं।

फिर एक नई आफत यह कि लड़ैई वालों के मवेशी सब हरियाली चर गए तो हमरे मवेशियों का क्या होगा ! कम हैं तो क्या भूख भी कम लगती है इन्हें।

कल को गाँव वाले जलावन लेने आने लगेंगे। हमरी डाँग रिता जाएँगे। अब भी जब-तब किसी-न-किसी गाँव के लोग लकड़ियाँ काट ही ले जाते हैं। अभी तो डर के मारे कभी-कभार हिम्मत करते हैं। गैल से जान-चिनार हो जाने पर तो निडर होकर

आएँगे, बेधड़क रूख के रूख काटेंगे।

तब हम कंद-मूल, फल-फूल, जड़ी-बूटी, जलावन-छाजन कहाँ से पाएँगे? हमरी तो डाँग ही आसरा है।

मुखिया की चिंताओं का अंत नहीं।

अनंत चिंताओं का कोई निदान नहीं सूझा मुखिया को।

लड़ैई जाने पर मिल सकती है ख़बर कि मवेशी जीरोन में आए क्यों, आएँगे कब तक! लेकिन जाना उतना सरल नहीं, जितना यह जान लेना कि लड़ैई में है इन शंकाओं का समाधान।

बदन पर केवल लिंग ढाँपने के लिए एक चमड़ी बाँधे किसी राउत को देखा कि ऐसे खदेड़ते हैं गाँव वाले, जैसे खेत में सियार की घुसपैठ पर उसे खदेड़ा जाता है।

सियार डाँग में और राउत खेरे में पहुँचकर ही राहत की साँस ले पाता है तब।

साँस ले पाने के बावजूद भय से ताउम्र मुक्त नहीं हो पाता वह राउत।

बताये कोई इन गाँव वालों को कि भैयाजू राउतों को शौक थोड़ेई है चमड़ी में रहने का। घाम, जाड़े, बसकारे में उघारे बदन नंग-धड़ंग रहने का। यह तो हमरी लाचारी है। लत्ता कहाँ से लाएँ हम! तुमरे पास बाडू हो तो दे दो। पहन लेंगे। वही लपेट कर तुमरे गाँव में आ जाएँगे। तुमरा जस गाएँगे, तुमरे काम सलटाएँगे।

मुखिया बहुत वर्षों से यह बात गाँव वालों से कहना चाहता है। लेकिन कहे कैसे, कहाँ, कब? इतनी देर राउत को अपनी आँखन छिताँ ठहरने कब देते हैं गाँव वाले कि वह कुछ कह सके। राउत देखा कि लतियाया।

जब तक राउत को यह भान होता है कि उससे गाँव वालों की नज़र में आने का गुनाह हो चुका है, वह उनके पाँवों में लोटा अधमरा हो चुकता है।

हाँ, हमरी राउतनें जरूर जाती हैं लड़ैई में, कि और-और गाँवों में। चिरौंजी देने, तो कभी गाद देने, तो कभी जलावन देने, तो कभी बीजना, टुकनिया, गांजिया, पिरिया, सूप तो कभी तेंदू, अचार, करौंदे, खिन्नी, महुआ देने। कभी पनैयाँ-जूतियाँ देने।

साव, ठाकुर, किसान, बामन, लुहार, बढ़ई, सुनार, सलैया—सबकी बाखर में जाती हैं। सबके टपरा में जाती हैं। सबकी हवेली तक जाती हैं।

जरूरतमंद के द्वार पर सामान देकर बदले में नून-तेल, कत्था-लत्ता पाती हैं।

उनका पूरा कारोबार, सौदा-सुलफ इशारों में होता है।

जरूरतमंद सामान में से अपने मतलब की चीज छाँटता है। बदले में जो उसका मन हो, गेहूँ से गोबर तक, वही राउतन की झोली में डाल देता है। बदले में मिलने वाली चीज के मामले में राउतन की इच्छा, जरूरत का कोई सरोकार नहीं होता।

राउतनें कहती तो हैं 'बिनकी भाखा को कूत नईं परत!'

अब ये तो मैं जानूँ कि बोली तो हमरी-उनकी एक ही ठहरी, बोल का टोट,

ठहरा। जितने बोल मैं खेरे का मुखिया हो के जानूँ उतने तो गाँव वालों का मौढ़ी-मौढ़ा तुतलाने के दिनों में ही जान जाता है।

अब जब तक हमरी जनीं उनके बोल कि बोली परचेंगीं तब तक तो जाने का से का हो लेगा!

कुछ बरस पहले तक तो इनका जाना भी कहाँ हो पाता था। वह तो कोई निपूती गाँव वाली सिद्ध बब्बा के थान पर धोती-जोड़ा चढ़ा गई। हमरा एक जन वह उठा लाया। उसी के तीन टुकड़ा करके हमरी तीन जनीं उन्हें पहन कर पहली-पहली बार पहुँचीं गाँव में।

जलावन लेकर गईं वे जनीं सही-सलामत साँझ को लौट आईं, अपने संग नून-तेल लेकर, तब हुआ एक मोर्चा फतह। तब खुले हम राउतों के लिए एक नई दुनिया के द्वार।

फिर तो आए-दिन अपने सामान के बदले राउतनें लाने लगीं टूँका, लत्ता, उतरन, घाघरा, धोती, फरिया, पोलका, सलूका, ओढ़नी। फिर उन्हें पहन कर और-और जनीं, और-और गाँवों में पहुँचने लगीं। अब तो हमरे आधे कारज इन गाँवों के सहारे सधते हैं। आधा पेट गाँवों के जरिए पलता है। ज्यों-ज्यों डाँग रीत रही है हमरा इन पर आसरा बढ़ रहा है।

अब ये गाँव वाले ही हमरी डाँग रिताने आने लगे हैं। पहले ऊपर वाले ने पानी, हवा, उजियारा सबमें कटौती की, अब ये हिस्सा बटाई को आन पहुँचे। हमरा न ऊपर वाले पर वश है, न इन पर।

गाँव वाले हमरी डाँग, हमरा खेरा रिता डालेंगे, तब हम कहाँ जाएँगे? आखिर हमने इनका क्या बिगाड़ा है? जब से इनसे मेल-जोल बना, अपने हाड़ गलाकर इन्हें इनकी जरूरत की चीजें ही पहुँचाई हैं।

कहना हो नहीं सकता। सहना हो नहीं सकता।

बिन कहे, बिन सहे, रहना हो नहीं सकता।

फिर!

मुखिया की दिन-रात की चिंता यही।

निदान जल्दी सोचना होगा। देर हुई, ढोर-बछेरू डाँग से परचे कि फिर तो बिना बरेदी के भी सीधे मुँह उठाए चले आया करेंगे।

सो चिनार बनाने से पहले किनारे लगाना होगा।

इसी में सार है। इसी में खेरे का उद्धार है।

ऐसा न कर पाए तो हम हेरते रह जाएँगे, अच्छे दिनों को टेरते रह जाएँगे, या फिर से हार में हिरा कर रह जाएँगे।

मुखिया कई दिन से हिम्मत बाँध रहा था कि एक बार लड़ैई के ढोरों के साथ आने वाले बरेदी से 'जैरामजी' की कर ली जाए। अंततः वही किया भी।

ढोरों से थोड़ा अलग हटकर एक पेड़ के नीचे बैठे बरेदी को मुखिया ने इकतरफा बंदगी की और लौट आया खेरे में।

दूसरे दिन फिर हाजिरी बजाई। फिर वही इकतरफा बंदगी।

तीसरे दिन बरेदी ने बंदगी कुबूल फरमाई।

जवाबी बंदगी से मुखिया का हौसला बढ़ा।

चौथे दिन मुखिया ने बंदगी के बाद बरेदी से थोड़ा दूर आसन जमाया। बरेदी की चिलम परचाने में मदद की। चकमक पत्थरों के बीच कपास सुलगा कर बरेदी को थमाया। इसके बदले में बरेदी ने बंदगी करके मुखिया का आभार माना।

मुखिया को यह तय करने में कोई संदेह नहीं रहा कि बरेदी सुभाव से सज्जन और शांत है। इस सोच ने मुखिया का साहस बढ़ाया।

अंततः मुखिया ने दरयाफ्त कर ही लिया, "कुंवर जू, अपनी हरी-भरी हार छोड़कर इन ढोरों को इस घनी डाँग में लाने का कष्ट काहे उठाते हो?"

मुखिया ने तो जैसे बरेदी की दुखती रग पर हाथ धर दिया हो। तिलमिला गया बरेदी। अधसूखे, सूखे, सब घाव फिर से हरे हो गए। बरेदी तो कब से अपना दुख, अपना रंज, अपने सपनों के खंडित होने का इतिवृत्त किसी को सुनाने को बेताब था।

बरेदी कहाँ आना चाहता था यहाँ, या कहीं और भी ढोर चराने। वह तो गाँव को अंतिम प्रणाम करके शहर जाना चाहता था। गाँव में रहना, ढोर चराना असह्य हो चुका था उसके लिए। आज भी वह अपने मन से थोड़ेई आता है, यह तो सजा है उसके लेखे, सजा।

लेकिन चाहकर भी कहाँ जा पाया वह शहर। पहले तो गाँव वालों ने पंचायत जुटाई। बड़े माते से कहा कि फैसला आप करो। बरेदी को इसकी अनीति समझाओ। इसे इसका धर्म याद दिलाओ। बरेदी जमाने से चली आ रही परिपाटी तोड़ने पर उतारू है।

बरेदी पहले ही माते को अपनी व्यथा सुना चुका था। एक बार फिर सब पंचों के सामने भी दोहरा दी।

बरेदी ने बताया कि बेतबा नदी के राजघाट पर बाँध बनाने वाले पूरी गैल और डाँग में से मिट्टी खोद कर ले गए हैं। जगह-जगह कई-कई फुट गहरे गड्ढे कर गए हैं। तमाम पेड़, खर-पतवार, झाड़ियाँ, बेरियाँ, छोलियाँ सब सफाचट कर गए। अब हार में न हरियाली बची न समतल जमीन। ऐसे में कोई ढोर-बछेरू किसी खड्ड में गिर सकता है। हम खुद कहीं गिर-गिराकर लूले-लंगड़े हो जाएँ तो कोई हैरानी की बात न होगी। बाँध वालों की मिट्टी, पत्थर, लकड़ी की जरूरत अभी भी पूरी नहीं हुई। वे अब भी आते हैं जब-तब। उनको आता देख ढोर बिदक जाते हैं। फिर ढोरों को चरने के लिए वहाँ कुछ बचा भी नहीं है। वहाँ ढोर लेकर जाएँ ही क्यों?

बरेदी ने गाँव वालों से गुहार की कि आप उन गड्ढों को पूर दो। इस पर सब नट गए। कहते हैं सरकार के काम में दखल देने पर जेल हो जाएगी।

उन्हें जेल की चिंता और हमें अपने प्राणों की।

माते ने बरेदी की व्यथा सुनी। सुनकर बरेदी का पक्ष लिया। गाँव वालों से कहा कि अन्याय बरेदी नहीं तुम कर रहे हो।

माते ने तो बरेदी को शहर पहुँचने का रास्ता भी सुझाया। चार टका हाथ पर धरे। अशीष दी। शहर में जा बसे गाँव के साहूकार मझले साव का पता-ठिकाना दिया।

माते के टका, अशीष, उपाय सब व्यर्थ गए। गाँव वालों ने बरेदी को शहर जाने ही नहीं दिया। बरेदी को उसके घर में और अपने ढोरों को अपने-अपने घर में छैंके रखा।

कई दिन बाद गाँव वालों ने बरेदी को सुझाया कि तुम ढोरों को सिद्धनपुर की डाँग में ले जाओ। उस तरफ बाँध वाले नहीं आने के।

अब सिद्धनपुर का पार ठहरा ऊँचा, बेढंगा, घना। फिर नीचे समतल जगह में लड़ैई के ही कई जनों ने डेरा डाला हुआ है। वहाँ उनकी खेतिहर जमीन है। कभी भूल से ढोर-बछेरू उसे नुकसान पहुँचा सकते हैं।

सो हम ढोरों को पार नकवा कर यहाँ तुमरे जीरोन में लाने लगे। यहाँ डाँग भी घनी है, पानी की तलैया भी है। एक जगह बैठे रह कर ढोरों पर निगाह भी रखी जा सकती है। फिर सबसे उम्दा सुभीता ये कि तुम सब का आसरा भी है।

"सो तो है, सो तो बिरोबर है।" मुखिया ने हामी भरी।

मुखिया की सहानुभूति पाते ही बरेदी और मुखर हो आया।

"गाँव से हम भाग तो अब भी सकते हैं। हमें भला कौन रोक पाएगा। लेकिन हम भग गए तो हमरे बूढ़े मताई-दद्दा की महादुर्गति होगी। हम उन्हें बिना ठौर-ठिकाने के कहाँ लिए-लिए फिरेंगे। गाँव से सबकी आँख बचा कर भगे तो गाँव वाले हमरे मताई-दद्दा को फूटी आँख भी न देखेंगे। सो जाना तो हमरा राजीखुशी ही हो सकता है।"

बरेदी से राई-रत्ती हकीकत जान लेने के बाद मुखिया की दुविधा और बढ़ गई।

यह तो सही है कि जान लिया ढोरों के आने का कारण।

जान लिया बरेदी का रंज और उसका कारज।

सब दिन आएँगे ढोर। सब-कुछ चर जाएँगे ढोर।

जिस दिन किसी ढोर को जनाउर चर गया, उस दिन आ धमकेंगे लड़ैई के लड़ैया। तब ठनेगी इकतरफा लड़ाई। वे दनादन सूंतेंगे और हम बेकसूर होकर भी सेंतमेंत में सहेंगे।

कारण जान लेने के बाद मुखिया के मगज में चिंता और गहरी गढ़ गई।

तब से रातो-दिन उपाय सोचता है मुखिया। बरेदी के बोल घोकता है। मिजान बनाता है सम-विषम से, निदान खंगालता है तल-अतल से।

इसी दुविधा, शल्य, समस्या, सुख-चैन हरनी आपद की काट तलाशने, कोई बेआवाज, पुरअसर, मारक औजार तलाशने आया था मुखिया पार पर। टहलने, सुस्ताने, मन बदलने नहीं। पार से बतिया कर, पार को गरिया कर, पार की मनुहार करके, इस अपार संकट से पार पाने की गैल जानने, दिशा-निर्देश पाने आया था मुखिया पार पर।

झबरे की भौं-भौं-भौं के बहाने पार ने मुखिया तक पहुँचा दिया इस शल्य का निदान।

भौं ! भौं ! भौं ! भौं ! भौं !

हाँ, भौं ! भौं !

खेरे में पहुँच मुखिया ने गुनिया को भेजकर सब जन को अपने टपरा में बुलवाया।

टेर लगाकर लौटे गुनिया ने देखा—दुखिया, सुखिया, पनिया, करिया, जरिया, टनिया, मनिया, कनिया, दुनिया, सबके सब मुखिया के टपरा आगे पहुँच चुके हैं। नहीं है तो केवल पिरिया। वह भी गुनिया के पीछे-पीछे आ पहुँचा। गुनिया ने उसे सबसे आखिर में खबर भी तो पहुँचाई थी।

सब जन आसन जमाकर बैठ गए। बिना कहे सब जानते थे कि मुखिया को कोई निदान सूझ गया है। गुनिया कब बुलाने आ रहा है वे तो इसी इंतजार में थे। पार से लौटते मुखिया को देखकर ही यह भरोसा हो चला था कि गुनिया बुलाने आता ही होगा।

गुंताड़ा तो वे भी लगा रहे थे, लेकिन कोई उपाय सूझा नहीं था अब तक। सूझता तो मुखिया को जरूर बताते। मुखिया सबसे राय-बात करता। जँचता तो अमल होता, न जँचता तो खारिज होता।

वह नौबत नहीं आई, कोई बात नहीं। हममें सबसे गुणी है मुखिया। उसके मगज में जो तरकीब आई वह तो अमल में आने वाली ही होगी।

उस पर राय-बात क्या करनी। तुम तो हुकुम करो हो मुखिया !

मुखिया ने सामने बैठे सब जनों को निहारा।

गुनिया नजर नहीं आता। कहाँ गया गुनिया ? टेरने तो गया था। पिरिया के आगे-आगे आया भी था। फिर कहाँ बिला गया ?

मुखिया ने सब तरफ घूम कर देखा। गुनिया कहीं नहीं दिखा।

"अरे ओ गुनिया ! किते मर गओ रे !"

मुखिया के बोल फूटने के छिन पीछे टपरे में से गुनिया बाहर आ पहुँचा।

"टपरा में कां करने गओ तो ! इते हमाए लिगां बैठ !" मुखिया ने आदेश देने के साथ ही गुनिया को अपने करीब बैठा लिया।

गुनिया की समझ में नहीं आया कि इन बड़े जनों के बीच उसका क्या काम !

इते कुन पंगत होने है। इते तो मगजमारी हुइए बस्स।

सोच तो सही लिया गुनिया ने, लेकिन मुखिया के आदेश को टाले कैसे ?

न बूझ सकता है, न पूछ सकता है—कि मेरा यहाँ क्या काम ?

गुनिया का पंचैट में बैठना किसी जन को अटपटा नहीं लगा। कोई और मौढ़ी-मौढ़ा हेरने भी आ जाता तो सुंत गया होता अब तक लात-घूँसों से। बड़े जनों के बीच, राय-बात के बखत, चैंटी-चैंटन का क्या काम !

गुनिया की बात और है। मुखिया बनना है गुनिया को। कल का मुखिया होगा गुनिया। मुखिया ने खुद चुना था उसे। जनमते ही ऐलान किया था।

इधर फुलिया के टपरा से बाहर खबर आई कि मौढ़ा हुआ है, उधर मुखिया ने ऐलान कर दिया—'इसका नाम बजेगा गुनिया।' गुनिया का मतलब अगला मुखिया।

मुखिया बने पीछे मुखिया का कोई नाम नहीं रहता। जब तक नया मुखिया किसी को गुनिया नहीं चुनता, गुनिया भी किसी का नाम नहीं बजता। जो गुनिया चुन लिया जाता है उसका भी कोई नाम नहीं बजता। जब तक गुनिया रहता है तब तक वह गुनिया के नाम से जाना जाता है, फिर मुखिया बनने पर मुखिया के नाम से।

मुखिया की अपनी कोई आस-औलाद नहीं होती। पूरा खेरा ही उसकी आस-औलाद लेखा जाता है। मुखिया होता है सबका हितू, सबका मताई-बाप। वही मुखिया किसी एक की औलाद को बनाता है गुनिया।

यही परिपाटी है इस खेरे की। अब तक तो यही है। आगे की गुनिया जाने, लिलार पर लिखी लकीरें जानें, गौंड़ बब्बा जानें।

मुखिया ने बखान शुरू किया।

"मुइया जो कहती आई थी कि मूसर खेरे में बाढ़ आ गई थी बिन बरसात, जिसमें मूसर खेरा डूब गया था। जमूसर गाँव डूब गया था। मूसर के राउत कहीं अंत बिला गए थे। वह बाढ़ नहीं थी।

"लड़ैई के बरेदी ने बताया है कि बेतबा मैया के राजघाट पर शहर के लोग बेतवा माई को बाँधने आए हैं। वे नदी को आजादी से बिचरने नहीं देंगे। दोनों तरफ माटी के टीले उठा कर अपनी मनमाफिक दिशा में नदी को बहा ले जाएँगे।

"उन्होंने काम शुरू कर भी दिया है। राजघाट पर काम के दौरान पानी न पहुँचे इसलिए नदी को जमूसर से कुछ पहले छेंक दिया है। इसीलिए जमूसर में, मूसर में और कई गाँव-खेरों में पानी जा पहुँचा था। इसीलिए डूब गए वे गाँव, वे खेरे। अब जैसे-जैसे

काम आगे बढ़ रहा है, और गाँवों में भी पानी भरने लगा है।

"बरेदी ने हमें बताया है कि बाँध बनाने वाले लड़ैई से मील-दो मील आगे से राजघाट तक की राह से पेड़-रूख काट ले गए। माटी खोद ले गए। झरियाँ-छ्योलियाँ उजाड़ गए। अब वहाँ चरागाह नहीं बची। कुओं, तलैयों जैसे गड्ढे हो गए हैं जगह-जगह। सो वहाँ ढोर चराना कठिन हो गया है। फिर जब वहाँ हरियाली बची ही नहीं तब ढोर पानी में लोरने तो जाने से रहे वहाँ! सो अब सब दिन लड़ैई के ढोर यहीं आएँगे, हमरी डाँग में, हमरे खेरे में!

"अब अपनी विपदा यह कि उनके मवेशी हरियाली चर गए तो हमरे ढोर-बछेरू का चरेंगे! कल को हमरे मवेशी उनकी गैल-गैल लड़ैई की ओर चल दिए तो हम उन्हें वापस कैसे लाएँगे? फिर हमें कैसे कूत परे कि ढोर लड़ैई की गैल गओ कि जनाउर के पेट में गओ!

"ऐसो कभऊँ उनके मवेशियन के संगे भी हो सकत है। लेकिन वे तो सुपने में भी यकीन न करेंगे कि उनके मवेशी को जनाउर ने टोर खाओ हुइए। वे तो यहीं कहेंगे कि हमने उनका मवेशी दुका लिया। हमें हैरान करेंगे और हमरा मवेशी भी छुड़ा ले जाएँगे। हमें खेरे से खदेड़ भी सकत हैं।

"सो ऐसो उपाय करने है कि वह दिन देखना ही न पड़े।

"उपाय ये है कि लड़ैई के मवेशियों को छरकाओ। हैरान करो। ऐसे छरकाओ कि कूत न परे। इतना हैरान करो कि वे हमरे खेरे की गैल धरे से भय खाने लगें।

"ये काम बड़ी होशियारी से करना होगा। बरेदी को यह इलहाम न होने पाए कि उसे हलकान करे गओ है। ढोर-बछेरू को सजीवर राई-रत्ती आँच न आने पावे। ऐसो न हो कि कौनऊँ ढोर को लूला-लंगड़ा कर बैठो। हिम्मत से, सबर से, साता से, हुशियारी से ये काम सलटाना होगा।

"उन्हें भनक भी लग गई तो हमरी खैर नहीं। खेरा छोड़ना पड़ेगा तब। हमरी जो जनीं गाँव में सौदा-सुलफ लेने-देने जाती हैं, वह सब भी छूट जाएगा। हमरे बिना उनकी तो गुजर हो जाएगी, होती रही है, लेकिन अब उनके सहारे के बिना हमरी गुजर आसानी से न हो पाएगी। ज्यों-ज्यों डाँग रीतती जा रही है, गाँवों पर हमरा आसरा बढ़ना लाजिमी है।

"हम तो उस दिन की बाट जोह रहे हैं जब हमरी राउतनों की तरह हमरे राउत भी गाँव में जा सकेंगे। गाँव वालों के दो कामों में हाथ बँटा कर कुछ कमाई कर सकेंगे। हमें उस दिन का इंतजार यहीं, इसी खेरे में रह कर करना है। और इस खेरे में रहना लड़ैई वालों की राजी-खुशी बनी रहने तक ही हो पाना है। यह ख्याल में जरूर रखना!"

ठीक कहा मुखिया ने। भली सुझाई मुखिया ने।

आखिर मिल ही गया मुखिया को इस संकट का काट।

पार की मुढ़ी रौंदी कि थमा दी पार ने कुची।

पार में जस है। पार में मंगल है। पार में प्रताप है। पार हमरा सगा माई-बाप है। मुखिया है पार का सेवक। पार का दूत। पार का सपूत।

मुखिया का फर्ज पूरा हुआ। उपाय सुझा दिया मुखिया ने। अब आगे की रणनीति खेरे के जन खुद गुन लें। मुखिया उनकी गैल-गैल नहीं डोलेगा। वे सब सयाने हैं। करामाती हैं। डाँग में पले-पुसे।

हार में किसी को हेरना, किसी को हिराना, पार में किसी को पार लगाना, किसी को तारना खूब जानते हैं।

हाँ, खूब जानते हैं। ढेरों तजबीजें हैं। किसी को अमल में लाओ, सुफल मिले ही मिले, यह तय है।

चाहो तो खेरे से बहुत पहले, वहाँ, जहाँ पार की ऊँचाई कम है, जहाँ से ढोर पार पर चढ़ते-उतरते हैं, वहाँ बबूल की बाड़ लगा दो।

चाहो तो वे जड़ें, वे पत्ते, वे डालियाँ राह में फैला दो, जिन्हें ढोर-बछेरू खाना तो दूर सूँघने तक से बिदकते हैं।

चाहो तो ढपला बजा-बजाकर मवेशियों को बिदका दो। ढपला पर थाप पड़ी, डंडी टकराई, आवाज उठी कि मवेशी गदबद दे लेंगे लड़ैई की ओर।

चाहो तो पार की मुढ़ी पर जाकर वहाँ से ढलान की तरफ पथरा-पर-पथरा लुढ़काने शुरू कर दो। एक रोज, दो रोज, चार रोज। मवेशी तो मवेशी, बरेदी तक इस दिशा में जंगल-झाड़न को आना भी भूल जाएगा।

चाहो तो जनाउर की बोली में गलाबाजी करो। फिर देखो मवेशियों और बरेदी की गदबद। मुड़कर भी न देखेंगे इधर।

उपाय और भी हैं।

काले, भुसंड चार राउत-जन आगे बँधी चामरे की पट्टी को उतार कर 'हा! हा! हू! हू!' करते बरेदी की दिशा में दो-चार रोज चले कि भूत-भूत चिल्लाता बरेदी लड़ैई की ओर पूरी ताकत लगाकर भागने के बावजूद अपनी धोती गंधाए बिना न रह पाएगा। लड़ैई में पहुँचते-न-पहुँचते धुतिया की हालत वह होगी कि उतारते बने न धोते।

जो करना हो करो। जिस उपाय से मवेशी छरकें वही आजमाओ।

बस, मुखिया का कहा याद रखो! मवेशी डरें। भय खाएँ। इस दिशा में आना छोड़ दें। मय भय के हिरा न जाएँ! प्राण न तज दें! बरेदी को यह भ्रम, यकीन न हो कि उसे छरकाया जा रहा है! डराया जा रहा है! भगाया जा रहा है! डाँग छुड़वाने के डौल किए जा रहे हैं!

उसे यही लगना चाहिए कि यह जगह सुरक्षित नहीं है। यहाँ वह खुद सुरक्षित नहीं है। यहाँ आपद-विपद का कोई अंत नहीं है।

ठीक कहता है मुखिया। ढोरों का आते रहना अशुभ है हमरे लिए। आज मवेशी आए हैं। काल जलावन खोजने मुंसेलू आएँगे। परों कौनऊं और आपद। फिर इस खेरे में रहना नहीं हो पाएगा। फिर हमें लाचार होकर बड़े पार के ऊपर, गुरीला बब्बा की शरण में जाना पड़ जाएगा।

सो खूब सोच-विचार कर, गुंताड़ा लगाकर, इन ढोरों को छरका दो। इससे पहले कि ये हमरी जमीन से वाकिफ हों, इन्हें बरका दो।

खेरे वालों की मुराद पूरी हुई। मवेशी जीरोन की दिशा में आने से कतराने लगे। बरेदी को यकीन हो गया कि यहाँ बसे देवी-देवता नहीं चाहते कि वह यहाँ आए, ढोर-बछेरू यहाँ चारा-पानी पाएँ।

तब पक्के उपाय के रूप में जीरोन वालों ने अपने खेरे से बहुत पहले, जहाँ पार बहुत नीचा है, जहाँ से मवेशी पार चढ़ते-उतरते थे, वहाँ बबूल के काँटों की घनी बाड़ खड़ी कर ली।

तीन

आज बहुत बरस पीछे देह दुख रही है फुलिया की।

पीर इतनी कि सही न जाए। टीस इतनी की कही न जाए।

देह का दरद फुलिया को ही पीना होगा। पीकर जीना होगा।

इस दरद का निस्तार है केवल मरद के पास।

लेकिन मरद की मनाही है फुलिया को।

हाँ, मरद की मनाही है फुलिया को।

आज से नहीं, कल से नहीं, परसों से नहीं; बरसों से छूटा है मरद का साथ।

फुलिया को बूझ नहीं रहा वह कारण जिसके चलते इतने बरस पीछे दुखी देह! क्यों पिराए प्रान!

ऐसा क्या खा गई मैं? या ऊपरी हवा पा गई जो देह फिर हरियाने को उतावली हुई-हुई जाती है! प्रान कलपाती है!

बरसों हो गए फुलिया को पानी में अपना संपूरन अक्स निहारे।

लिलार निरखे।

गुंदना गुदवाए।

महुआ चबाए।

चरुआ डकारे।

अब ये कारज फुलिया के करने के नहीं रहे।

फुलिया का काम है पकाना, चिरौंजी फोड़ना, अचार बीनना, गांजिया, पिरिया बनाना। गाँव-गाँव जाकर हलकी मौढ़ियन के, नई ब्याहता बैयरों के अंग-अंग पर गुँदना गोदना। नाक छेदना, कान छेदना।

कई बसकारे बीत गए फुलिया को देह दबवाए। उसे यह शोभा नहीं देता अब। न उसे, न खेरे को, न बिरादरी को। कोई ऊँच-नीच न हो इसका ख्याल रखना, ध्यान रखना, मिजान रखना फुलिया का धर्म। खेरे का धर्म।

होने वाले मुखिया की माई है फुलिया। मुखिया-माई।

मुखिया-माई के पेट में एक और पूत आ गया तो गजब हो जाएगा! बुरा बखत आने पर गुनिया न्याय नहीं कर पाएगा। सगापन आँखें चुँधिया देगा। मन भरमा देगा। मति फिरा देगा। चित्त का चैन जाता रहेगा। अपनी माई-जाए के खिलाफ जाकर दूध को कैसे लजाएगा! गुनिया नहीं, तब का मुखिया।

सो गुनिया को धर्म संकट से बचाए रखने के लिए पाबंदी है गुनिया की माई पर,

फुलिया पर।

मनाही है कि वह जनम-जिनगी जल में अपना लिलार न निहारे। महुआ न चबाए। गुँदना न गुदवाए।

इनमें से कुछ किया नहीं कि चरुआ डकारने के दिन आए नहीं।

फुलिया की मति नहीं फिरी कभी। फुलिया को हरदम याद रहा कि अब उसका आसन बदल गया है। चिह्नार बदल गई है। जीने का मकसद बदल गया है।

जब गुनिया को जने पीछे फुलिया को खबर मिली थी कि मुखिया ने उसके बचुआ को गुनिया ऐलान किया है, तब सारी पीर भूल गई थी फुलिया।

मोरे बचुआ का इतना मान! मोरी कोख से मिला बिरादरी को नया मुखिया! धन्य हो गई मोरी कोख! धन्य हो गया मोरा जोबन! मोरा जीवन! मोरा जनम!

मगर खुशी के छिन पीछे दूनी उदास भी हो आई थी फुलिया। शंका के अतल सागर में डूब गई थी फुलिया।

गुनिया पहली औलाद नहीं था फुलिया की। गुनिया को जनने से पहले चार मौढ़ी-मौढ़ा जने थे फुलिया ने। लेकिन विधना के विधान से एक भी अपने लिलार पर एक बसकारे जितनी भी उमर उलछरबा के नहीं आया। चारों गौंड़ बब्बा को प्यारे हो चुके थे। माई की कोख से आए और धरती-माई की कोख में जा समाए।

फुलिया रातोदिन सोचती रही कि मोए संग हर बार ऐसा क्यों होता है? मोरे लहू में कोई खोट है क्या? है तो वह जाता क्यों नहीं? हर बार बच्चा जने पीछे इतना तो चरुआ डकारती हूँ! सब किसिम के कंद-मूल, जड़-पीपल, उबालकर, पीसकर, घोंलकर पीती हूँ! उसे पिए पीछे देही से इतना तो लहू रिसता है! मोई देह में लहू बचता ही कहाँ है!

फिर,फिर, अगले बच्चे के हिस्से में कहाँ से आ जाता है कषैला, विषैला लहू? नया लहू, नया बच्चा, फिर भी सिधार क्यों जाता है वह? पिछले की तरह! उतने ही दिन पीछे! मोई कोख में ही कोई खोट है क्या?

फुलिया देखती रही—कैसे हर बार बच्चे के सिधारते ही उसका अपना जन दुनिया भी उससे दूर होता गया। उसकी देह दुनिया को पहले जितना ताप नहीं दे पाती थी। कई बार अपनी ओर से आग धधकाने के बाद भी जन की देह में लपटें तो दूर चिनगारी तक नहीं परचा पाती थी।

फुलिया क्या करे! कौन विधि से दुनिया की देह में वह ताप जगाए जो खुद उसकी अपनी राख होती जाती देह में आँच और तपन कायम रख सके!

ले-दे कर एक ही उपाय था—बच्चा। आस-औलाद हो, वह जीवित रहे, तो दुनिया भी फिर-फिर उसके करीब आएगा। उसे जिलाएगा। ताप देगा। ताप हरेगा।

इस बार बच्चा जनमते ही मुखिया ने ऐलान किया कि इसका नाम बजेगा गुनिया,

तब फुलिया को ढाँढ़स बँधा। भय, जो थोड़ी देर को घेरने आया था, हवा हो गया। फुलिया के मन ने कहा कि मुखिया का आशीर्वाद मिले पीछे बचुआ नहीं मरेगा। मुखिया करामाती है। वह तो पार की मुढ़ी रौंदकर वापस ले आएगा बचुआ के प्रान। वह आने ही न देगा प्रान हरने वालों को।

अब यह बच्चा मेरा तो है नहीं। मोए बच्चे न बचे रहने का शाप लेकर आते रहे। यह तो पूरी बिरादरी का हो गया। पूरी बिरादरी के बच्चे तो किसी शाप के सताए नहीं हैं न!

एक बसकारे बाद भी जब अगले बसकारे तक गुनिया खेरे में कुइयाँ-कुइयाँ, कइयाँ-कइयाँ चलता, डोलता, किसी भी जन-जनीं के संग-साथ हिलता-मिलता मौजूद रहा, तब फुलिया सहित तमाम जन-जनीं जस मान गए मुखिया का।

मुखिया के अशीषने से, खेरे को सौंप देने से बचा है गुनिया। वरना फुलिया की कोख से धरती पर आए और बसकारा बीतते-न-बीतते पार न पार कर जाए, धरती में न समा जाए, हुआ था कभी ऐसा!

फुलिया के लेखे भगवान का अवतार हो गया मुखिया। गौंड़ बब्बा का साँचा दूत हो गया। गुनिया को बीज नहीं दिया, फिर भी गुनिया मुखिया का पूत हो गया।

मुखिया का कहा न मेटेगी फुलिया।

होश रहते न मेटेगी, जोश के सिरझाए भी न मेटेगी।

मुखिया ने कहा—पाँच बसकारे तक दूध पिलाना गुनिया को!

फुलिया ने सिर झुका कर हुकुम मान लिया। कर्तव्य पहचान लिया।

तीसरा बसकारा लगते-न-लगते मुखिया के आदेश का अर्थ पा गई फुलिया।

फुलिया के अपने बच्चों को दूसरा बसकारा भी देखना नसीब नहीं हुआ था। सो नहीं जान पाई थी कि मुखिया ने पाँच बसकारे तक मौढ़ा को माई का दूध पिलाने की हिदायत क्यों दी। पर औरों के तो जिए थे। उनको तो सब दिन से देखती आ रही है फुलिया—कि कैसे पहले बसकारे में बच्चा जना। दूसरे बसकारे तक दुधमुँहा रहा। तीसरा बसकारा लगते-न-लगते कभी माई ने तो कभी औलाद ने दूध जुठारना छोड़ दिया।

बस इधर दूध पीना छुड़ाया, उधर चौथा बसकारा लगते-न-लगते जनी फिर बच्चा देने को तैयार।

अब जब तक गुनिया दूध जुठारेगा, हमल से रह जाने का भय नहीं। बीज फूटने का टंटा ही नहीं।

'पाँच तो क्या, गुनिया चाहेगा तो दस बसकारे तक दूध पिलाऊँगी मैं।' फुलिया ने तय किया था मन-ही-मन।

उन दिनों अभिमान से भरी फुलिया ऐसी मन-मगन थी कि उसे खबर ही न हुई,

कब संत हो गया उसका अपना जन। अपनी राउतों की दुनिया से निराला हो गया फुलिया का दुनिया।

फुलिया तो यही मानती रही कि दुनिया को देह पाने की मनाही तो है नहीं। वह चाहे तो दूसरी जनी कर ले। न करे तो किसी भी जनी के चाहने पर उसे सुख दे, पूत दे। दुनिया पर कोई पाबंदी नहीं। उसके और पूत होने से खेरे की परिपाटी पर आँच नहीं आने वाली। बिरादरी एक माई के पेट से जायों को ही सगा मानती है। एक बाप से जने के सगेपन की किसे खबर! वे एक ही बाप के हैं कि दो के, कौन जाने!

मगर दुनिया ने फुलिया का साथ नहीं छोड़ा। दूसरी जनी नहीं की। किसी की जनी की तरफ नजर उठा कर भी नहीं देखा। इच्छा ही नहीं हुई। गुनिया के जनमने के बाद, फुलिया से दूरी कायम होने के बाद दुनिया की तमन्ना ही मर गई।

गुनिया ने दूध पीना छोड़ा कि फुलिया के काम बदल गए। खाना-खुराक बदल गया। पथ्य-अपथ्य का, ताते-सिराने का ध्यान रखकर पकाना-खाना होता है फुलिया को। अब वे दिन नहीं रहे कि जो दीखा, जो हाथ आया, वही भकोस लिया।

देह गरमा गई तो! देह को ताप मिल गई तो! देह जड़ा गई तो!

नहीं, नहीं। देह गर्माई, तपी, जड़ाई कि दुनिया की शरण में जाना पड़ेगा। दुनिया की शरण में गई कि मुखिया-माई का आसन डोला। मरण के आसार बने। या फिर मुइया की दशा को पहुँची!

फुलिया के करने के काम क्या हैं, क्या नहीं, यह मुखिया तय करता है। मुइया के मामले से यही सबक लिया है मुखिया ने। फुलिया राह से भटकी तो खेरा भटक जाएगा। फिर पुराने चलन का पालन न हो सकेगा। फुलिया से ज्यादा समझदार, सब्र वाली कोई और जनी है ही नहीं इस खेरे में।

दुनिया फुलिया के लिए न काम तजबीजता है, न हुकुम चलाता है। दुनिया को इल्म है कि यही उचित है। मुखिया-माई पर मुखिया का ही हुकुम चलना चाहिए। यही प्रथा है। जब मुखिया मुखिया नहीं गुनिया था, तब उसकी माई पर भी तब के मुखिया का हुकुम चलता था, गुनिया के बाप का नहीं। गुनिया के बाप ने तो दूसरी जनी कर ली थी।

फुलिया अभी भी दुनिया की जनी है। जब तक दुनिया दूसरी जनी नहीं करता, उसी की कहलाएगी। फिर भी वह मुखिया-माई भी तो है।

दुनिया को अब तक के चलन के मुताबिक दूसरी जनी कर लेनी चाहिए थी, हैं भी दो-एक खेरे में ऐसीं, जिनका जन अबेला में सिधार गया, कि जो अब तक फिर से किसी की जनी नहीं बन पाईं! दुनिया चाहे तो मुखिया से कह कर, ढोल बजवा कर उनमें से किसी को भी अपनी जनी बना सकता है।

दुनिया ने ऐसा नहीं किया, इससे खेरे का चलन थोड़ेई बदल जाएगा। सो फुलिया पर मुखिया का ही हुकुम चलेगा। मुखिया है पूरे खेरे का, पूरी बिरादरी का

दद्दा। फुलिया उसके कहे में चले कि दुनिया के, कि खुद के, चलेगी तो खेरे के हित ही में न!

दुनिया जानता है, दुनिया मानता है कि खेरा है तो वह है। बिरादरी है तो गुनिया भी अपना, फुलिया भी अपनी। खेरा न होता, बिरादरी न होती तो फुलिया भी कहाँ होती! तब तो कोई भी, जो भी, जहाँ मिलती, देह का ताप मिटाती, बीज पाती और बिला जाती। खबर भी न हो पाती कि बीज पनपा कि नहीं। मैं कहीं दूजी देह धर पाया कि नहीं। गुनिया जना कि मुनिया।

फुलिया अब दुनिया की आँखों छितां ज्यादा देर नहीं टिकती। टिक ही नहीं पाती। कारज ही ऐसे हैं।

दिन-दिन भर दूसरी राउतनों के साथ गाँवों के फेरे लगाने जाती है। बीजना, सूप, गांजिया, बट की रस्सी, बुहारी, चटाई लेकर। गाँव वालों की जरूरतों ने तरह-तरह की चीजें बनाना सिखा दिया है राउतनों को।

इन चीजों के बदले में गाँवों से मिलती हैं ढेर-सी चीजें।

कहीं से नून, कहीं से चून। कहीं से नमक, कहीं से कनक।

कहीं से लत्ता, कहीं से कत्था। कहीं से चिकनाई, कहीं से गुरयाई।

कहीं से त्यौन, कहीं से ध्यौन। कहीं से भात, कहीं से केवल बात।

अपनी दशा से कभी ऊबती है फुलिया, कभी भली लगती है यह दशा।

जब-जब बूढ़ी-पुरानियों के संग अपनी दशा का मिलान करती है, तब-तब ऊब होती है। अपनी काया उनसे अलग, गठीली, कुछ कर पाने में समर्थ जान पड़ती है। कुलाँचें भरने का मन होता है।

लेकिन जब-जब कोई जनी गुँदना गुदवाने आती है उसके पास, मौढ़ी नहीं जनी, तब अपनी दशा पर फूली नहीं समाती फुलिया। तसल्ली पाती है। तब सोचती है कि भली रही जो मैं इस राग से निबटी। नहीं तो मोए भी अपने जन को रिझाने, तपाने की खातिर नित नए गुँदना गुदवाने होते अंग-अंग पर।

जब-जब अपना जन ऊबता दीखे, उचटता दीखे उसका मन, न निरखता हो जनी का तन-धन, तब जनी क्या करे? एक और गुँदना गुदवा ले! हो सकत है नए गुँदना पर मोह जाए, रीझ जाए, खिंचा चला आने लगे! गुँदना पर हाथ फेरने के फेर में, गुँदना को हेरने के फेर में तन-मन गुदगुदा दे!

कभी अपना जन ही कहे कि तोरी देह पर फलाँ जगह एक गुँदना होता तो तू और मोहनी होती। उसकी मंशा जाहिर हुए पीछे पूरी होनी ही चाहिए!

ऐसीं और वैसीं, गुँदना गुदवाने आती हैं फुलिया के पास। गुँदना गुदवा कर सपनों के हिंडोले पर बैठ लौट जाती हैं अपने टपरा में।

तब-तब भली लगती है फुलिया को अपनी दशा।

तब याद आते हैं पुराने दिन, याद आता है दुनिया।

फुलिया की देह दुखती है आज।

पीर इतनी कि सही न जाए।

टीस इतनी कि कही न जाए।

फुलिया पिछला जीवन ऐसे उकेर गई जैसे राख की ढेरी उकेरी हो। राख की ढेरी में तो चिनगारी नहीं होती। बुझी हुई, सिरा चुकी आग की परत में चिनगारी का क्या काम!

फुलिया समझ नहीं पाई कि फिर यह देह में आग कैसे सुलग गई?

बुझी हुई, सिरा चुकी, राख हो चुकी देह में से!

फुलिया जानना चाहती है कि राख जैसे जीवन में चिनगारी कैसे भभकी!

जिसे छूने से ताप न मिले, जिसे उकेरने से आँच न मिले, उसमें कहाँ मुँदी, ढकी पड़ी रही आग!

जिस जीवन में वर्षों से ताप न रहा हो, उसमें कहाँ से, कैसे सुलगी आग!

सुलगी ही नहीं, ऐसी भभकी कि तपा-तपाया जीवन स्वाहा होने को है!

कहाँ से आई आँच! कहाँ दबी-ढकी थी यह तपन! कहाँ!

किसने परचाया इसे! किसने हवा दी! कब! कैसे! क्यों!

फुलिया दुविधा में है। देह तप रही है लेकिन मगज शांत है।

बहुत कुछ याद करके यादों में से कोई वह एक पल याद करना चाहती है, जिसका कुफल है यह आग।

वर्षों से फुलिया ने भर निगाह कभी किसी जन को नहीं निहारा!

नहीं निहारा कि कहीं आँखों में कुछ तिरता नजर न आ जाए!

वर्षों से रात-बिरात किसी टपरा के आसपास से नहीं गुजरी।

नहीं गुजरी कि कहीं भीतर से कोई खटका, बोल-कुबोल कानों से न टकरा जाए।

वर्षों से भर निगाह पानी में अपना अक्स नहीं निरखा।

नहीं निरखा कि कहीं खुद ही का जोबन जोश न जगा दे।

फिर! फिर, यह आग कहाँ से भभकी! यह जोश क्यों हिलोरें मारने लगा!

किससे पूछे फुलिया? कौन बताएगा फुलिया को कि तेरा मन क्यों भटका! तन क्यों तड़का! आँखों में नए अरमान क्यों जागे!

उस रोज दुनिया से तनिक-सी बात पूछी थी। एक शंका, एक शल्य कई दिनों से मन का चैन हरे हुए थी फुलिया का। सो उस रोज अपने जन के आगे, दुनिया के आगे रखी थी वह शंका।

फुलिया ने अपने लेखे तो ठीक-ठाक तजबीज की थी। अपने जन से न पूछती तो

किससे पूछती। किसी और के जन से पूछना लज्जा की बात होती, यह तो फुलिया भी जानती थी।

पर दुनिया ने तो शल्य सुने पीछे शल्य मिटाई बाद में, पहले तो यही उलाहना दिया था कि यह कहते-पूछते तोए जरा भी लज्जा न आई री फुलिया! मुखिया-माई होकर ऐसी-ऐसी बातें सोचती है! ऐसी बातों पर चित्त धरती है! जुबान से बखानती है!

क्यों भला! अपने जन से यह पूछने में कैसी बेहयाई कि मुखिया साँचऊँ नईं जानत देह को सुख का होत है?

दुनिया ने डपट दिया था उसे। अगले ही पल एक सवाल, एक शंका भी जड़ दी थी, "कहीं तू यह तो नहीं सोच रही कि अपने गुनिया को देह का सुख भी मिलना चाहिए?"

दुनिया का मुँह जोहती रह गई थी फुलिया। मोरे मन की राई-रत्ती खबर है मोरे जन को! देह से दूर होकर भी मन के इत्ते लिगां है मोरा दुनिया!

डपट खाकर भी खुश थी फुलिया। उस रात एक बड़ी उपलब्धि हुई थी फुलिया को। टपरा में न समाए, खेरे में न अटे, इतनी बड़ी उपलब्धि।

जिन दिनों अपने आपे में न समाए, टपरा में न समाए, खेरे में न समाए जैसी स्थिति में रही आई फुलिया, उन्हीं दिनों हो गई एक अजूबी बात।

लड़ैई के मवेशियों का खेरे में आना रोकने के लिए, खेरे से बहुत पहले जो बबूल की बाड़ लगाई गई थी, उस बाड़ को हटाने, उसमें ढोरों के आने-जाने लायक गैल बनाने का हुकुम दिया मुखिया ने।

काहे!

काहे कि अब लड़ैई के मवेशी इधर नहीं आते। वे गुरीला की गैल से परच गए। उसी डाँग में जाने लगे हैं। वही रास आ गई उन्हें। कंटक दूर हो गया।

इधर बाड़ के रहते खेरे के ढोर-बछेरू, भैंसें नाक में दम किए रहती हैं। बाड़ छेंकने से मीठी तलैया रह गई बाड़ के उस तरफ। ढोरों की पहुँच से परे।

बिना तलैया में लोरे भैंसों को चैन नहीं। जाड़ा बीतते-न-बीतते वे डकराना शुरू करती हैं तो बसकारे तक एक ही टेर। कुआँ के पानी से लाख बार सपराओ, घड़ों पानी उँडेलो, डकराना नहीं छूटता।

भैंसें तलैया में लोर सकें, डुबकी लगा सकें, दिन-दिन भर पसर सकें, उनका डकराना कम हो, उनकी गर्मी मिटे, इसलिए मुखिया ने हुकुम दिया कि बाड़ में ढोरों के आने-जाने लायक गैल बना दो! बाड़ हटा दो!

फुलिया ने एक रोज फिर एक शंका, एक शल्य बूझी दुनिया से।

"गुनिया का भाईबंद नहीं होना चाहिए, काहे कि तब वह सबके साथ एक-सा न्याय नहीं कर पाएगा। अपने भाई-बंदों का मसला हुआ तो उनकी तरफदारी करेगा।

इस हिसाब से तो गुनिया के मताई-दद्दा भी नहीं होने चाहिए। काहे कि उनकी तरफदारी भी तो कर सकता है !"

दुनिया ने फुलिया को निहारा गौर से। अब इसके मगज में ये ऊल-जुलूल शल्य क्यों आने लगे हैं ? इस उमर में ! इतने बरस का संग छूटे के बाद !

नहीं, नहीं ! कुरेदने से घाव हरा होता है। मैं ऐसा लगने ही न दूँ कि मुझे इसकी शल्य में जो असल शल्य दुकी बैठी है, वह नजर आ रही है। भारी, विकट शल्य।

"अरी, मतारी-दद्दा तो तब तक बूढ़े हो चुकते हैं। बल्कि जब तक उनका बिटुआ गुनिया से मुखिया बनता है वे सिधार भी चुकते हैं। अगर जीवित भी रहे तो उस उमर में उनका ऐसा क्या टंटा-झगड़ा पेश आएगा जो मुखिया बेटा को ईमान से डिगाए ! आई न बात मगज में !"

"हाँ आ गई।" फुलिया ने कहा और मौन साध लिया।

मौन साधा कि कहीं भीतर मुखर हो गई। सुलग गई।

मन के किसी कोने में, मन के किसी तिनके ने, तार ने, आग पकड़ ली।

हवा मिली कि भभकी।

भभकी कि तन जला।

तन जला कि मन कलपा।

मन कलपा कि प्रान प्यासे हुए।

प्यास ऐसी कि बुझने में न आए।

रातोदिन देह जलाए।

मन कलपाए।

तभी से देह दुख रही है फुलिया की।

पीर ऐसी कि सही न जाए ! टीस ऐसी कि कही न जाए।

कहे तो किससे ! कौन देगा जवाब ! दुनिया है अकेला जो जवाब देने में समर्थ है। मगर फुलिया अब कुछ न कहेगी दुनिया से। दो-दो बार कहा, समझा कहाँ !

अब की बार भी न समझा तो कहाँ जाऊँगी मैं ! कहीं की न रह जाऊँगी मैं !

खुद की नजर से गिरूँगी ही, उसकी नजर से भी गिर जाऊँगी मैं ! दुनिया की नजर से गिरी तो फिर न सँभल पाऊँगी मैं।

फुलिया ने कहा नहीं दुनिया से। फिर भी दुनिया से छुपी-मुंदी नहीं रही फुलिया की दुविधा।

जानता है दुनिया, खूब जानता है कि जब से मुखिया ने भैंसों के लोरने की खातिर बाड़ हटाने का हुक्म दिया है, फुलिया की देह तभी से तप रही है।

फुलिया कहना चाहती है कि जैसे भैंसों को तलैया में लोरे बिना चैन नहीं, मोए भी दुनिया से देह सटाए बिना, दबबाए बिना आराम नहीं। मोए आगे लगी बाड़ कब

हटेगी मुखिया ! कब !

यही जानना चाहती है फुलिया। यही पूछना चाहती है फुलिया। देह की खातिर दया पाना चाहती है फुलिया। रोक का काँटा हटवाना चाहती है फुलिया।

कहा नहीं फुलिया ने, फिर भी जानता है दुनिया।

काहे कि यह शल्य अकेली फुलिया की नहीं है। दुनिया भी तो है इस का दूसरा शिकार! उसके मन में भी है एक गाँठ। फुलिया उसके लिए उस तलैया से कम नहीं, जिसमें लोर कर दुनिया दुनिया को भूल जाना चाहता है, दुनिया में रहते दिन तक दुनिया के सब सुख पाना चाहता है।

देह दुखती है फुलिया की। पीर इतनी कि कही न जाए। टीस इतनी कि सही न जाए।

फिर कहे भी तो किससे !

इमली, चिरौंजी, पतिया, मिसरी, मकिया, संवरी, झुमरी से ?

वे कहाँ बूझ पाएँगी इस पीर को। उनके पास तो है अपना-अपना जन। उनके तो सपनों तक पर बंदिश नहीं। वे क्या बूझेंगी भला !

फुलिया की दशा जान सकती है केवल मुइया। लेकिन मुइया को अपनी दशा की भनक भी नहीं लगने देना चाहती फुलिया। मुइया-सी गत नहीं पाना चाहती फुलिया।

देह के आगे झुक जाने का फल जान चुकी है फुलिया। देह के आगे झुक जाने का फल भोगते देख रही है वर्षों से मुइया को। मुइया की गत नहीं पाना चाहती फुलिया। देह तपे चाहे सिराए।

फुलिया की शल्य का निदान है केवल दुनिया के पास। वह निदान देह को निरोगी नहीं करता, रोग को कुछ पल को दबाता भर है। उस निदान में निदान किए पीछे फिर उभड़ आता है रोग। फिर निदान माँगती है देह।

जब तक रोग है तब तक निदान चाहिए। जब तक निदान मिलता है तब तक रुगैली रहती है देह। जब तक देह रहती है तब तक लगा रहता है रोग। देह के साथ ही सिराता है यह देह-रीग।

पर बार-बार उभड़ते इस रोग के निदान में कभी कोई ऊँच-नीच हो गई, भूल-चूक हो गई तो फिर देह रहेगी न धाम। मान रहेगा न नाम।

नहीं-नहीं ! मुखिया-माई का आसन नहीं छोडूँगी मैं। बचुआ का कल सँवारने को अपना आज बिसूर दूँगी मैं। दुनिया को अब कभी खबर न होने दूँगी मैं। दुनिया को बेसबर न होने दूँगी मैं। दुनिया के आगे धरम न मेटूँगी मैं। देह के पीछे जीवन न समेटूँगी मैं।

चार

मन की कच्ची है फुलिया। मन का कच्चा है तू। मन की पक्की है मुइया।

ठीक कहता है मुखिया। सही विचारा मुखिया ने।

भ्रम में मैं था। भ्रम में फुलिया थी। मुखिया को कोई भ्रम नहीं।

दिन में, रात में, सोते में, जागते में, सपनों में, अपनों में, हार में, पार में—हरदम दुनिया को मुखिया का कहा याद रहता है। यह सच्चाई हर रोज हजार बार मन में कुबूलता है दुनिया।

जब से फुलिया को छोड़ा है, इस सच्चाई से ऐसा नाता जुड़ा जैसे जुड़ी है देह में बँधी चमड़ी की डोर।

जिन दिनों फुलिया अपने आपे में नहीं थी, उन दिनों अजीब दुविधा में था दुनिया। दुनिया तो उससे भी पहले से अजीब दुविधा में था। मुखिया के आगे सच बयान न किया होता तो आज भी दुविधा में होता दुनिया। दुविधा में होती फुलिया।

मुखिया ने एक ही काँटे से दोनों की शल्य निकाल दी। दुविधा हटा दी। दोनों को तार लिया। दोनों को उबार लिया। दुनिया को एक नया संबंध सौंपा और फुलिया को सौंप दिया बड़प्पन। अभिमान।

बिरादरी के चलन के मुताबिक दुनिया चाहता तो उसी दिन अपने को फुलिया से अलग कर सकता था, जिस दिन मौढ़ा जने पीछे मुखिया ने ऐलान किया था—इसका नाम बजेगा—गुनिया।

यह नहीं हुआ। दुनिया तब भी फुलिया का रहा। फुलिया मुखिया-माई होकर भी दुनिया की जनी रही।

दुनिया फुलिया से बेहद प्यार करता है। इतना, जितना खुद से भी न किया होगा कभी। जब-जब फुलिया के बच्चे जनमते ही सिधारते रहे, दुनिया अपने को कोसता था। सोचता था—कैसा मरद हूँ मैं जो अपनी जनी को एक जीती-जागती औलाद की माई नहीं बना पाया।

फुलिया चाहती तो किसी और से बीज पा कर माई कहलाने का सुख पा लेती। पर फुलिया ने ऐसा नहीं चाहा। इसीलिए दुनिया को फुलिया प्यारी लगती रही। इतनी अपनी, इतनी अजीज कि उसकी साँसों में बसी हर इच्छा, हर तमन्ना बिना सुने सुन लेता था दुनिया। अलबत्ता अपनी शर्म, संकोच के चलते वह उससे कुछ दूरी जरूर बनाए रखता था। मगर जब-जब फुलिया ने चाहा, अपनी शर्म, संकोच छोड़ कर उसके करीब आता रहा। उसे फिर-फिर माँ बनाता रहा।

यह सिलसिला तभी टूटा जब फुलिया हो गई मुखिया-माई। गुनिया जी गया। दुनिया के सिर से शर्म का, अपराधी का बोझ हटा। ऐसे में, ऐसी फुलिया से फिर दूर कैसे जाता दुनिया !

बिरादरी भले ही मानती रहे, बिरादरी के पास न काटे जा सकने वाले तर्क, सुबूत हैं, मगर दुनिया को इस में जरा भी संदेह नहीं कि फुलिया से हुए सब बच्चे उसी के बीज से जनमे थे। गुनिया भी उसी के बीज का फल है। फुलिया आगे कभी बच्चा जनती, जनना चाहेगी तो बीज उसी से चाहेगी। माँगेगी। पाएगी।

इतने अटूट विश्वास, इतनी भली जनी, इतनी प्रिय प्रिया को अकेला छोड़कर दुनिया दूसरी जनी करने की बात मन में लाना तक नहीं चाहता। पर जिन दिनों फुलिया के लक्षण बदले, गुनिया का भविष्य संकट में पड़ता लगा, उन दिनों दुनिया अजीब दुविधा में रहा।

देह का सुख वह भी चाहता था। देह को अगर फुलिया भुला रही थी, तो वह भी तो ! देह को फुलिया गला रही थी तो वह भी तो !

दुनिया जानता था, मानता था कि मन की बहुत कठोर है, पक्की है फुलिया। फुलिया ने मन बना लिया, जिद ठान ली, अपनी-सी पर आ गई, मनुहार कर गुजरी तो मैं 'न' नहीं कर पाऊँगा। तब पूरी बिरादरी पर संकट आ जाएगा।

ऐसा हुआ तो मुखिया की एक बार फिर हेठी होगी। बिरादरी कहेगी कि मुखिया को आदमी की परख नहीं है। मुइया के बाद फुलिया भी झुठलाएगी मुखिया के आदेश को, परख को। और निमित्त बनूँगा मैं !

मेरी करनी के चलते मुखिया की जीवन भर की तपस्या मटियामेट हो जाएगी। मुखिया ने तो जनम-जिंदगी देह पर काबू रखा। मैंने तो देह-सुख भर-मन सालों-साल पाया है।

हर तरफ से लाचार होकर, अपने मन के सवालों से चारों तरफ से घिर जाने पर, भावी संकट की पदचाप साफ-साफ सुन लेने के बाद एक रोज दुनिया आ पहुँचा मुखिया की शरण में।

अपनी दुविधा, अपनी शल्य, अपना संकट बखान किया। इस भय, आशंका, विश्वास के साथ बखाना कि मन की बहुत पक्की है फुलिया। उसने जो ठान ली, उसे पूरा करके मानेगी। और उसके चाहने पर मैं चाहकर भी 'न' नहीं कह पाऊँगा।

"मन की पक्की नहीं, मन की कच्ची है फुलिया। और मन का कच्चा है तू। हाँ, दुनिया तू !"

दुनिया की दुविधा सुने पीछे चौंका दिया मुखिया ने यह कह कर।

दुनिया अवाक्। मुखिया का मुँह जोहता रह गया। कहे तो क्या कहे। मुखिया ने ऐसा लेखा तो किस लक्षन के लेखे लेखा। अभी तो कुछ हुआ भी नहीं....

"मैं ठीक कहता हूँ रे दुनिया। तू भी मन का कच्चा। फुलिया भी मन की कच्ची। मन के पक्के होते तुम दोनों तो इतने दिन उलझन में रहते? इतना सोचते-विचारते! तुझे तेरे मन की तमन्ना पूरी करने से किसने रोका है भला! कर लेता दूसरी जनी। बजवा लेता कब का ढपला। इतनी बार तो गढ़ा मढ़वा। बजाता वहाँ ढपला। जनी न करता तो भी····तू क्यों चेंटा रहा फुलिया से? जोंक है तू कि जन?

"और फुलिया! उसने क्यों नहीं भगाया तुझे? मन की पक्की होती तो कब का खदेड़ दिया होता तुझे अपने टपरा में से। या खुद निकल आती। पर वही बात, मन की कच्ची है सो चैंटी रही तोरे संग।

"अकेली मुइया है मन की पक्की। हाँ, मुइया साँचऊँ है मन की पक्की। जो मन ने कहा वही किया। जो मन ने माँगा वही ला हाजिर किया। न लाज आड़े आई, न गाज। न शाप ने राह रोकी न मौढ़ा के बाप ने। न दुनिया का चलन डरा पाया, न गुनिया का बचपन।

"मुइया ने मन का पक्कापन न दिखाया होता तो फुलिया का जो रोना तू आज रोने आया है, वह कई बरस पहले रोने आ चुका होता। या तुम दोनों खेरा छोड़ कर भाग गए होते।

"असल में मुइया ने खेरे में लौटकर फुलिया के मन में नकेल डाल दी। मुइया खेरे में न लौटी होती तो फुलिया कब की खेरा छोड़ चुकी होती। तब तू कहता कि फुलिया मन की कच्ची निकली और मैं कहता कि नहीं, फुलिया मन की पक्की निकली!"

दुनिया सुनता रहा मुखिया के बोल। मुखिया ने जो कहा, वह सुनने के पहले पल तक ही सच नहीं था। सुनने के पल पीछे दुनिया को इससे ज्यादा बड़ा सच कुछ नजर नहीं आया। दुनिया का अब तक का सोचा, मन में पैठा सारा सच, सब धारणाएँ, मान्यताएँ असत्य साबित हो गईं। अंतिम सत्य, अटल सत्य, दुनिया के लेखे भी अब यही है। जो मुखिया ने बखाना है। जो मुखिया ने उजागर किया है। जो मुखिया ने पहली बार किसी दूसरे के आगे जाहिर किया है।

"देख दुनिया! जमाना बदल रहा है। जग बदल रहा है। हमरा मन चाहता है कि हम भी बदलें जमाने के संग-संग। पर सब कायदे एक साथ तोड़े नहीं जा सकते, छोड़े नहीं जा सकते। हमें बदलना तो होगा। लाजिमी बदलना होगा। मजबूरन बदलना होगा। पर सब-कुछ एक साथ बदलने से कुछ न बचेगा। नया कुछ घढ़ा नहीं जा पाएगा, पुराना हाथ से छूट जाएगा। कुछ हाथ न लगेगा।

"हमरी मंशा है कि अपनी बिरादरी में एका रहे। हम एक कुनबे की तरह रहें, सब बदलें। एक साथ बदलें। वरना हमरी बड़ी दुर्गती होगी। हमरी दशा मूसर खेरे वालों से भी गई-गुजरी हो जाएगी। हमरी जनीं मुइया की गति को पाएँगीं।

"अब वे दिन नहीं रहे ज़ब हम डाँग के सहारे जीवन गुजार देते थे। अँधियाई के कौनऊँ पार की मुढ़ी से ठांड़े होकर देखो, पता चल जाएगा कि डाँग की क्या दुर्दशा हो चुकी है। दूर-दूर तक रूख ही नजर नहीं आते। जाने सब कहाँ बिला गए! आदमी के पेट में समा गए कि बाँध के, कौन जाने! ऐसे में हमरी जैसी जातियाँ न बदलीं तो भूखों मरेंगी। दर-दर भटकेंगी। कहीं एक कौर न मिलेगा, कहीं कोई ठौर न मिलेगा।

"तू मुझसे ज्यादा छोटा तो है नहीं। मैं जब गुनिया था तभी तू भी जनमा था। तूने भी पहले वाले मुखिया का जमाना देखा है। तू ही बता कि तब हमरी जनीं गाँवों में जाती थीं? हमें गाँव वालों से किसी चीज-बसत का सहारा था क्या? तब तो हम अपनी गुजर-बसर इसी डाँग से कर लेते थे। अब दिनोंदिन गाँव वालों के आसरे होते जा रहे हैं।

"काहे! काहे कि अब डाँग में वह बरकत नहीं रही। तू भी तो जाता है डाँग में। बता तू ही कि कितना भटकने के बाद जलावन मिलता है। गाद मिलती है। शहद मिलता है। जड़ी-बूटियाँ तो जाने कहाँ समाती जा रही हैं। हम भले ही हरा-भरा रूख नहीं काटते। वह देवता है हमरी निगाह में। हमरा पालनहार। पर फिर भी हरेभरे रूख बच पाए? हम उनका कटना रोक पाए? रोक पाएँगे कभी?

"अब ये शहर वाले नदी बाँध रहे हैं। तब प्रलय आएगी। जो अब तक बचा है वह सब भी स्वाहा हो जाएगा। तब हम कहाँ जाएँगे? कैसे जिएँगे? लड़ैई वालों की हार बाँध वालों ने मिटा दी। हमने भी उनके मवेशियों को छरका दिया। पर कौन कह सकता है कि वे कल को फिर इस तरफ नहीं आएँगे?

"जब गुरीला से सिद्धनपुर तक की डांग रीत जाएगी, तब यहीं तो आएँगे। ढोर चरने आएँगे। लोग जलावन बटोरने, रूख काटने आएँगे। हम मुकाबला कर सकेंगे उनका? किस हक से करेंगे? जैसी डाँग हमरी, वैसी उनकी। जैसे हमें जीना है, उन्हें भी जीना है।

"ऐई सें हमने कही कि हमें भी बदलने हुइए।

"श्रीगणेश तो होई चुका है। पिछले मुखिया के जमाने तक हमरी बिरादरी का कोई अंडी-बच्चा तो दूर, ढोर-बछेरू तक गाँव की गैल पर चल नहीं सकता था। अब तो हमरी जनीं गाँव-गाँव जाने लगीं। उन्हें कोई नहीं खदेड़ता। कोई नहीं गदबदाता। कोई नहीं कहता कि तुम करिया हो। भूतनी लगती हो। यहाँ न आया करो।

"बताती तो हैं जनीं कि जिसे सामान की दरकार होती है वह घरधनी, कि उसकी लुगाई, कि उसके लरका-बच्चा उपतकर खुद टेर लगाते हैं। अपनी बाखर में ले जाते हैं। सामान लेते हैं। जरूरत की चीज का नाम बता कर फिर आने का न्यौता देते हैं।

"असल में करिया-गोरा, मैला-ऊजरा में से न कोई अच्छा होता है, न बुरा। बस, दो तरह के मानुष होते हैं। कुछ दिन तक जो करिया लगता है, बुरा लगता है देखने में, वही लगातार, बारबार आँखों के आगे आता रहे तो भला लगने लगता है। तब चमड़ी

नहीं चाम ध्यान में रहता है। उसका काम नजर के सामने रहता है। जैसे अपनी जनीं अब भली-भली-सी लगने लगी हैं गाँव वालों को।

"जनीं बताती हैं कि गाँव से आदमी, परिवार, कुनबे के कुनबे डेरा उठा कर शहर जा रहे हैं। उनके जाने से काम तो कम होने नहीं। हाँ, काम करने वाले हाथ जरूर कम होंगे। सो अब नहीं तो गुनिया के समय तक वह हालत जरूर आएगी जिसका मैं सपना देख रहा हूँ।

"तब गाँव वाले उपतकर हमें काम में हाथ बँटाने के लिए टिरवाएँगे। तब हम भी उन्हीं में घुल-मिल जाएँगे। अपना जीवन जिलाए रखने के लिए यह लाजिमी हो जाएगा। तब तक हम यहीं बसे रहें, इसी में सार है। यही हमरी मंशा है। यही मैं चाहता हूँ।

"हम साझी खेती करते हैं। मोटा अनाज पैदा करते हैं। हमरे पास साधन इतने कम हैं कि पूरी मेहनत-मशक्कत के बाद भी पेट भर अन्न नहीं उपजा पाते। ये डाँग न होती, हमरी जनीं गाँवों से जरूरत की चीजें न पातीं, तो हमरा जीवन दूभर हो चुकता। आसार ऐसे हैं कि दिन और बुरे आएँगे। तब दर-दर न भटकना पड़े। हम गाँव वालों में घुल-मिल जाएँ। उस दिन तक के लिए इस खेरे को कायम रखना होगा।

"अगर तू सब की भलाई चाहता हो तो यही एक रास्ता है। अगर केवल अपनी भलाई चाहता हो, अपने तन की, अपने मन की ही फिक्र हो, तो पूरी डाँग पड़ी है, जहाँ सींग समाएँ वहाँ चला जा। जहाँ चाहे वहाँ जा के मर। हमसे तो दूर, तू गौंड़ बब्बा से भी न डर।

"खेरे की, बिरादरी की भलाई सोचकर ही हमने कहा कि फुलिया का माँ बनना खेरे के हित में न होगा। तेरे हित में न होगा। मेरे हित में न होगा। फुलिया के हित में न होगा। गुनिया के हित में न होगा।

"तू सचमुच फुलिया से सच्चा प्यार करता है! तू खेरे को बचाना चाहता है! तू गुनिया के मान की, पद की रक्षा करना चाहता है! तो सबसे पहले फुलिया को उबार। उसे शर्म में न डूबने दे! लांछन न ओढ़ने दे! उसे अभिमान से भर दे! उसकी खातिर मुइया को अपनी जनी बना ले! मुइया के संग डोर बाँध ले! फुलिया को त्याग दे! फुलिया को गौंड़ बब्बा के भरोसे छोड़ दे!"

"का···कहते हो मुखिया···! मैं···! फुलिया···! मुइया···!"

"मैं ठीक कहता हूँ। तेरे भले की कहता हूँ। सोच-विचार कर कहा मैंने। इसी में तेरी भलाई है। फुलिया की भलाई है।

"ऐसा न करने पर एक दिन तेरी जगहँसाई होगी। फुलिया की कुगति को भी कोई मेट न पाएगा। जब तक तू फुलिया का है, फुलिया के मन में दुविधा बनी रहेगी। तू न होगा, तब उसकी कमाई होगा अकेला गुनिया। मुखिया-माई का आसन।

"तुझे खोने के बाद वह अपने अभिमान को न खोएगी। फुलिया जानती है। तब अच्छी तरह जान लेगी कि उसको डिगाने की कूबत किसी में नहीं। डिगना चाहने पर कोई सहाय न बनेगा उसका। वह खुद भी किसी की नजर में अपना मान न गिराएगी।

"तेरी बात और है। तेरी वह जनी है। तेरी मीत है। तेरी हितू है। सखी है। तेरी राज़दार है। तेरी निगाह में गिरना क्या, सँवरना क्या, उठना क्या! फिर तेरी निगाह में गिरी भी तो तेरी खातिर ही न! औरों की निगाह में गिरना होगा अपनी खातिर। ऐसा हर्गिज न करेगी फुलिया। मैंने बताया न तुझे, मन की कच्ची है फुलिया।

"जब तू मुइया का हो जाएगा, तब तू भी पराया होगा फुलिया के लिए। तब तेरी निगाह में भी न गिरने देगी खुद को। तब सचमुच मन की पक्की हो जाएगी फुलिया।

"अब फैसला तेरे हाथ में है। सोच ले, विचार ले। खेरे का रहना न रहना तेरे बस में है। जो ठीक लगे, जब चित्त ठिकाने आ जाए, हमें आकर बता देना। पर सोचने, विचारने से पहले एक विनती हमरी भी सुन ले। हुकुम नहीं, विनती।

"जो भी विचार करना वह पहले अपने मन का करना। फिर अपनी जगह मोए रख के करना। यह सोच कर करना कि तू ही है इस खेरे का मुखिया। तुझे न्याय करना है। तुझे किसी फुलिया, दुनिया, गुनिया और खेरे के बारे में सोचना है। मुखिया के नाते सोचना है। मुखिया जैसा सोचना है। किसी के जन, जनक के नाते नहीं। ऐसा उपाय सोचना है जिसमें सबका हित सधता हो⋯।"

दुनिया ने दुनिया नहीं देखी। दुनिया मुखिया ने भी नहीं देखी।

फिर भी मुखिया को दुनिया की खबर है। मुखिया को दुनिया की फिकर है।

गुणी आदमी है मुखिया। उसके विचारे को यूँ ही नहीं टाला जा सकता। उसके कहे को यूँ ही नहीं मेटा जा सकता। जब मुखिया ने विचारा है, बखाना है, तो शुभ ही छुपा होगा उसमें। मेरा धरम है उसे अमल में लाना। उसी में अपना मन रमाना।

मुखिया के टपरे से अपने टपरे तक आते हुए सोचता, विचारता रहा दुनिया। टपरा तक आते-आते दुनिया ने कई फैसले ले लिए मन-ही-मन। मन के सिरझाए, मुखिया के सुझाए रास्ते पर चलने का प्रण कर लिया।

मुखिया को जग की, जमाने की राई-रत्ती खबर है। मुखिया की बातें खरी थीं, लेकिन भलाई से भरी थीं। मुखिया ने जो आपदाएँ गिनाईं उनसे दुनिया कैसे नटे! उसे खुद भी तो वे ही आहटें सुनाई दे रही हैं इतने दिनों से!

फुलिया भी तो बताया करती है कि गाँव-गाँव से साव-बानिया गाँवों को छोड़कर जा रहे हैं। लड़ैई में कुल चार बानिया साव बचे हैं। एक दर्जी साव। एक हलके साव। एक घूरे साव। एक हीरा साव।

हीरा साव कभी कोई चीज नहीं खरीदते। उनकी बाखर के आगे राउतनों को ठहरने की मनाही है। वे जमीनें खरीदते-बेचते हैं बस्स।

घूरे साव बारी-टोढ़े की तरफ के राउतों के संग लेन-देन करते हैं। हमरी राउतनों से कोई सरोकार नहीं रखते।

हलके साव और दर्जी साव ही हैं जो जलावन, गाद, चिरौंजी, जड़ी-बूटी लेते हैं। किसानों को ये चीजें नहीं पुसातीं। उन्हें तो दरकार है सूप, बीजना, चलना, ज्योरा, पिरिया, गांजिया की।

हम जो अन्न उपजाते हैं वह साव की पीढ़ी पर नहीं चलता। उन्हें दरकार है गेहूँ की। हमरे यहाँ उपजती है मरी पिसी। फिर वह भी हमरे अपने खेरे तक की जरूरत तो पूर नहीं पाती। साव की पीढ़ी पर चले भी तो दें कहाँ से!

इधर कई जन दबे-ढके साझी खेती, साझे सौदा-सुलफ में मीनमेख निकालने ही लगे हैं। ऐसे में फुलिया ने नियम-धरम तोड़ा तो अनर्थ ही हो जाएगा। अपनी-अपनी ढपली, अपना-अपना राग का जमाना आ जाएगा। आश तो टूट ही रही है, विश्वास भी टूट जाएगा। तब संग-साथ रहना कैसे हो पाएगा!

नहीं, नहीं, खेरा है तो मैं हूँ। खेरा है तो फुलिया भी है, गुनिया भी है, मुखिया भी है, तमाम जन हैं, तमाम जनीं हैं। मैं इनका हूँ। ये मेरे हैं। खेरा ही न रहेगा तो मैं ही कहाँ रहूँगा। फुलिया भी कहाँ रहेगी? गुनिया भी····

दुनिया की तरफ से 'हाँ' होते ही मुखिया ने गौंड़ बब्बा के थान पर मढ़वा गढ़वा दिया। खेरे में बीसों बार ढोल पिटवा दिया। ढोल के संग-साथ डोर बँधने की उम्र पाई चार मौढ़ियन की फेरी फिरवा दी। दिन तय कर दिया। पूरे चाँद की रात डोर बँधाई की रस्म होगी।

जब तक वह दिन नहीं आया, खेरे में खूब रास-रंग रहा। ढोल और गीतों के स्वर आकाश गुंजाते रहे। अँधियाई के सातों पहाड़ ढोल की आवाज पर थर-थर काँपते रहे। तांडव करते रहे।

वह दिन भी आ गया। पूरा खेरा गौंड़ बब्बा के थान पर जमा हो गया। मुखिया और गुनिया मढ़वा के नीचे आ बिराजे। मढ़वा के एक तरफ पछिया, परिया, टिनिया, छिकिया को बैठा दिया गया। दूसरी तरफ गुरया, मनया और बनया को।

मौढ़ी-मौढ़ा कहलाने का आज इनके लिए अंतिम दिन है। यहाँ से जब जाएँगे तब ये जनी और जन बजने लगेंगे। अभी खबर नहीं कौन किसके संग डोर से बँधेगा। कौन इन चार में से मौढ़ी ही बनी रह जाएगी। चूँकि यहाँ मौढ़ा हैं तीन और मौढ़ी हैं चार।

मुखिया का इशारा पाते ही गुनिया अपनी जगह से उठा।

गौंड़ बब्बा को, मुखिया को प्रणाम किया। ढोल उठा कर आग पर तपाया। डंडियाँ हाथों में थामीं। फिर शुरू हुआ—ता-तिड़, ता-तिड़, तिड़-तिड़, तिड़-तिड़-ता!

ढोल बजाते-बजाते गुनिया तरंग में आ गया। ढोल की तान ने तमाम जन-जनीं

भी तरंग में पहुँचा दिए। हर किसी को अपनी डोर-बँधाई की घड़ी याद आ गई। सबके पाँव थिरकने लगे, हाथ मटकने लगे, मुँह गीत के बोल साधने को मचलने लगे।

सबको मगन-मन कर गुनिया ने ढोल बजाना बंद किया। गौंड़ बब्बा को, मुखिया को प्रणाम करके अपनी जगह पर जाकर बैठ गया।

मुखिया ने मौढ़ों के गोल में बैठे गुरया को उठने का संकेत दिया।

गुरया अपनी जगह से उठा। गौंड बब्बा के पथरा पर माथा टेका। मुखिया को प्रणाम किया। गुनिया को प्रणाम किया। ढोल को प्रणाम किया। ढोल उठाया। मौढ़ों के गोल के आगे बैठा। ढोल को पाँवों के बीच चांपा। दोनों हाथों में डंडियाँ थामीं। डंडियों को तौल कर देखा। तय किया कि किस डंडी को किस हाथ में थामूँ। और ता-तिड़, ता-तिड़, ता-तिड़, ता-तिड़, ता-तिड़....

इधर गुरया ने डंडियाँ ढोल पर बजानी शुरू कीं उधर सबकी नजर मौढ़ियों के गोल पर जा टिकी। सबकी आँखों में एक ही उत्सुकता—गुरया की पुकार पर, गुरया के ढोल की बुलाहट पर कौन-सी मौढ़ी उठती है! कौन-सी बनती है गुरया की जनी! कौन अपना जन चुनती है गुरया को।

तभी पछिया गोल में से उठी। ढोल की थाप पर थिरकती हुई मढ़वा तक आई। गौंड़ बब्बा को माथा टेका। मुखिया को प्रणाम किया। गुनिया को प्रणाम किया। और अंत में गुरया के ऐन सामने आ खड़ी हुई।

गुरया अब तक नजर झुकाए ढोल बजा रहा था। अब जो नजर उठाई तो ढोल पर चलते हाथों की गति बढ़ गई। ता-तिड़, ता-तिड़ की जगह ढोल से तिड़-तिड़-तीना, तिड़-तिड़-तीना के स्वर फूटने लगे।

खेरे ने जान लिया गुरया को मन में बसी मौढ़ी जनी रूप में मिल गई है।

मुखिया का संकेत पाकर गुरया ने ढोल बजाना बंद कर दिया।

गुनिया फिर अपनी जगह से उठा। गुरया को ढोल के पास से उठाया। खुद ने ढोल सँभाल लिया। ढोल पर थाप दी। थाप पड़ते ही गुरया पछिया के करीब आ गया। दोनों ने मढ़वा के दो फेरे लगाए। गौंड़ बब्बा को प्रणाम किया। मुखिया को प्रणाम किया। गुनिया को प्रणाम किया। खेरे भर को प्रणाम किया और नीचे सबसे आगे बैठ गए।

मुखिया के इशारे पर इस बार मनया आगे आया। गौंड़ बब्बा, मुखिया, गुनिया को यथायोग्य मान देकर ढोल बजाया। उसके ढोल की थाप पर परिया उठी। पछिया और गुरया की तरह परिया और मनया ने भी सब नेग पूरे किए और मढ़वा के नीचे पहले वाले जोड़े के साथ आ बैठे।

यकायक मढ़वा के नीचे-ऊपर सन्नाटा-सा छा गया।

वही लोग थे, वही नेग था, वही समय था, लेकिन फिर भी सब-कुछ बदल चुका था क्षण भर में। मढ़वा के बाईं ओर मौढ़ियन के गोल में मौढ़ी थीं दो और मढ़वा के

दाईं ओर मौढ़न के गोल में मौढ़ा बचा था एक। जाने कौन-सी मौढ़ी जनी बनेगी, कौन-सी मौढ़ी ही रह जाएगी !

बनया टिनिया का जन होगा कि छिकिया का कौन जाने !

मुखिया की आज्ञा पाते ही बनया अपनी जगह से उठा। गौंड़ बब्बा को माथा नवाया। मुखिया को प्रणाम किया। गुनिया को प्रणाम किया। ढपला को पाँवों में चंपाया। डंडियाँ हाथों में थामीं।

ता-तिड़, ता-तिड़, ता-तिड़, ता-तिड़, ता-तिड़····

सबकी नजर मौढ़ियन के गोल पर अटकी थी। इतनी एकाग्रता से देख रहे थे सब कि साँस के लेने-छोड़ने से शरीर की नसों में होने वाले हर कंपन को भी आँखें देख पा रही थीं। यकायक खेरा का खेरा अट्टहास कर उठा। हँसी इतनी ऊँची, उन्मुक्त थी कि ढपला की आवाज दब गई।

बनया ने गर्दन उठा कर सामने का नजारा देखा तो उसके ढोल बजाते हाथ भी क्षण-भर को थम गए। अवाक् रह गया बनया !

सामने दोनों मौढ़ियाँ अधबैठी हालत में खड़ी थीं। न बैठी में गिनी जा सकें न खड़ी में। ढोल की आवाज थमी कि छिकिया और टिनिया झेंपती हुई-सी बैठ गईं। पूरा खेरा हँसी के मारे लोटपोट हो-हो गया।

बनया की समझ में नहीं आया कि अब वह क्या करे ! ढोल बजाए कि डंडियाँ धर दे !

मुखिया का संकेत पाते ही बनया ने फिर ढोल बजाना शुरू किया। देर तक बजाता रहा। पूरा खेरा साँस रोक कर गोल में बैठी टिनिया और छिकिया की ओर टकटकी बाँध कर देखता रहा, मगर लाज की मारीं उन दोनों में से किसी ने भी हरकत में आने के लक्षण नहीं दिखाए।

खेरा हैरान ! यह क्या अनहोनी होने जा रही है ! ऐसा तो होता ही रहा है। कभी एक मौढ़ा, कभी एक मौढ़ी तो ज्यादा बिठाई ही जाती है। ताकि मौढ़ी या मौढ़ा को यह न लगे कि उसे मजबूरी में जन या जनी बनना पड़ा। या चुनने का मौका नहीं मिला। इनकी आँखों आगे भी तो हुआ है कई बार ऐसा।

खेरा हैरान ! खेरा परेशान ! बनया ढोल बजाता रहा। बजाता रहा। मौढ़ियन के गोल में हरकत नहीं हुई सो नहीं ही हुई। ढोल के वे ही बोल मधुर से कर्कश लगने लगे। मौढ़ियन पर सबको बेइंतहा रंज आने लगा। बनया पर तरस आने लगा।

अब क्या होगा ! कहीं मुखिया यहीं 'बस' न कर दे ! तब तो अगले फेरे में फिर बैठना होगा इन्हें मढ़वा तरें, गोल में। फिर आजमाना होगा अपना लिलार।

दुनिया यह दृश्य देखकर दुविधा में पड़ गया।

अब क्या करेगा मुखिया ! ऐसा पहले तो कभी नहीं हुआ !

तो क्या जमाने के साथ-साथ इतना बदल गया है खेरा !

इतने बेसब्र, बेहया, बेमुरब्बत हो गए हैं खेरे के मौढ़ी-मौढ़ा !

तब तो सचमुच कठिन है खेरे को बचाए रखना। एका बनाए रखना।

मुखिया की तजबीज धरी-की-धरी रह गई !

मैं नाहक फुलिया की नजर में ओछा हुआ !

मुखिया से 'हाँ' कहने के बाद, वचन देने के बाद, कितनी चिरौरी करनी पड़ी थी फुलिया की ! कितनी कठिनाई से मनाया था फुलिया को !

पूरा किस्सा बताया था। तमाम भय उजागर किए थे। दिल की, अपनी, मुखिया की मंशा प्रकट की थी। गुनिया का कल। अपनी लाचारी। फुलिया की कमजोरी। मुखिया की चाह। खेरे की खातिर तजबीजी गई नेक राह।

कितनी बार, कितनी तरह से समझाने-बुझाने पर फुलिया मुझे मुक्त करने को राजी हुई थी। उसे बिना बताए मुखिया की सुझाई गई राह पर चलना मुझे अन्याय लगा था फुलिया के प्रति। इसीलिए मुखिया के हटकने, खबरदार करने के बाद भी सब-कुछ बखान किया था फुलिया के आगे।

फुलिया बड़े दिलवाली निकली। मेरी दलीलें सुनने के बाद राजी हो गई। वचन दिया कि वह ऐसा कुछ न करेगी जिससे गुनिया का जीवन बिगड़े। दुनिया के सिर लांछन आए। उसके अपने नाम पर कोई कुबोल बोल पाए। कह दिया कि जब लिलार पर ऐसा उलछरबा के लाई हूँ तो यह भी हो ले। होगा ही।

अब यदि मढ़वा यहीं उखड़ गया, डोर बँधाई की रस्म पूरी हो चुकी मान ली गई, मुखिया इस दुविधा से पार न पा सका, तो वह करने का ऐलान कतई न करेगा जो करना तय किया था मेरी खातिर, फुलिया की खातिर।

तब फुलिया पर क्या बीतेगी ! वह जरूर यही सोचेगी कि मैं उसकी तरी ले रहा था। मुखिया-वुखिया ने कुछ नहीं सिरझाया होगा। मैं ही मुइया के संग डोर बँधाने को उतावला हूँ। मैं ही फुलिया को तजना चाहता हूँ। मैं ही अपनी देह के आगे विवश हूँ। मैं फुलिया को तप से डिगाने की जुगत में हूँ।

मैं फुलिया को अपना यह करिया मुँह कैसे दिखाऊँगा ! उसकी सवाल पूछती आँखों को क्या जवाब दूँगा ! उसके संग एक ही टपरा में कैसे रह पाऊँगा ! उससे अलग रहने की क्या वजह बताऊँगा ! मुझे खेरे से दूर जाना होगा। कहीं अंत रहना होगा। जहाँ न कोई संगी होगा, न साथी। हितू होगा, न बैरी। जनी होगी, न पूत।

ढोल पर पड़ी थाप ने दुनिया को अपने भीतर की दुनिया से बाहर निकाला। दुनिया ने निगाह उठा कर मढ़वा की तरफ देखा। वहाँ गुनिया ढोल बजा रहा था। बनया अपनी जगह जा बैठा था। टिनिया और छिकिया पूर्ववत् बैठी थीं। गर्दन

झुकाए।

'तो अब मुइया की बारी है!' दुनिया ने सोचा।

तभी मुखिया ने गुनिया को ढोल बजाना बंद करने का इशारा किया।

दुनिया का कलेजा धक्।

"हरिया, यहाँ आ! ढोल बजा!" मुखिया ने हुकुम दिया।

हरिया जन-जनी के बीच बैठा था। वह भी जनी पाने की, डोर बँधाने की उम्र पा चुका है। फिर भी उसे मौढ़ों के गोल में नहीं बैठाया गया था। उसकी माई-जाई पिरिया मौढ़ियन के गोल में जो बैठी थी। कहीं उसके ढोल पर वही उठ जाती तो अनर्थ न हो जाता!

अब अनर्थ की गुंजाइश नहीं। पिरिया अपना जन चुन चुकी है। बनया के ढोल पर छिकिया और टिनिया दोनों उठी थीं, मतलब दोनों में से बनया किसी को मिले, उन्हें मंजूर है।

हरिया को बनया से पहले इसीलिए बुलाया गया ताकि छिकिया और टिनिया में से जो चाहे उसे अपना जन चुन ले। यदि हरिया के ढोल पर एक भी न उठी तो अगली बार जब मढ़वा गढ़ेगा, तब अपना लिलार आजमाना होगा हरिया को भी, बनया को भी और इन दोनों मौढ़ियन को भी।

हरिया की थाप पर टिनिया उठी सो टिनिया हुई हरिया की जनी और छिकिया हुई बनया की। चार जन, चार जनी। चार मौढ़ा, चार मौढ़ी में से! ऐसा पहले कभी नहीं हुआ।

सब जन-जनी नाचने-गाने को उठ खड़े हुए। गुनिया ने फिर ढोल सँभाल लिया।

तभी मुखिया ने ढोल बजवाना बंद करवा दिया। सबको बैठने का इशारा दिया।

ऐसा भी नहीं हुआ था पहले कभी।

"मुइया यहाँ आ! ढोल बजा!"

ऐसा भी नहीं हुआ था पहले कभी। मुइया को खेरे में लौटे पीछे मौका दे तो चुका था मुखिया! फिर एक बार और! ऐसा भी नहीं हुआ था पहले कभी।

मुइया अवाक्।

यह क्या गजब करने जा रहा है मुखिया!

मैंने कब फरियाद की कि मोए जन की दरकार है! मोए किस लक्षन से मुखिया को यह इलहाम हुआ कि बिन मरद के मैं मर रही हूँ! मैं जब खेरे में लौटी थी तब मुखिया ने मढ़वा नीचे ढोल बजवा कर देख तो लिया था। कहाँ आया था कोई जन मोए संग डोर बाँधने! सच पूछो तो मोए तो तब भी जन की, कि मरद की दरकार न थी। मैं तो भरपाई मरद से, जनन से।

फिर अब! एक बार फिर वही अपनी ही लाज में गढ़ जाने के क्षण! वही

अपमान की आग में जलने, खेरे वालों की नजर में गिरने का दौर!

पूरा खेरा भी हैरान!

कौन है वह जो अपनी जनी से दुखी है! इतना दुखी कि घाट-घाट फिरी मुइया अपनी जनी से भली लगने लगी!

सब जनीं ने अपने-अपने जन को भरनजर परखा। आँखों में शंका, अविश्वास, अलविदा के भाव तलाशने चाहे। फुलिया ने भी अंतिम बार निहारा दुनिया को। अपने अब तक हुए रहे जन को। परजन होने जा रहे स्वजन को।

मुइया मुखिया की आज्ञा मानकर मढ़वा के नीचे आई। गौंड़ बब्बा को माथा टेका। मुखिया को प्रणाम किया। गुनिया को प्रणाम किया। ढोल को पाँवों के बीच चांपा। डंडियाँ हाथों में थामीं और ता-तिड़, ता-तिड़, ता-तिड़, ता-तिड़....की आवाज गूँजने लगी।

खेरा सोच में डूबा हुआ था। जरूर मुइया मुखिया के पास फरियाद लेकर गई होगी। कहा होगा कि बिना जन के रहा नहीं जाता। एक मौका और दो। मुखिया का दिल पसीज गया होगा। कह दिया होगा कि चल ठीक है। मढ़वा तरें ढोल बजाकर एक बार और आजमा ले अपना लिलार!

पर इसकी थाप पर कौन अपना माथा फोड़ेगा भला! किसकी मति इतनी फिर चुकी है! यह क्या सुख देगी अपने जन को!

मुइया बेमन से ढोल बजाती रही। मुखिया का हुकुम बजाने भर के लिए। न मुइया की थाप में लय थी, न तरंग, न उत्साह। खेरे पर भी थाप के साथ कोई, कैसी भी मदहोशी आती नहीं दिख रही थी। आवाज तो कर्कश लग ही रही थी, एक भी जन-जनी गर्दन उठाकर मढ़वा की तरफ देखना भी नहीं चाह रहा था।

तभी दुनिया अपनी जगह से उठा। मढ़वा की तरफ कदम बढ़ाया। पूरे खेरे ने मुँह पर हाथ रखकर 'हाय' कहा। फुलिया जमीन में समा जाने की चाहना करने लगी। मुइया के थाप देते हुए हाथ काँपने लगे। ढोल की आवाज डगमगाने लगी। दुनिया के मढ़वा नीचे पहुँचने-न-पहुँचने तक मुइया के हाथ डंडियाँ चलाना भूल गए।

मढ़वा के नीचे पहुँचकर दुनिया ने गौंड़ बब्बा को प्रणाम किया। मुखिया को प्रणाम किया। अपने बचुआ गुनिया को प्रणाम किया। मुइया के करीब आया। मुइया को साथ लेकर मढ़वा के दो फेरे लगाए। गौंड़ बब्बा, मुखिया, गुनिया को फिर से प्रणाम किया।

गुनिया ने अपने बाप की डोर बँधाई रस्म पर पूरे मन से ढोल बजाया। खूब बजाया। अँधियाई की सातों पहाड़ियों को तरंगित कर पाने के क्षण तक बजाया। अंत-अंत तक बजाया।

पूरा खेरा रास-रंग में डूब गया। सारी रात नाच-गाना हुआ।

उस नाच में, गान में, रास में, रंग में नहीं रंगी तो केवल फुलिया।

पाँच

गाँवों में निर्मल साव और खेरों में घूरे साव के नाम से बजते हैं लड़ैई के घूरेलाल निर्मल साव। राजघाट से चंदेरी, चंदेरी से जमूसर तक, मूसर खेरे से जीरोन खेरे तक और पठार पीछे के तमाम गाँव-खेरों में ऐसा कोई नहीं जो घूरे साव को उनकी करतूतों के चलते जानता न हो।

घूरे साव को अब फूटी आँख भी नहीं सुहाते राउत। कभी घूरे साव की आँखों के तारे थे राउत। पुतलियाँ थीं राउतनें। इस तरह उनके बीच रचे-पचे रहते थे घूरे साव जैसे उन्हीं के बीच रहे-बसे हों जनम-जिंदगी से। जैसे उन्हीं में से एक हों करिया-कलूटे साव।

घूरे साव ने अपने दद्दा नीमवाले साव की गद्दी सँभालने के बाद बारी, टोढ़े, जमूसर के पीछे बसे राउतों के खेरों में कारोबार फैलाया था। राउतों की जरूरत की चीजें—कत्था, लत्ता, नून, तेल, चूना, लोहा, बरतन उनके खेरे तक पहुँचाते थे। बदले में गाद, चिरौंजी, जलावन, जड़ी-बूटियाँ लेते थे। चंदेरी की हाट में नकद कलदार लेकर ये चीजें बेच देते थे।

घूरे साव का कारोबार खूब फला-फूला। राउत फल गए घूरे साव को। डाकुओं का खटका जरूर रहा रास्ते में, डाँग में, इसके अलावा बेखटके रहे घूरे साव। राउतों से कारोबार इतना पुसाया कि गाँव में किसानों से नाता ही नहीं रखा कभी घूरे साव ने। खेरों के कारोबार में न कोई सौदेबाजी, न कोई जोड़ीदार।

घूरे साव का कुभाग कि राजघाट बाँध का पहला काम छिड़ते ही जमूसर के चारों तरफ पानी भर गया। खेरे के खेरे उजड़ गए। राउत खेरा छोड़ भागे। घूरे साव का कारोबार ठप पड़ गया। घूरे साव हाथ-पर-हाथ धरे बैठे नजर आने लगे।

कुछ दिन दुविधा में रहे घूरे साव। सिद्धनपुर की तरफ बसे खेरों में कभी नहीं गए थे। वहाँ की राउतनें खुद गाँव में आकर हलके साव को, दर्जी गुलझारी साव को चीजें दे जाती थीं। दूसरों के ग्राहक से मगजमारी कभी नहीं की निर्मल ने। दूसरों के असामी से नाता न जोड़ने के चलते तो निर्मल किसानों के बीच सूदखोरी का, कि अनाज का कारोबार नहीं कर पाए कभी।

जब घूरे साव के कारोबारी खेरे नहीं रहे, कारोबार चौपट हो गया, तब जी कड़ा करके घूरे साव ने पठार पीछे के गाँवों में, जीरोन, जिठौत, पड़ाघाट जैसे खेरों में कदम बढ़ाया। कई फेरे लगाए।

इन खेरों की इतनी बड़ी बसावट, आबादी देखकर मन बना लिया साव ने कि जो

हो सो हो, अब तो कारोबार यहीं, इन्हीं के बीच फैलाना है।

घूरे साव का सुभाग कि ठीक उन्हीं दिनों गाँव में साव परिवार पलायन करने लगे। कस्बों में जा बसे। खेरों की राउतनें गाँव में आतीं। चिनार के साव की बाखर के पट बंद देखकर उलटे पाँव मायूस-सी लौट-लौट जातीं।

सो राउतों को घूरे साव का अपने खेरे में आना गौंड़ बब्बा का वरदान लगने लगा। खेरे वालों ने पलक-पाँवड़े बिछा कर साव की अगवानी की। घूरे साव के मन की मुराद पूरी हुई। साव को ठौर मिल गया। कारोबार का फिर से डौल बैठ गया।

गल्ले का कारोबार नहीं करते घूरे साव। गल्ले का कारोबार करते होते तो घूरे साव को भी गाँव को अलविदा कह कर जाना होता। ज्यों-ज्यों बाँध वाले गैल मिटा रहे हैं, बाँध का तट बढ़ा रहे हैं, गाँवों से बैलगाड़ी पर प्राणपुर, ललितपुर, चंदेरी तक गल्ला ले जाना कठिन, नामुमकिन होता जा रहा है।

गल्ला गाँव से बाहर जा नहीं सकता, यहाँ कोई खरीदार है नहीं, इसलिए साव, बड़े किसान, ठाकुर गाँव छोड़कर शहरों में, कस्बों में रहने जा रहे हैं। वे इतना अनाज पैदा करके क्या करें जिसे कहीं खपाया न जा सके। जो मेहनत के बदले कलदार न दिलाए। अनाज न बेचें तो अपनी जरूरतें कैसे पूरी करें! खाते-पीते लोग हैं। कम जरूरतें तो हैं नहीं! गरीब किसानों, काछी, सलैया, ढीमर, बसोर, चमार, लुहार, बढ़ई कि राउतों की तरह केवल पेट भर लेना ही जीवन जीना नहीं है उनकी नजर में।

जमा पूँजी से ही घर की चीजें शहर से लाते रहे तो एक दिन वह भी छ्योंट जाएगी। तब न गाँव में रहने के योग्य बचेंगे न कस्बे, शहर में। उन्हें खबर है कि कस्बा, शहर खलीता में कलदारों की खनक रहते ही गले लगाता है। उनके बिना शहर में भी वही जीवन जीना पड़ता है जो गाँव में जी लेते हैं गरीब-गुरबा।

खबर है इसीलिए समय रहते खबरदार हो गए हैं ये। अपने जैसे औरों को भी खबरदार करके जा रहे हैं। लड़ैई के हीरा साव को जमीनें सौंपकर जा रहे हैं। हीरा साव खरीद रहे हैं औने-पौने दामों में एकड़ों जमीन। गाँव का गाँव।

खरीदना तो घूरे साव भी चाहते हैं लेकिन गल्ले का कारोबार न करने के चलते ज्यादा कलदार नहीं हैं अंटी में। गाँव वालों से साहूकारी-कारोबारी संबंध नहीं हैं। पठार पीछे के एक दो गाँवों में हैं, मगर नाम भर लेने को। यों भी पठार पीछे के गाँवों में कारोबार है झंझट का काम।

लड़ैई के बड़े पहाड़ के किनारे से, पथरा बब्बा के थान से बाएँ मुड़ो, थोड़ी डाँग पार करो तब आता है सिद्धनपुर। उसके साथ लगा है गुरीला का पहाड़। जहाँ कभी ऊपर लड़ैई बसा था। जहां गुरीला और सिद्ध बब्बा का थान है। सामने छूट जाता है जिठौत। पड़ाघाट से दाएँ मुड़ने पर आता है केशोपुर। पीछे छूट जाता है जीरोन। यहाँ से सीधी राह जाती है प्राणपुर को। रास्ते में मिलता है पानीपुरा।

केशोपुर के ठीक पीछे शुरू होता है पठार। जैसे जीरोन से शुरू होते हैं अँधियाई के दर्जनों पार-पहाड़ियाँ। पठारों के पीछे बसे हैं कई छोटे-छोटे गाँव। यहाँ से आगे बढ़ते रहो तो पहुँच जाओ जाखलौन, देवगढ़।

पठार पीछे के ज्यादातर गाँवों में जाखलौन के साव लोगों का कारोबार है। दो-एक लड़ैई के साव भी यहाँ साहूकारी करते हैं, पर ज्यादा नहीं। लड़ैई के कई साव लोगों की नातेदारी है जाखलौन के साव लोगों से। उन्हें नागवार न गुजरे इसलिए लड़ैई के साव यहाँ कम असामी बनाते हैं।

यहाँ का ज्यादातर गल्ला पहुँचता है जाखलौन। लड़ैई के साव तो गहना-गुरिया लेते हैं या लेते हैं गाय-भैंस।

घूरे साव ने राउतों से खूब बटोरा। भर-भर झोली बटोरा।

हलके-साव, दर्जी साव कभी किसी खेरे में नहीं गए। राउतनें जो भी बाखर तक लाईं, नपवा लिया। घूरे साव खेरे-खेरे गया। जो चाहा, जिस चीज की बाजार में माँग ज्यादा हुई, वही माँगा। वही खरीदा।

राउतों का खयाल है कि वे दो कौड़ी की चीजें बटोरते हैं। साव लोगों के शौक की चीजें, न कि जरूरत की। जरूरत की होतीं तो गाँव के और लोग भी न लेते होते! उन्हें कहाँ खबर कि गाँव के गरीब किसान महँगे शौक नहीं पालते। ऐश साव लोगों को ही शोभा देती है उनके लेखे।

जिन राउतों से खूब कमाया, जो कभी आँखों के तारे थे घूरे साव के लिए, वे राउत अब फूटी आँख भी नहीं सुहाते निर्मल साव को। जिनके बीच कभी ऐसे रचे-पचे थे कि उन्हीं में से एक होने का भ्रम देते थे, अब उन्हीं नंग-धड़ंग, करिया-कलूटे राउतों को देखकर ऐसे बिदकते हैं करिया-कलूटे, गिरगिटिया घूरे साव जैसे बधिया होने से बचा छुट्टा बच्छा सांड बिदकता है लाल लत्ता देखकर।

कभी जमाने पहले लड़ैई के बड़े साव के तीन बेटों में जायदाद का बँटवारा होने पर उनके बड़े बेटे ने अपने हिस्से की रकम से एक धर्मशाला बनवाई थी गाँव में। खुद मुरैना के किसी विद्यालय के कर्ता-धर्ता होकर वहीं बस गए थे।

श्रीमहावीरजी के आश्रम से एक बाल विधवा विदुशी बाई साहिबा को धर्मशाला में धर्मपाठशाला शुरू करके गुरुआनी नियुक्त किया था। गाँव के साव परिवारों से निवेदन किया था कि बाई साहिबा सबके बच्चों को धर्म-शिक्षा देंगी। बदले में बिरादरी उनके भरण-पोषण की जिम्मेदारी सँभाले। पूरी बिरादरी ने सहर्ष यह वचन दिया कि वे बाई साहिबा को पूरा आदर-सम्मान और सेवाभाव देंगे।

बाईजी कई वर्षों तक बानियों के बच्चों को धर्म-शिक्षा देती रहीं। जब एक-एक करके साव परिवार वहाँ से विदा होने लगे तब बाईजी को भी अपने भविष्य की चिंता

हुई। पाठशाला अब ठप पड़ चुकी थी। जीवनयापन का कोई कूल-किनारा नजर नहीं आ रहा था। अवस्था भी काफी हो चुकी थी। किसी नई जगह से कोई परिचय न था। गाँव से गए किसी साव ने भी किसी और जगह नियुक्ति करवाने का प्रयास नहीं किया।

निर्मल साव शहर आते-जाते ही थे। बाई साहिबा ने उनसे आग्रह किया कि हमें मुरैना पहुँचा दो सेठ जी के पास। वे ही हमें यहाँ छोड़ गए थे। अब वे ही तय करेंगे कि हम कहाँ रहें।

निर्मल साव सहर्ष तैयार हो गए। यह तो पुण्य का काम था। उनका कुछ लगना-लगाना तो था नहीं। उलटे गाँव में अकेले वही साव रह जाने पर बाई साहिबा की दुर्गति का कलंक उन्हीं के माथे आता। अब जब बाई साहिबा खुद ही उन्हें मुक्त होने का अवसर दे रही हैं तो निर्मल उसे भला क्यों चूकें!

एक रोज बाई साहिबा को साथ लेकर घूरे साव आ पहुँचे मुरैना। खोजते-करते खबर मिली कि सेठ जी तो अब रहे नहीं। हाँ, उनका एक दत्तक पुत्र है जो वकील है। कचहरी में बैठता है। वही उनकी संपत्ति, उनके दायित्वों का वारिस है। वहीं जाओ।

वकील बाबू ने निर्मल साव का आभार माना। विश्वास दिलाया कि मैं बाई साहिबा को माँ जैसा सम्मान दूँगा। इनकी परवरिश करूँगा। अपने धर्मपिता के दायित्वों का निर्वाह मेरा नैतिक कर्तव्य है।

मुरैना में दो-तीन रोज रुक कर निर्मल साव खुश-खुश लौट आए लड़ैई। मगर लौटे पीछे लड़ैई में मन नहीं रमा उनका। बार-बार बाई साहिबा की खैर-खबर लेने पहुँचने लगे मुरैना। वकील बाबू भी जिद करके उन्हें कई-कई दिन रोके रहते। ताकि निर्मल साव को तसल्ली हो जाए कि माँजी यहाँ सुख से हैं, चैन से हैं, परम आनंद का अनुभव कर रही हैं।

निर्मल साव मन के उतने कोमल, निर्मल नहीं हैं, जितना वकील बाबू समझते रहे। निर्मल साव का एक नाम घूरे साव भी है, यह खबर न थी वकील बाबू को। बाई साहिबा ने भी नहीं सोचा कि बार-बार क्यों आता है यहाँ निर्मल!

निर्मल साव जब पहली बार मुरैना आए थे तब बाई साहिबा को एक धर्मशाला में टिका कर बड़े साव के लड़के का पता-ठिकाना खोजने निकले थे। वकील बाबू का अता-पता पाने के बाद उनसे भेंट करने के लिए कचहरी गए थे। वकील बाबू तो नहीं मिले थे अलबत्ता उनकी बैठक में एक जमघट के दीदार जरूर हुए थे।

थोड़ी देर की ताका-झाँकी के बाद घूरे साव को उस जमघट का माजरा पता चला। वहाँ एक औरत अपना प्रतिज्ञा-पत्र तैयार करवाने आई थी। वकील बाबू का मुंशी प्रतिज्ञा-पत्र तैयार कर रहा था। वहाँ मौजूद जमघट इकट्ठा नहीं बल्कि दो दलों के रूप में आया था। एक दल औरत का हितू था और दूसरा शत्रु।

क्या होता है प्रतिज्ञा-पत्र! क्या होता है प्रतिज्ञा-पत्र में! क्या होता है प्रतिज्ञा-पत्र

से ! घूरे साव कुछ बूझ नहीं पाए।

वकील बाबू से भेंट हो जाने, बाई साहिबा उनके सुपुर्द कर देने के बाद घूरे साव ने अपनी जिज्ञासा शांत करने के लिए और खोजबीन की।

खबर लगी कि यह औरत अब तक जिस आदमी के साथ रहती थी, अब उसके साथ नहीं रहना चाहती। अब एक दूसरे आदमी के साथ रहना चाहती है। इसीलिए उस दूसरे आदमी को साथ लेकर कचहरी आई है। वह जो औरत के हितू दल के रूप में अगुआ बना खड़ा था लट्ठ लिए, उसके साथ रहना चाहती है। और शत्रु दल का अगुआ था वह आदमी जिसके साथ तब तक यह औरत रहती थी।

कचहरी में नोटरी के आगे उसका प्रतिज्ञा-पत्र तैयार हुआ। उसमें औरत की ओर से यह शपथ लिखी गई कि मैं उसे छोड़ कर इसके साथ घर बसाने जा रही हूँ।

निर्मल साव के मगज में अब भी सिर-पैर नहीं समाए। सो वे टिके रहे कुछ दिन। पहली बार मुरैना तभी छोड़ा जब सब राई-रत्ती जान लिया। मनसूबे बना लिए।

खबर लगी कि इस इलाके में ऐसे ढेरों जमींदार, रईस, ताल्लुकेदार, असरदार अफसर और अन्य बड़े कारोबारी लोग हैं जो औरतें खरीदते हैं। उनके आदमी गाँव-देहात से, खेरे-टपरे से औरतें उठा कर, फुसलाकर, हाँककर लाते हैं। औरत को कचहरी में किसी एक आदमी के साथ पेश किया जाता है। उस औरत की ओर से कहलवाया जाता है कि वह इस आदमी के साथ अपना घर बसाना चाहती है। अपनी मर्जी से। किसी की जोर-जबरदस्ती से नहीं।

औरत का प्रतिज्ञा-पत्र तैयार होता है सरकारी कागज पर। तब वह औरत खुलेआम उस आदमी के साथ रहने लगती है।

कुछ समय बाद जब उसकी कीमत चुकाने वाला ग्राहक मिल जाता है, तब औरत को दो दलों के साथ पेश किया जाता है। औरत की ओर से कहलवाया जाता है कि अब मैं इसके नहीं, इसके साथ रहना चाहती हूँ। तब नया प्रतिज्ञा-पत्र बनता है। खरीद-फरोख्त को कानूनी जामा पहनाने के लिए।

प्रतिज्ञा-पत्र की इबारत अमूमन इस तरह की होती है :

मैं पूर्ण बालिग हूँ/अपना भला-बुरा सोचने में समर्थ/मैंने फलाँ व्यक्ति से विवाह किया था/पर वह मेरी परवाह नहीं करता/मुझे मारता-पीटता है/मेरी सौतन ला बिठाई है घर में/चरित्रहीन है/नामर्द है/खाने को नहीं देता/धंधा करवाना चाहता है/इसलिए मैं इसे छोड़ रही हूँ।

मैं फलाँ व्यक्ति को चाहने लगी हूँ/अब इसी के साथ रहूँगी/इससे उत्पन्न संतान इसकी संपत्ति की वारिस मानी जाएगी/उसे वैध संतान माना जाए/मुझे इसे अपना पति स्वीकारने के लिए किसी ने जोर-जबरदस्ती नहीं की/मैं किसी के दबाव या निरोध में नहीं हूँ।

मेरे पास पूर्व पति का कोई गहना-गुरिया, धन-संपत्ति नहीं है/न ही मैं किसी की कर्जदार हूँ/मैंने जो कपड़े पहने हुए हैं वे मेरी मेहनत की कमाई के हैं/मेरे माता-पिता, पूर्व पति या संबंधी या अन्य कोई मुझ प्रतिज्ञाकर्ता या मेरे पति या हमारे सहयोगी के विरुद्ध कोई कार्रवाई करें तो वह निराधार होगी।

मेरी किरार/राउत जाति में पति से न निभने पर नया पति करने का चलन है।

मैंने प्रतिज्ञा-पत्र सुन और समझ लिया है। तब अँगूठा लगाया है।

निर्मल साव मुरैना आते रहे। घूरे साव रहस्य-दर-रहस्य पाते रहे। कि ऐसी गबरू-जवान औरतों के खरीदार इस इलाके में सैकड़ों हैं। किसी को अफसरों को खुश करने के लिए चाहिए। किसी को पुलिस को। किसी को डाकू दल को। किसी को वंश चलाने को। किसी को दिल बहलाने को। किसी को पेशा करवाने को।

निर्मल साव मुरैना आते रहे। कचहरी में हफ्तों विराजते रहे। किस्म-किस्म के जिस्मों के कारोबारियों की, जिस्मों के दाम और बिक्री की संभावनाओं की राई-रत्ती जानकारी जुटाते रहे।

औरतें ही नहीं बच्चियाँ भी खरीदी जाती हैं। अलबत्ता उनका प्रतिज्ञा पत्र नहीं बनता। उनका लेन-देन गुपचुप होता है। उन बच्चियों को कुछ खास गाँवों में रखा जाता है। वहाँ मार-पीट कर उन्हें पतुरिया के लक्षण सिखाए जाते हैं। नचनिया बनाया जाता है। फिर बाजार में बिठाया जाता है।

मुरैना के कई फेरे लगाने के बाद निर्मल साव के केवल नाम के पीछे निर्मल लगा रह गया। शेष तो भीतर-बाहर मल-ही-मल जमा हो गया। सचमुच घूरा हो गया घूरे साव। नाम का भी मैला, चाम का भी मैला और काम का भी मैला। घिनौना। जघन्य!

मुरैना के फेरे-दर-फेरे के दौरान ही घूरे साव ने संभावित खरीदार खोज लिए। दलालों से साठगाँठ कर ली। कारोबार कैसे करना है, माल कहाँ से लाना है, माल कहाँ पहुँचाना है, सब गुंताड़ा बना लिया।

धर्म के काम से पुण्य कमाने पहली बार मुरैना गया घूरे साव अधर्म का कारोबार करके पाप की गठरी बाँधने के लिए आमादा हो गया।

घूरे साव का राउतों के खेरों में आने-जाने का सिलसिला बढ़ गया। कई बार रातें भी वहीं गुजारने लगा। राउतों को जड़ी-बूटियाँ महँगे दामों में खरीदने का प्रलोभन देकर डाँग में भटकने को भेजने लगा। उनके जाते ही टपरा में बैठकर राउतनों को बहलाता-फुसलाता। नित नई चीजें भेंट करता। ऐसी चीजें तो अजूबा लगें। मन मोह लें। टिकिया, बिंदिया, ऐना, कंघी, बिछिया, पायल, चोली, चोटी, घाघरा, फरिया, पोलका, सुपारी, चूड़ियाँ। बच्चों को फूँकना, गोलियाँ, कंचे, बाजे, खिलौने दोनों हाथों से बाँटने लगा।

चीजें देने के बहाने राउतनों को छूता। इस्तेमाल करने का ढंग बताने के बहाने उनके अंगों को सहलाता। भरमाता। हँसी-ठिठोली करता।

राउतों को बीड़ी, तंबाखू, कैवेंडर, तेल, कंघी, गुटखा देता। उनके संग बैठकी करता।

खूब दिन, खूब रातें राउतों के खेरे में बिताकर घूरे ने खेरों की दिनचर्या, रात्रिचर्या जान ली। सीधी, टेढ़ी, तिरछी, छोटी, लंबी, पथरीली गैल पहचान ली।

साव ने इस बीच अपनी कामयाबी का रास्ता पहचान लिया। जान लिया कि राउत उतना जनाउर से भी नहीं डरता जितना डाकू से डरता है। पहाड़ रिसक जाने से उतना भय नहीं खाता जितना बंदूक की आवाज से खाता है।

जनाउर से सामना हो जाने पर संभव है राउत उसे चीर कर दो कर दे। पहाड़ के रिसकने पर हो सकता है उसे अपने कंधों पर थाम ले। लेकिन डाकू दीखता नहीं। अचानक हमला करता है। वह भी पास से नहीं, दूर से छिपकर। बंदूक के सहारे। और बंदूक भी दिखती नहीं। भनक नहीं देती। केवल गोली पहुँचती है मुकाबिल तक।

घूरे साव आए दिन खेरों की चौपालों में डाकुओं के किस्से सुनाने लगा। डाकुओं से इसी क्षेत्र में, हाल ही में हुई मुठभेड़ के मनगढ़ंत किस्से। खेरे से लौटते समय डाँग में पहुँचकर पटाखे फोड़ता। आग वाले, आवाज वाले।

और इस बीच किसी-न-किसी राउतन से दूर डाँग में मिलने का वायदा लेता। पटाखे बजाता उसे लड़ैई की गैल तक लाता। कुछ दिन अपनी बाखर में छुपाए रहता। खुद खेरे में जाकर राउतन के हिरा जाने पर अफसोस जताता। खोजने में साथ देने का स्वाँग भरता। डाकुओं द्वारा भगा ले जाने का संदेह प्रगट करता।

फिर किसी रोज भोर में राउतन को लेकर राजघाट पहुँचता। वहाँ से चंदेरी। वहाँ से मुंगावली। वहाँ से मुरैना तो कभी शिवपुरी।

इस तरह लड़ैई के पास के खेरों की राउतनें मुरैना-शिवपुरी पहुँचती रहीं। प्रतिज्ञा-पत्र बनते रहे। घूरे साव के गल्ले में गदराए जिस्मों को बेचने से आया गल्ला भरता गया।

घूरे साव का यह कारोबार कुछ साल बाद यकायक बंद हो गया। तौबा कर ली घूरे साव ने। किसी सुविचार से नहीं, आफत गले पड़ती देख।

उस बार जब घूरे साव राउतन को ठिकाने लगाकर वकील बाबू के डेरे पर पहुँचा तो खबर मिली कि एक औरत अपने खरीदार के घर से भाग गई। किसी दूसरे के हाथ लग गई। वह उसे कचहरी लाया था। जब प्रतिज्ञा-पत्र तैयार हो रहा था तभी उसका मूल खरीदार आ पहुँचा। दोनों में खूब लट्ठबाजी हुई। उस औरत ने बताया कि कोई घूरे साव जिठौत से उसे भगा कर लाया था।

घूरे साव ने जीवन में पहली बार भगवान का लाख-लाख शुक्रिया अदा किया।

अपने जिस नाम से उन्हें आज़ तक चिढ़ थी, जिसके लिए वे अपने स्वर्गवासी दद्दा को उठते-बैठते कोसते थे, उसी नाम की बदौलत वकील बाबू के सामने बाइज्जत सुरक्षित बैठ पाए। वकील बाबू नहीं जानते थे कि निर्मल जी का एक नाम घूरे साव भी है और जिठौत लड़ैई के आसपास का खेरा है।

घूरे साव उलटे पाँव लड़ैई की ओर भागे। कान पकड़ लिए कि अब कभी नहीं आना मुरैना। न भरी दुपहरिया में, न कभी भोर-रैना में।

घूरे साव भूलने लगे थे मुरैना और वहाँ की बातों को। तभी एक रोज चंदेरी में तहसीलदार ने बुलवाया घूरे साव को। वहाँ पहुँचने पर उन्होंने बताया कि यहाँ तबादले पर आने से पहले वे मुरैना में थे। वहाँ एक उड़ती-सी खबर सुनी थी कि औरतों की खरीद-फरोख्त में कोई घूरे साव शामिल हैं।

तहसीलदार अभी अपनी बात पूरी कर भी न पाए थे कि घूरे साव को काटो तो खून नहीं।

तहसीलदार ने प्रसंग बदल दिया।

"खैर, हमें उससे क्या ! उसकी तफसील करना हमारा काम नहीं है। जनानियों की खरीद-बिक्री से हमें क्या लेना-देना। हाँ, जमीन की नाजायज खरीद-फरोख्त हो तो हम बीच में आएँ····। ····कि उसका हाथ थामें।"

कुछ और इधर-उधर की बातें करने के बाद तहसीलदार ने घूरे साव को विदा कर दिया।

घूरे साव के मन में भय बैठ गया। तहसीलदार के मन से शक मिटाने, अपने-आपको निर्भय दिखाने के लिए, घूरे साव जब-तब यूँ ही तहसीलदार को हाजिरी बजाने जाने लगे। जब भी जाते, कोई फल, तरकारी या अनाज भी साथ ले जाते।

इस आवाजाही के दौरान तहसीलदार ने घूरे साव को सौंपा एक अहम काम।

तहसीलदार ने एक रोज बखान किया कि सरकार जो है बढ़ती आबादी से परेशान है। आबादी की बढ़त रोकना चाहती है। सरकार चाहती है कि हम अपने इलाके में दो हजार मर्दों की नसबंदी करवा दें। ताकि वे और बच्चे न जन सकें।

"इस काम को अंजाम देने के लिए गाँवों से मर्दों को लाने का काम हमने आपके गाँव के सेठ हीरालाल को सौंपा है। आपका खेरों में, राउतों में आना-जाना है। सो खेरों से मर्दों को लाना आपकी जिम्मेदारी रही। बदले में सरकार आपको प्रति मर्द कुछ नगद रकम इनाम में देगी। हम अपनी तरफ से आपको आपके क्षेत्र के तमाम गाँवों का किरासिन, शक्कर का कोटा-परमिट दिलवाएँगे। मर्दों को कब लाएँगे, कैसे लाएँगे, यह आपको तय करना है। तय करके हमारे दफ्तर में खबर दे देना। हम बाकी सारा इंतजाम कर लेंगे।"

घूरे साव खुश! यह भी कोई काम हुआ भला! तहसलीदार लाभ-लोभ का पुछल्ला न जोड़ते, साव तो तब भी काम को अंजाम देते। आखिर साव की नस जो दबी है तहसीलदार की स्मृति में!

निर्मल साव दूसरे ही दिन से जुट गए नई मुहिम पर!

हीरा साव ने जो चाल गाँव वालों के साथ चली, वही थोड़ी फेर-बदल कर आजमाई घूरे साव ने।

खेरे-खेरे में जाकर अलख जगाई। राउतों को बताया कि इस आजाद देश में एक सरकार नाम की भी चीज है। जो सबका भला सोचती है। हरदम दूसरों की भलाई के उपाय सोचती रहती है। दूसरों की सुख-सुविधा के लिए रात-दिन मगजमारी करती रहती है।

जैसे तुम्हारे खेरे में एक मुखिया है वैसे ही इस देश की भी एक मुखिया है। उसके राज में देश तरक्की कर रहा है। सब कहीं अमन-चैन है। वही बनवा रही है राजघाट पर बाँध।

नदी को बाँधने के दिन तक तो जरूर एक-न-एक आपद-विपद आती रहेगी, लेकिन नदी के बँधते ही आफतों से अपना कंटक कट जाएगा। फिर तो खुशहाली आएगी। खेतों को भरपूर पानी मिलेगा। हर जिस्म को लत्ता मिलेगा। बच्चों को शिक्षा-ज्ञान। जवानों को रोजगार। बूढ़ों को उपचार।

घर-घर में बिजली होगी। वैसी नहीं जैसी आकाश में चमकती है कभी-कभार। वह हमारी मर्जी से चमकेगी, हमारी मर्जी से बुझेगी। यह नहीं कि झलक दिखाई, आँखें चौंधियाईं और बिला गई।

बड़ी जादू जैसी चीज होती है बिजली। कभी बड़े पार पर खड़े होकर देखो, राजघाट के उस तरफ कैसी चमकती दीखती है। रात को दिन में बदले रहती है मायाविनी।

उस बिजली से मशीनें चलती हैं। कारखाने चलते हैं। उनमें कपड़े बनते हैं। खिलौने बनते हैं। चीलगाड़ी बनती है। पंखे बनते हैं। ऐसे पंखे जो बटन दबाते ही चल पड़ें। खूब हवा दें। तब इन हथपंखियों को चलाने का कष्ट नहीं उठाना पड़ेगा। चंदेरी में चलते हैं ऐसे पंखे।

हम ले चलेंगे तुम्हें चंदेरी। सब दिखाएँगे। बिजली की राई-रत्ती खबर देंगे। साक्षात् चलाकर दिखाएँगे।

"पर साव हम काहे को जाने लगे तुमरे संग चंदेई ?"

"बताते हैं। बताते हैं। धीरज रखो। वह भी बताएँगे।"

जब तक नदी बाँधी जाएगी यहाँ बाढ़ आती रहेगी। जब बँध जाएगी तब यहाँ आना न हो सकेगा। यहाँ पानी इकट्ठा किया जाएगा। उस पानी से बिजली बनेगी। हमें-तुम्हें यहाँ से जाना पड़ेगा।

हमने बताया था न कि इस देश में एक सरकार नाम की भी चीज है। सो उस सरकार ने फैसला किया है बाँध बने। जरूर बने। काहे कि उसकी जरूरत है। मगर किसी के साथ अन्याय न हो। सबकी फिकर है उसे। जो बिजली चाहते हैं उनकी भी, जो बिजली की खातिर घर से बेघर होंगे उनकी भी।

सो सरकार ने तय किया है कि जब तक बाँध बने, डूब में आने वाले गाँवों के, खेरों के निवासियों को कहीं अंत बसा दिया जाए। वहीं रोजगार दे दिया जाए।

किस खेरे में कितने जन हैं। कब से रहते हैं। कहाँ जाना चाहते हैं। क्या काम कर सकते हैं। यही सब गुनने में जुटे हैं चंदेरी में कई हाकिम।

हमने उन्हें तुमरे खेरे की सब दशा बता दी। तुमरी ओर से दरखास्त-फरियाद भी पहुँचा दी है। फिर भी उन्हें तुम्हारी माली हालत का ठीक-ठीक अंदाज नहीं बैठा। कहने लगे साव तुम कोई राउतों के पेट में थोड़ेई बैठे हो जो राई-रत्ती खबर होगी। बोले कि हम तो खुद उनसे बात करेंगे।

इसमें भला हमें क्या ऐतराज होना था। पर हमने उनसे एक ही गुजारिश की कि हुजूर वे बार-बार यहाँ तक गदबद न दे पाएँगे। जो भी जानना, जाँचना, दरयाफ्त करना हो, वह एक ही फेरे में कर लेना। भले ही उन्हें एक दो रोज यहाँ टिकना पड़े।

उन हाकिमों को हमारी फरियाद भली लगी। बोले—यह हमें मंजूर है। आप सबको ले आओ। उन्हें यहाँ ठहराने का, खाना-खुराक देने का जिम्मा हमारा।

तब हमने पते की बात छेड़ी। हालाँकि वह बात कहते हमें लज्जा तो आई, पर क्या करते। लाचारी थी। सच्चाई तो उजागर करनी ही थी।

हमने बड़े हाकिम से कहा कि हुजूर उनके बदन पर लत्ता के नाम पर तो एक टूंका भी नहीं होता। वे तो चमड़ी की पट्टी से अपना लिंग भर ढक पाते हैं। वे उसी अवस्था में नंग-धड़ंग तुमरे शहर में आ गए तो शहर के तमाम जन और तुमरे हाकिम उन्हें वापस खेरे की ओर खड़ेद देंगे। वे चामरे की जूतियाँ बनाते जरूर हैं, पर हमरे-तुमरे वासते। खुद कभी नहीं पहनते।

तब हाकिम ने हमें सरकारी खजाने से कलदार दिलाए। उन कलदारों से हमने धोतियाँ, कट्टियाँ, साफे और पनैयाँ खरीदीं। वैसी पनैयाँ नहीं जैसी तुम बनाते हो। बिल्कुल वैसी जैसी गाँव के जमींदार, ठाकुर पहनते हैं। शहर में मिलने वाली पनैयाँ। फूल-पत्ती, काँच-कत्ती लगीं पनैयां।

अब जिस दिन चंदेरी जाना होगा उस दिन हम तुम्हें वही सब पहरा के ले जाएँगे। वहाँ चल के अपनी जाँच कराना और अपने मनमाफिक ठौर और रोजी पाना।

एक बात कान खोल कर सुन लो!

वहाँ सरकारी कागज में तुमरा नाम-धाम दर्ज होगा। सरकार के आदमी तुमरे लिंग की, पेशाब की जाँच-पड़ताल करके तुमरी मर्दानगी नापेंगे। उसी के मुताबिक तुमरे

लिए काम तजबीजेंगे।

अरे हँसत काहे हो! मसखरी की कौन बात कही हमने!

अरे अब वे जमाने नहीं रहे कि सांड से लड़ाने के बाद ताकत पता चले।

रूख कटवाने के बाद हिम्मत की पहचान हो पाए।

खेत जुतवाने के बाद दम-खम का कूत पड़े।

अब तो एक कोठा में, उन्ना बिछे पलका पर पार के, लिंग की जाँच की, पेशाब लिया और उसे काँच की नली में डाल के जान लिया कि सामने लेटा मरद कितना ताकतवर है, कितना जबर।

तुम क्या, हम भी तो करवाएँगे अपनी जाँच। तुमरे ही संग-संग। हमें गाँव वाले गाँव का लेखते ही कहाँ हैं! कहते हैं हम राउत हैं। गलती से उनके बीच जा बसे। अब वे तो मसखरी में भी कह सकते हैं ऐसा। पर हम तो जनम-जिंदगी से तुम लोगन के बीच ही रहे हैं। हम तो अपने को राउत ही मानते हैं।

निर्मल साव के लेखे उसने न किसी को डराया, न धमकाया, न किसी से कुछ छुपाया। बस, तीन कपड़े, एक जोड़ी जूता हाथ में थमाया। खुद को उनका अगुआ बनाया। और तहसीलदार बनाम सरकार का कठिन काम आसानी से दे सलटाया।

घूरे साव ने सबको चंदेरी से खुशी-खुशी विदा किया। कहा कि तुम चलो, हम सरकारी फरमान लेकर आते हैं पीछे-पीछे।

मगर वह दिन फिर कभी नहीं आया।

जिस घूरे साव का दावा था कि उसने कुछ नहीं छुपाया था राउतों से, वह घूरे साव अब मुँह छुपाता फिरता है राउतों से।

इस काम को अंजाम देने के बाद घूरे साव कभी किसी खेरे में नहीं गया। वे मरते हैं या जीते हैं, साव को खबर नहीं। जिन राउतों को पलकों पर बैठा कर चंदेरी लाया था, अब उन्हें घूरे पर पड़ा भी नहीं देखना चाहता घूरे साव। अब तो सात गाँवों के परमिट का किरासिन, शक्कर चंदेरी में ही हासिल करके, चंदेरी में ही ठिकाने लगाकर मौज मनाता है घूरे साव।

तहसीलदार ने कहा था—जनानियों की खरीद-फरोख्त से हमें क्या लेना-देना। हाँ, जमीनों की खरीद-फरोख्त का मसला हो तो हम हाथ पकड़ें, कि थामें!

हीरा साव गाँवों से जिन किसानों को भरमाकर नसबंदी कराने चंदेरी लाए थे, उनके एवज में पा गए खासा ईनाम।

बहुत बरस पहले जब राजघाट पर बाँध का काम शुरू हुआ तब नदी से जो नहर पंचमनगर महल और वहाँ से पानीपुरा तक आती थी, उसे मूल मुहाने से बंद कर दिया गया।

पानीपुरा में पानी का साधन थी केवल वह नहर या एक तीस फुटी कुइयाँ। बारहमासी लबालब भरी रहने वाली नहर के चलते पानीपुरा को कभी कुएँ की दरकार ही नहीं हुई। नहर बंद होने से पानी की किल्लत रहने लगी। नए कुएँ खोदना इसलिए गैर उपयोगी लगा कि जाने कब गाँव खाली करना पड़े।

हीरा साव ने तजबीज सुझाई। पानीपुरा वालों की जमीनें औने-पौने दामों में खरीद कर बदले में लड़ैई में उन्हें जमीनें दे दीं और वहीं बसा दिया एक नया मुहल्ला हीरापुरा।

पानीपुरा में खरीदी जमीनें कानूनन अपने नाम करवाना हीरा साव का अहं काम। यदि जमीनें किसानों के नाम रही आईं तो मुआवजा भी उन्हीं को मिलेगा। इसी काम से वे तहसीलदार के चक्कर लगाते रहे। तहसीलदार का काम सलटाया। बदले में तहसीलदार ने बिना दान-दक्षिणा के वे जमीनें हीरा साव के नाम करवा दीं।

घूरे साव को भी चंदेरी आते-जाते खबर मिली की अब जल्दी ही राजघाट के इस तरफ पंचमनगर, लड़ैई, बारी, टोढ़े, शंकरपुर, पानीपुरा, केशोपुर, सिरसौदिया, सिद्धनपुर वगैरह में भी मुआवजा बँटेगा।

घूरे साव ने मुआवजा दफ्तर के फेरे लगाना शुरू किया। तहसीलदार की मार्फत भूमि अधिग्रहण अधिकारी से दुआ-सलाम बनाई। मुआवजा बनवाने, मुआवजा दिलवाने में मददगार बन गए घूरे साव। दलाल हो गए घूरे साव।

इसी के साथ-साथ निर्मल साव जुटे एक और मुहिम पर।

कई बार ललितपुर गए। भोपाल गए। इंदौर गए। गंजबासौदा गए। बीना गए। लश्कर गए। दतिया गए। सोनागिर गए। झाँसी गए। सागर गए। मंडी बामौरा गए। टीकमगढ़ गए। खनियाधाना गए। पपौरा गए। अंततः अपने स्वर्णिम अतीत का एक ऐतिहासिक प्रमाण जुटा लाए। उससे स्वर्णिम भविष्य की कढ़ी जोड़ने में जुट गए।

निर्मल साव ने तहसीलदार की इजलास में एक अर्जी डाल दी। जिसका मजमून कुछ यूँ था कि—पाँच पीढ़ी पहले हमरे पूर्वजों ने एक बार जीरे की खेती में भारी मुनाफा होने पर बसाया था जीरोन खेरा। ताकि वहाँ जीरे की और खेती की जा सके। उन्हीं ने वहाँ की पथरीली, ऊबड़-खाबड़ जमीन समतल करवाई थी। कुआँ खुदवाया था। फलदार वृक्ष लगवाए थे। खाद डलवाई थी। अपने घरू किसानों को बसाया था।

ऐसे ही एक बार गुड़ के कारोबार में मुनाफा होने पर मीठी तलैया बनवाई थी। कई वर्षों तक वहाँ खेती-किसानी होती रही। फिर जंगली जानवरों और डाकुओं का आतंक बढ़ने पर जीरोन उजड़ गया।

बाद में जाने कहाँ से कुछ राउत आए और वहाँ डेरा टाल कर बैठ गए। उनका नाजायज कब्जा हटवाने में हम नाकाम रहे क्योंकि अपने वंश में हम अकेले ही हैं। हम कहाँ-कहाँ उलझें, क्या-क्या सुलटाएँ। फिर हमने यह भी सोचा कि जब हम उस जमीन

को बरतते नहीं तो उन गरीबों को ही बना रहने दो। हमें तो पुण्य ही मिलेगा। फिर साँची बात यह कि हम सोचते रहे, राउत ठहरी खानाबदोश जाति, सो किसी भी दिन यहाँ से खुद ही टरक जाएँगे। पर नहीं, हमरी जमीन हथियाने को उन्होंने अपना जातिगत गुण तक बदल दिया।

कायदे से उस जमीन के मालिक आज भी हम ही हैं। हम सरकार से गुहार करते हैं कि हमें हमारी जमीन का कब्जा दिलाया जाए। इस जमीन की तौजी, जो सरकारी खजाने में नहीं जमा हुई है, वह हमसे एकमुश्त ले ली जाए।

उस जमीन पर हमारा खानदानी हक है। इसके प्रमाण के तौर पर पेश है हमारे खानदान की पिछली सात पीढ़ियों के लेखे-जोखे का कागज। इसे हम बमुश्किल खोज कर लाए हैं। इसे हमने खुद नहीं बनाया, यह अपने सही मुकाम पर हमें मिला है।

इसे खोजने के लिए हमें कहाँ-कहाँ नहीं भटकना पड़ा! पर अंत में यह हमें मिल ही गया।

बूढ़े-पुराने लोगों से, नाते-रिश्तेदारों से, अपनी पटी (गोत्र) वालों से, बिरादरी वालों से दरयाफ्त करने पर हमें खबर मिली कि बानिया बिरादरी के बुंदलेखंड ही क्या, और भी जाने कहाँ-कहाँ के बानिया, तीर्थक्षेत्र सोनागिरजी में अपनी पीढ़ियों की राई-रत्ती जानकारी, नाम-धाम-काम दर्ज करवाते आ रहे हैं सदियों से। कोई तीर्थाटन के समय दर्ज करवा आता है, कोई इसी मकसद से वहाँ जाता है।

वहाँ कई पीढ़ियों का, गोत्र के अनुसार, पटी के मुताबिक, क्षेत्रबार सबका लेखा-जोखा दर्ज है अलग-अलग बहियों में। हम वहीं से यह इबारत उतारकर लाए हैं।

यह अर्जी देने के बाद के दिन से घूर साव को फूटी आँख भी नहीं सुहाते राउत।

कल तक जिनके बीच ऐसे सोहते थे जैसे उन्हीं में से एक हों, आज उन्हें किनारे लगाकर उनकी जमीन पर शोभायमान होने के फेर में है घूरे साव।

फिलहाल जीरोन अपने नाम करवा कर चुप बैठ जाएगा, निश्चिंत हो जाएगा घूरे साव। अभी जीरोन का कोई मोल नहीं, जानता है घूरे साव।

लेकिन जैसे-जैसे मुआवजा बँटेगा, गाँव उजड़ेंगे, कहीं और जाने का ठौर न मिलेगा, वैसे-वैसे जीरोन की तरफ ललचाई आँख से देखेंगे ये गाँव वाले। खूब जानता है घूरे साव।

तभी ऐलान करेगा घूरे साव कि जीरोन हमारा है। यहाँ के मालिक हम हैं।

जब तक वह दिन नहीं आता, तब तक मुँह सिले रखना है घूरे साव को। तब तक जुबान से नहीं मन से राउतों को बददुआ देते रहना है, इन्हें खदेड़ने के गुंताड़े गुनने हैं घूरे लाल निरमल साव को।

छः

गुनिया दुविधा में है। उसकी दुविधा को मेट सकता है केवल मुखिया। मुखिया से कहे या न कहे यह दुविधा मूल दुविधा से भी ज्यादा दुविधाजनक है। घनी है।

गुनिया जानता है, मुखिया दुविधा बाद में मेटेगा, मेटेगा भी कि नहीं, खबर नहीं, यकीन नहीं, लेकिन देह धर देने की मंशा पहले जाहिर करने लगेगा।

इधर कुछ समय से जब जरा-सी दुविधा ने आ घेरा, मुखिया एक ही रट लगाने लगता है, "अब देह धरने का बखत आ गया रे गुनिया!"

सैकड़ों बार कह चुका है मुखिया यह बात। एक बार तो अपने न रहने के दिनों के वासते कई उपाय भी सुझा दिए थे।

गुनिया से बोला, "मेरे बाद तू मुखिया होगा यह तो जगजाहिर बात है। तेरे बाद कौन होगा यह भी मैं बताए देता हूँ। हालाँकि यह चलन नहीं है। अगला मुखिया तय करना मुखिया का काम है। पर अभी तू नादान है। बालक है।

"अपने खेरे की कई जनीं डाकू उठा ले गए। कई ऐसी हैं जिनके दो-दो गौढ़ा हैं। कई ऐसी हैं जो एक ही मौढ़ा जनम के सबर न करने कीं। जब मुइया से उन अच्छे दिनों में सब्र न हुआ। इतनी समझदार तोरी मतारी सत से डिगने-डिगने को हुई। तब इस आज के जमाने की मौढ़ियन से सब्र की उम्मीद करना जनाउर से ढोर को अनदेखा कर देने की उम्मीद जैसी बात हुई। घूरे साव के खेरे में कदम रखे पीछे कैसा तो सुभाव बदला है जनों का, जनीं का।

"सो तू मुखिया बनते ही छिकिया के मौढ़ा को गुनिया ऐलान कर देना। काहे कि छिकिया के अब मौढ़ी-मौढ़ा नहीं होने के।

"आँहाँ! छिकिया में कौनऊ कमी नहीं आई। उसका जन भी जबर है। पर अब उसके बाल-बच्चा नहीं होने के। काहे कि जब से छिकिया ने अपने दोई हाथन से जनाउर चीरे है, तब से न उसका अपना जन, न खेरे का कोई और जन उसके संग सुख पाने की कामना नहीं कर पाता। काहे कि जन सदा अपने से कमजोर जनी से ही सुख पा पाता है। अपने से जबर जनी के संग सो भले ही जाए, सुख नहीं पाता। सो तू बेखटके छिकिया के मौढ़ा को गुनिया ऐलान कर सकता है।"

मुखिया के याद दिलाने पर गुनिया को वह दिन, वह घटना ऐसे याद आ गई जैसे वह कभी पहले घटी न हो बल्कि अब घटना ही चाहती हो।

अपने टपरा के बाहर खूँटे से बँधी भैंस का दूध दुह रही थी छिकिया। एक तरफ से पड़िया दो थन चौंख रही थी। दूसरी तरफ से दो थन छिकिया के हाथों में थे। पाँवों

के बीच मटकी फँसी थी।

थोड़े फासले पर एक और टपरा के बाहर बैठे कई जन गपिया रहे थे।

अचानक झबरा भौंकता हुआ आया और मुखिया के टपरा में दुबक गया।

उसके पीछे-पीछे दबे पाँव आया एक जनाउर। जनाउर ने छिकिया की भैंस की पड़िया का पाँव जबड़े में चाँपा और उलटे पाँव लौटने को हुआ।

पलक झपकते जितनी देर में उसने इस काम को अंजाम दिया था। लेकिन छिकिया भी जनाउर से कम फ़ुर्तीली और चौकन्नी नहीं थी। उसने मुड़कर भागने को उतावले जनाउर के पिछले दोनों पाँव अपने दोनों हाथों में चाँप लिए।

अब इधर छिकिया, फिर मटकी, फिर भैंस, फिर जनाउर और उसके मुँह में पड़िया का पाँव। जनाउर की मंशा यह कि पड़िया का पाँव छोड़कर या कतर कर छिकिया पर झपटूँ। मगर पड़िया के पाँव का खुर जनाउर के जबड़े में ऐसा जा गढ़ा कि निगलते बने न उगलते।

जनाउर ने गुर्राना चाहा, मगर गों गों गों की आवाज ही गले से निकली।

गों गों की आवाज सुनी कि सब जन का ध्यान उधर गया।

अगले ही पल टपरा से बल्लियाँ खींच कर दौड़े कई जन।

मार-मार कर जनाउर को वहीं ढेर कर दिया।

तब पाँवों के बीच से मटकी को एक तरफ हटा कर, भैंस के नीचे से खुलक कर छिकिया जनाउर के करीब आई। जनाउर का एक पाँव जमीन पर पटककर उस पर अपना पाँव जमाया और अपने दोनों हाथों में जनाउर का एक और पाँव थाम कर इतनी जोर से खींचा कि 'चर्रर-चटाख' की आवाज के साथ पाँव जा लगा जबड़े के पास।

गुनिया ने याद किया, सचमुच उस दिन के बाद छिकिया की चाल बदल गई। छिकिया के प्रति औरों की नजर बदल गई। खेरे की फिजाँ बदल गई।

गुनिया को कभी नहीं सुहाया घूरे साव। गुनिया ने महसूस किया कि खेरे में घूरे साव के कदम रखे पीछे हवा बदलने लगी। सब जन बीड़ी-चिलम में ज्यादा रमने लगे। गाँवों के, खेरों के, डाकुओं के किस्से सुनने को उतावले रहने लगे। मिलवाँ की, साझी खेती पुसानी बंद हो गई। हर कोई साव को उसकी माँगी चीज अकेले में देना चाहने लगा। साव के संग गाँव तक जाने की फिराक में रहता। काहे कि वहाँ साव जो देगा, उसका किसी को कूत भी न पड़ेगा। यह इल्म नहीं कि गाँव में किसी की नजर पड़ गई तो इतनी पनैयाँ पड़ेंगी कि पौंद जमीन पर टिकाना कठिन हो जाएगा।

और जनीं!

वे भी साव की बाट जोहती रहने लगीं। उसके संग हँसी-ठठ्ठा करतीं। मसखरी करतीं। साव को नीम तरें से अपने टपरा में खचोर ले जातीं। लाड़-मनुहार करतीं। ऐसी मोहनी मूरत बना कर दिखातीं जैसी अपने जन को सुपने में भी न दिखाई होगी। ऐसी

मिठौनी बानी बोलतीं जैसे मिसरी घुल रही हो थूथरे में।

जो कभी जल में लिलार निहारती थीं वे ऐना तकने लगीं। हुलस-हुलस जातीं अपने रूप पर। अपने रूप का औरों के रूप से मिलान करतीं। अपने से ज्यादा रूपवान को ही मान-मर्यादा देतीं। अपने से कम रूपवान को ओछा लेखने लगीं।

गुनिया को कभी नहीं सुहाया घूरे साव। गुनिया को कभी नहीं पुसाया घूरे साव का लेन-देन।

गुनिया चाहता है कि मुखिया ऐलान कर दे—घूरे साव का खेरे में आना शुभ नहीं है। इसे बाँध-बूँध कर लड़ैई के किसी घूरे पर फेंक आओ!

ऐसा अवसर आता तो गुनिया अकेला ही इस नेक काम को अंजाम देने को तैयार बैठा था।

घूरे साव की नस-नस में चतुराई भरी है। ऐसे हेरता है पूरे खेरे को जैसे झोलना में भर ले जाना हो। जैसे परख रहा हो कि उसके थैले में खेरा आएगा या नहीं।

जनी, मौढ़ी दिखी नहीं कि ऐसे निहारता है जैसे पलकों में चाँप कर ले उड़ेगा। किसी जन से बात करने से पहले ऐसी चौकन्नी नजर से चारों तरफ हेरता है जैसे जगत का सबसे बड़ा राज़ बताने जा रहा हो!

गुनिया उम्मीद लगाए रहा मगर मुखिया ने नहीं किया ऐलान। आँखें मूंद लीं मुखिया ने।

गुनिया जानता है मुखिया आँखें न मूँदता तो क्या करता। घूरे साव खेरे में न आए तो बसर कैसे हो! घूरे साव के अलावा दो ही तो खरीदार बचे हैं गाँवों में। दोनों लड़ैई में। एक हैं हलके साव और दूसरे दर्जी साव। जनीं बताती हैं कि वे भी जल्दी ही डेरा उठाने वाले हैं गाँव से। गाँव के बाकी जन सूप, बुहारी तो ले लेंगे, चिरौंजी-गाद तो तीज-त्यौहार पर ही माँगेंगे। फिर गाँव वालों के पास कहाँ है बदले में देने को नून, तेल, कत्था।

गुनिया गुनता रहा बहुत दिन। मगर उसके गुने से हुआ-हवाया कुछ नहीं। हुआ उसी घूरे साव के गुने से। जश के लिए भले ही न गुना हो उसने पर संजोग तो बना। घूरे साव खेरा छोड़ते-छोड़ते नई राह दिखा गया, नया खरीदार सुझा गया।

घूरे साव खेरे के सब जनों को ले गया था चंदैई। उनमें एक गुनिया भी था। धोती, कट्टी, साफा, पनैयाँ पहने। जीवन में पहली बार डाँग से बाहर आए थे। चंदैई की भीड़-भड़क्का देख चकरा गए।

सब जन तो घूरे साव के पीछे-पीछे डेरे पर पहुँच गए लेकिन गुनिया इधर-उधर ताक-झाँक के फेर में पीछे अकेला छूट गया। बहुत भटका, बहुत तलाशा मगर चिनार का एक भी जन दिखाई नहीं दिया। इस फेर में पूरी चंदैई के कई फेरे लगाकर, चप्पा-चप्पा देखकर लौट आया खेरे में।

शेष जन आए थे दूसरी साँझ को।

उन्होंने बताया कि घूरे साव हमें एक बाखर में ले गया था। वहाँ हमरे नाम का एक कागज बना। उसमें उमर लिखी गई। हमसे पूछ कर नहीं, हमें देखकर। कितने बाल-बच्चा हैं यह भी दर्ज किया गया। कितने पैदा होते ही या बीच में मर गए यह भी पूछा।

फिर सबको एक और कोठा में ले जाया गया। वहाँ एक-एक को एक-एक पलका पर पार दिया गया। वहाँ भी कई जन और जनीं ने वे ही बातें पूछीं। फिर एक-एक को एक और कोठा में ले जाया गया।

वहाँ एक पलका पर पार दिया सीधा। कई जन और जनीं दोनों तरफ खड़े हो गए। लिंग बाहर निकाला। एक सुई सी लगाई। फिर जाने लिंग के आसपास क्या तलाशते रहे। थोड़ी देर बाद पहले वाले कोठा में पलका पर वापस पार गए।

सबकी जाँच-पड़ताल हो जाने के बाद फलों का रस पीने को दिया। रात को भात-रोटी खिलाई। रात भर वहीं रखा। सुबह फिर दाल-भात खिलाया। फिर विदा दे दी।

घूरे साव ने कहा तुम खेरे की गैल धरो, हम फरमान वाला कागज लेकर आते हैं पीछे-पीछे। हमें गुनिया की फिक्र लगी हुई थी। वह चंदैई में पहुँचने के बाद ही हमसे बिछुड़ गया था। सो हमने भी घूरे साव का इंतजार नहीं किया और झटपट गदबद दे ली खेरे की ओर।

खेरे की तमाम जनीं को मसखरी का सामान मिल गया कई दिनों को। अपने-अपने जन से लाड़ से, मनुहार से, शंका से, संदेह से भर-भर पूछतीं, बार-बार एक ही रहस्य। बता न रे, कैसे हाथ धरा, फेरा, छुआ तोए शहर की जनीं ने। बता न रे! कैसो लगे तोए? कैसी लगीं वे जनीं!

पूछतीं, फिर खिलखिलातीं। खिलखिलातीं, फिर पूछतीं। शर्मातीं। ठठा कर हँसतीं। अपने जन को निहारतीं। गुदगुदातीं। बलैयाँ लेतीं। उसके और-और करीब आतीं। उसे फिर-फिर रिझातीं। आँखों में बैठाए डोलतीं।

जनीं जब आपस में मिलतीं तब भी गोल बनाकर बैठ जातीं। फिर वही चर्चा। वही कुतूहल। कैसी रही होंगी वे जनीं! पराए जन की देह को सरेआम छूने, सहलाने, खिलाने वालीं!

लाज न आई होगी उन्हें!

हिस्स!

धत्!

बेशरम कहीं कीं!

शुरू में जो जानकारी, जो कल्पना उनका तन-मन गुदगुदाती रही, कुछ दिन पीछे

वही उनके तन-मन को कलपाने लगी।

जनीं दुखी।

जनीं परेशान।

जन अवाक्!

जन हैरान!

कहते बने, न सहते!

शहर से लौटे पीछे एक भी जन वह न रहा जो खेरे से गया था। मर्दानगी जताने गया था कि मर्दानगी गँवाने, कूत नहीं पड़ता।

जाने तो शहरी जनीं ने क्या जादू कर दिया हमरे जन पर! कील दिया कि मति फिरा दी। कि शहरी जनीं से छुआ-छुअउअल के बाद हमरे को मन से उतार दिया!

जन में न वह पहले-सी तपन रही, न इच्छा। उपत के करीब जाओ तो दूर खिसक लेता है। हाथ धरो तो झटकार देता है।

जनीं के बीच होते-करते खबर मुखिया तक भी पहुँची। कुछ ने अपनी पीड़ा कह कर बताई, कुछ ने पराई पीर। पर पहुँचाने वालियों की गुहार एक। हाहाकार एक!

मुखिया ने सबकी सुनी। सब दिन गुनी। पर कारण पकड़ में नहीं आया।

कोई टोटका तो नहीं कर दिया! कोई ज्ञान तो नहीं बखान दिया! सब संत हो गए!

नहीं, नहीं! हुआ कुछ और ही है। जो बताया, बखाना जा रहा है, उससे इतर, उससे उलट। ऐसे कैसे सबके सब एक दिन में मोए जैसे हो गए?

हाँ, हाँ मुखिया! हुआ कुछ और ही है।

गुनिया बताना चाहता है मुखिया को। मगर बताए कैसे! यह बात उसके छिताँ कोई नहीं कहता। मर्यादा भंग होती है न! पर बात छिपी नहीं रही गुनिया से। उसके हमउम्रों ने बता दिया उसे। उन्हीं से पता चला गुनिया को कि इन दिनों कैसी अबोल-बेला चल रही है उनमें और उनकी जनीं में। कि चाहकर भी वे पहले-सा सुलूक नहीं कर पाते अपनी जनी से।

गुनिया को अब राई-रत्ती खबर है। लेकिन गुनिया में पार जित्ता सबर है। मुखिया से अपनी तरफ से कुछ नहीं कहेगा। जब तक मुखिया खुद चर्चा नहीं छेड़ता मौन रहेगा। शल्य बताएगा, न शंका। छल उजागर करेगा, न हल खोजने का जिम्मा लेगा।

मुखिया से उपतकर चर्चा की तो मुखिया मान लेगा—गुनिया में मुखिया बनने के लक्षन नहीं दीखते। मुँह में बात-भेद चाँपे रखने के मामले में कच्चा है गुनिया। जबकि मुखिया को इस कला में होना चाहिए पथरा जैसा। गुम। ठोस।

गुनिया ने मुखिया से कहा नहीं मगर मन-ही-मन गुनता जरूर रहा। शहर में धोखा हुआ हमरे मर्दों के संग। छल से छला घूरे साव ने। बल से छलता तब देखते। टेंटुआ न दबा देते तो राउत कहाना छोड़ देते।

शहर से लौटे पीछे आए दिन किसी-न-किसी जन को ताप रहने लगी। काम में मन नहीं लगता। लिंग से लहू टपकता। हरिया तो मरते-मरते बचा। कई महीने हो गए किसी जनी को ओ-ओ करते हुए नहीं देखा। करे कैसे! जब जन बीज ही न दे तो जमने के लक्षन कहाँ से जनमें!

गाँवों के फेरे लगाने वालियों ने खबर दी कि वहाँ भी यही हाल है। हीरा साव जमीन का पट्टा दिलाने ले गए थे सब जनों को। पट्टा तो न मिला, घरू हल बेकाम हो गया। यही कहती हैं गाँव की जनीं। कई तो भगवान को प्यारे हो गए। कई राँड़ें रात-दिन गरियाती हैं हीरा साव का नाम ले-ले कर।

मुखिया का, गुनिया का शक विश्वास में बदल गया।

अब खेरे का क्या होगा! गुनिया आखिरी मुखिया होगा! जनम रुका। खेरा खतम! नया जनम देने की कूबत बची केवल गुनिया में। पर उसे तो देह की मनाही है! तो क्या यह नियम भी बदलना होगा! खेरे की खातिर! अपनी जाति की खातिर!

गुनिया और मुखिया का विश्वास बहुत दिनों तक विश्वास न रह सका। साल, दो साल बीतते न बीतते नए जनम की आश बँधने लगी।

यही हाल गाँवों का भी हुआ।

गुनिया के लेखे खेरा जीत गया, शहर हार गया।

होनी जीत गई, अनहोनी हार गई।

जन-जनी का नेह जीत गया, प्रीत जीत गई, छल हार गया।

एक संकट टला। नया जनम नहीं रुका। खेरा चलेगा। बिरादरी बढ़ेगी।

चलेगी, यह तो ठीक। लेकिन घूरे साव, हलके साव, दर्जी साव के न रहने पर जिएगी कैसे? कब तक?

बहुत दिनों तक उलझन में रहने, उलझन को मन-ही-मन सुलझाने के बाद गुनिया ने मुखिया के आगे अपनी तजबीज रखी।

"साव के संग जब हम चंदैई में हिरा गए थे, तब हमने पूरी चंदैई को देखा था। किसी ने हमरे संग टोका-टाकी नहीं की। किसी ने नहीं गदबदाया। वहाँ तो किसी से किसी को बतियाने की फुर्सत ही नहीं दीखी। जिससे काम उससे बात।

"चंदैई में हमने गल्लन दुकानें देखीं। उन पर खरीद-बिक्री होते देखी।

"सो क्यों न हम कुछ सामान लेकर चंदैई जाएँ! अब तो हमरे लिगां लत्ता भी हैं। वही पहन के जाएँगे! गैल हमने देख ही ली है। साँझ तक लौट आएँगे। बहुत से

बहुत ये हुइए कि कोई हमरा सामान नहीं खरीदेगा। कि ठगी कर लेगा। पर कितने दिन ! जब जान-चिनार हो जाएगी, सौदा पुसाने लगेगा, तब तो सब डौल बैठ जाएगा।"

गुनिया की तजबीज सुनकर मुखिया का चेहरा कभी दिपदिपाता, कभी बुझ-बुझ जाता।

शहर ! वही शहर जिसने पहली मुलाकात में ही पूरे खेरे को ठगा था !

नहीं, नहीं। गुनिया से कोई ऊँच-नीच हो गई तो जान से जाएगा।

उसे कहाँ से आएगा शहर में डोलने का शऊर। उनके बोल जाने, न चाल।

आखिर मुखिया ने खेरे के सब जनों के बीच मामला रखा। गुनिया की मंशा जताई। अपनी शंका जताई। राय-बात हुई। अंत में तय पाया गया कि गुनिया को एक-दो फेरे लगा आने दो। हो सकता है नई राह खुल जाए। हाँ, उसकी हिफाजत के लिए हरिया और बनया उसके साथ रहेंगे हरदम।

अगले दिन हरिया, बनया और गुनिया एक टुकनिया में चिरौंजी, गाद, एक में पनैयाँ लेकर पहुँचे चंदेरी।

शुरू-शुरू में सचमुच दिक्कत पेश आई। न उनसे कुछ कहते बने, न पूछते। बस, दुकानदार के आगे चीजों की टुकनिया कर दें और देखें टुकुर-टुकुर। कोई आगे टरका दे, कोई झिड़क दे।

धीरे-धीरे इनकी समझ में आया कि सामान किस दुकानदार को दिखाना चाहिए, किसे नहीं।

तब एक नई उलझन शुरू हुई। दुकानदार ने सामान देखा। अच्छा लगा। बेचने वाले सीधे, अनाड़ी भी लगे। सस्ते में सौदा पटता दीखा। लेकिन सौदे के साथ कोई पेंच तो नहीं है ! छल-बल तो नहीं होगा !

कहाँ से लाए हो ? भंड़याई करके तो नहीं लाए ?

सड़ा-गला तो नहीं है ? रंग-रोगन तो नहीं किया हुआ है ?

अच्छा रख जाओ ! बिक जाएगा तब पैसे ले जाना।

नहीं बिका तो अगले चक्कर में उठा ले जाना।

चीजें साफा में बाँध दो। नहीं, नहीं, टुकनिया मजबूत है, छोड़ जाओ !

धीरे-धीरे इन पर उनका और उन पर इनका विश्वास कायम हुआ। ये क्या ला सकते हैं। कितना ला सकते हैं। बदले में क्या चाहते हैं। यह सब जान लेने पर दुकानदारों ने खुद कहकर चीजें मँगानी शुरू कर दीं।

गुनिया ने चंदेई को परख लेने के बाद और भी कई चीजें लानी शुरू कर दीं। गांजिया, पिरिया, बीजना, जड़ी-बूटियाँ, अचार, तेंदू, खिन्नी !

कुछ सामान दुकानदारों के जरिए बेचने लगे, कुछ सड़क किनारे बैठ कर।

कोई एक सौदा पहुँचाने निकल जाता, कोई दो सड़क किनारे बैठ जाते।

बसकारे को छोड़कर शेष सात-आठ महीने चंदैई से कारोबार चलने लगा। बसकारे में सब नाले लबालब भरे रहने से सामान सहित चंदैई जाना खतरे से खाली नहीं था सो मुखिया किसी को न जाने देता था।

गुनिया को, मुखिया को, पूरे खेरे को लगने लगा था कि अब खेरा टिका रहेगा। खेरा तरक्की करेगा। गाँव में तो तनक-मनक से खरीदार हैं। शहर में गल्लन हैं। रोजीना खरीदार बदलते रहते हैं।

काश ये तीन लत्ता कुछ साल पहले मिल गए होते !

लत्ता ! उन्ना ! पनैयाँ !

कपड़ों-जूतों का खयाल आते ही घूरे साव याद आ गए गुनिया को।

घूरे साव आए दिन चंदैई में दीखते हैं गुनिया को। उन्हें देखते ही गुनिया दिशा बदल लेता है। चंदैई में उनसे 'जैरामजी' की नहीं करना चाहता गुनिया। उन्हें खबर नहीं लगने देना चाहता कि साव तुम कामयाब नहीं हो पाए हमरे खेरे में जनम रुकवाने में। कहीं ऐसा न हो इस बार साव सिपाही-दरोगा लेकर खेरे में आ धमकें।

अब गुनिया भी जान गया है कि साव खेरे के लोगों को जमीन-रोजगार दिलाने नहीं, बधिया कराने लाया था।

गुनिया नहीं चाहता कि घूरे साव से कभी चंदैई में राय-बात हो।

हाँ, कहीं अकेले में, खेरे में, कि डाँग में साव मिल भर जाए !

टेंटुआ दबाए बिना नहीं छोड़ेगा गुनिया। गुनिया ही क्या, खेरे के किसी भी जन को अकेले में मिल भर जाए घूरे साव !

गुनिया जाता रहा चंदैई। होता गया ज्ञानी। सयाना।

चंदैई से ढेरों-ढेर खबरें मिलीं गुनिया को। उसके देखते-देखते कितनी बड़ी होती रही चंदैई। जाने कहाँ-कहाँ के जन-जनीं आ बसे।

नदी बाँध रहे हैं न शहर वाले। राजघाट पर बेतवा-मैया को बाँध रहे हैं। उसी के चलते गाँवों में आती है बाढ़। उसी के चलते गाँव-घर छोड़कर चंदैई में डेरा डालने पर लाचार हो रहे हैं किसान-मजूर। यहीं बैठकर मुआवजा की बाट जोहेंगे।

यहीं तो मिलता है मुआवजा। ठट्ठ के ठट्ठ लोग जुटे रहते हैं वहाँ। पूछने, जानने को कि कब मिलेगा मुआवजा ?

कब खाली करना होगा गाँव ?

कहाँ बसाएगी हमें सरकार ?

जब तक सरकार कहीं अंत नहीं बसाती हम गाँव में रहकर क्या करें ?

खेती वाली जमीन तो बाँध में समा गई !

घूरे साव दोई हाथन से यहाँ भी कलदार बटोर रहा है। पूरा, ठीक-ठीक मुआवजा

दिलाने के बहाने। बाबू-अफसर भी उसी की हाँ में हाँ मिलाते हैं। हमरा सौदा खरीदते बखत कई जन तो कर चुके हैं यह चर्चा। कई जन हमरे छिताँ कोसते हैं घूरे साव को।

कलदार बंटे कि भंड़या बढ़ गए पूरी डाँग में। लूट मची है लूट। कलदार मिलने से पहले साव ने लूटा, बाबू ने लूटा। अब मिले पीछे भंड़या लूटने को तैयार। डाकू छेंक कर खड़े हैं द्वार।

अलबत्ता गुनिया को गैल में कभी नहीं मिले भंड़या। भंड़यन की, घूरे साव की आहट पाने की टोह में रहा गुनिया सब दिन। ये ही दो प्राणी हैं जिनसे भेंटना चाहता है गुनिया। डाँग में। गैल में। अकेले में।

एक रोज अपने आप पर खूब हँसा गुनिया। मैं भी कैसा मूरख ! अरे ! हमरी राह रोक कर क्या पाएँगे भंड़या ! नून ! चून ! कत्था ! लत्ता !

कुतूहल से, भय से उबरा कि एक नई दुविधा ने आ घेरा। दुविधा ऐसी कि चैन न लेने दे। सुलझाए न सुलझे। टरकाए न टरके।

मुखिया से कहने का मन बनाया। दूसरे ही पल यह विचार त्याग दिया। वही संकट। दुविधा बाद में सुनेगा, पहले देह धरने का जाप रटने लगेगा। रट्टू तोता कहीं का !

मुखिया से कोई उलझन भरी बात नहीं कहता अब गुनिया। मुखिया कहीं यह न सोचने लगे कि मैं नित नई उलझन इस वासते हाजिर करता हूँ कि कोई जबर उलझन सुने पीछे मुखिया टें बोल जाए। कि मोए मुखिया बनने की जल्दी है !

मोए ना है उतावली। ऐसा तो सोचना भी पाप है। हालाँकि अब खेरे के दिन वैसे नहीं रहे जिनमें मुखिया का ज्यादा दखल रह पाए। फिर भी खेरे में, बिरादरी में बड़े-बूढ़े की छत्रछाया तो है। वही भली। वही बनी रहने से हजार कंटक कट जाते हैं। हजार ऐसे जो पनप ही नहीं पाते। हजार ऐसे जिनकी काट है मुखिया के पास।

मुखिया से नहीं कहा गुनिया ने, मगर अपने मगज में हजार बार घोका। दिन में, रात में।

—कि डाकुअन के, भंड़यन के आने का राज़ क्या था ? हमरी मौढ़ीं कि जनीं के हिरा जाने का राज़ क्या था ? कि जब तक घूरे साव खेरे में आता रहा तभी तक क्यों आए डाकू ? जब तक घूरे साव आता रहा तभी तक क्यों हिराईं हमरी जनीं ? तो क्या घूरे साव की खातिर आते रहे डाकू ? या घूरे साव लाता रहा डाकू ? या डाकू और घूरे साव एक ही जन के दो स्वाँग हैं ? गुनता रहा गुनिया।

अब डाकू, भंड़या, घूरे साव और जनीं को ले जाने वाला कोई एक है या जुदा-जुदा, गौड़ बब्बा जानें, भगवान जाने !

पर किसके भगवान !

हमरे कि साव के !

हुंह ! साव के भगवान ! वे भला क्या जानेंगे ?

देखे हैं हमने साव के भगवान। उन बेचारों को तो पहलेई नंग-धड़ंग करके पार में चिन दिया है साव लोगन ने।

देखे हैं हमने चंदेई में, खंदारजी में, गुरीलाजी में साव के भगवान।

किला की भींठ के संग जो चट्टान है, उसी में पूरी चट्टान को सामने से तराश कर उकेरे गए हैं साव के भगवान। खेरे के सब जन एक-दूसरे के कंधा पर खड़े हो जाएँ तब भी उनकी मुड़ी तक न पहुँच पाएँ, इतने ऊँचे हैं वे भगवान !

पर इतने ऊँचे हो के भी उन्हें साव लोगन की ऊँच-नीच को कछू कूत नईं परत। वे तो ठांड़े रत नंग-धड़ंग। मौंगे-मौंगे। जाने कब से ठांड़े हैं घाम, बसकारा, शीत सहते।

दशा उनकी हमसे भी गई-गुजरी और भगवान कहलाते हैं साव के! हम तो चामरे की एक पट्टी पहरते रहे, उनके पास तो वह भी नहीं छोड़ी साव लोगन ने। जिनकी बाखर में अल्ल-पल्ल की कमी नइयां ! जिनके तन पर लत्तों का ढेर रहता है। ऐसे साव लोगन के भगवान की वैसी दशा !

आँहाँ, वे हमरे तो भगवान हो सकत हैं। साव के तो नईं हो सकत।

अब को जाने साव ने उनसें सब छुड़ा लओ कि उनके लिगां साव को देने लायक कछू नईं हतो, सो एई सें साव लोगन ने उन्हें मान लओ पनो भगवान। वे चंदेई के दुकानदार कत तो हैं—नंग बड़ो परमेशवर से।

जा भी तो हो सकत है कि साव लोग तो बटोरबे में यकीन राखत। इनने छोड़वे की हिम्मत दिखाई हुइए सो साव लोगन ने इन्हें मान लओ हुइए अपनो भगवान।

अजब हैं साव लोग, गजब हैं साव लोग !

जिसके पास कुछ हो उसे झपटने पर उतारू, जो खुद उतार कर दे दे उसे कहते हैं साधू !

चंदेई में देखे हैं हमने वे साधु-महात्मा। नंग-धड़ंग। उन्हें देखा कि साव लोगों ने धूरा में लोट लगाई। जब तक वे हाथ की मोर पंखी मुढ़ी पर न रख दें साव जमीन पर औंधे लोटे दिखात। देख के आँखें चौंधिया जाएँ, वह दशा होती है साव की।

भगवान ही जाने इन साव लोगन के चलन। इनको धरम। इनके करम। इनके पुण्य। इनके पाप। इनकी मति। इनकी गति। इनकी मंशा !

सात

भगवान भी नईं जानत हुइए साव लोगन की मंशा। घूरे साव की मंशा तो कतई नईं जानत हुइए भगवान।

मुखिया को आहिस्ता-आहिस्ता ऐसा यकीन हो चला है।

वह गौड़ बब्बा का कौल भर के, गंगाजली हाथ में लेकर, पथरा पे निशान उलछार के कहने को तैयार है कि घूरे साव की मंशा, संपूरन मंशा, उनका भगवान भी न जानता होगा।

न लड़ैई के दिवाले में बिराजे भगवान, न गुरीला पे ठांड़े भगवान, न कितऊँ अंत ठांड़े-बैठे, धुनी रमाए भगवान!

जब से लड़ैई के बड़े माते से भेंट करके लौटा है, तब से दुविधा में है मुखिया।

हारा-थका आया था, लेकिन खेरे में लौटे पीछे खेरे में नहीं रुका। थकान मिटाने, सुस्ताने को न टपरा में बैठा, न नीम तरें।

खेरे में आया। घैलाभर पानी पिया और चला गया गुरीला की दिशा में। जा बैठा गुरीला पार की मुढ़ी पर, साव के भगवान के ऐन सामने। जाते समय सिद्ध बब्बा के थान पर भी केवल धोक देने भर को थमा। फिर क्षमा माँगता आगे निकल गया। अब पिछले कई घंटों से साव के भगवान के आगे बैठा है।

भगवान से पूछा मुखिया ने कि—यह कब का, किस जनम का, किस करम का बदला ले रहा है तू भगवान! हमरे जन कब तो सें कुबोल बोल गए? कब सताने आए तोए? कब चेंगा दओ तोए? कब तुमरा मान गिरा गए?

कोई जवाब नहीं दिया भगवान ने। कोई दिन, कोई घटना, कोई शंका नहीं जताई, कोई शिकायत नहीं याद दिलाई।

भगवान के मौन ने और मुखर कर दिया मुखिया को।

जब कभी कोई शिकवा-शिकायत हुई ही नहीं, फिर क्यों गाज पर गाज गिराता है तू घूरे साव की आड़ लेकर? क्यों मति फिराए रहता है तू घूरे साव की? क्यों नहीं हटकता उसे? क्यों हाथ नहीं थामता उसका? तोरी नजर में घूरे साव अन्यायी है कि नहीं? आततायी है कि नहीं? तू न्याय का पक्षधर है कि अन्याय का? तू मजलूम का हितू है कि जालिम का? पार पे निवास करके भी तू गिरिजन का अहित होने देता है!

हमसे शिकवा-शिकायत थी तो सीधे हमसे कहता। घूरे साव की आड़ लेने का मतलब क्या! घूरे साव जो उपाय करने जा रहा है, उससे तो तोई जान सांसत में पड़ जाएगी। हम जीरोन से उठे तो यहीं आकर बसेंगे। तब तो रात-दिन चेंगेगा तू। तब

किसे टेर लगाएगा तू ? तू इस फेर में न रहियो कि तेरी बुलाहट पर घूरे साव यहाँ दौड़ा चला आएगा !

अपने जीवन में कुल दो बार लड़ैई गया मुखिया। एक आज और एक कुछ बरस पहले गया था पहली बार। घूरे साव के दिए लत्तों का प्रताप है ये कि शहर में, लड़ैई में जाना नसीब हुआ। इन्हें पहरो और कहीं भी जा पहुँचो। न रहे बदन नंग-धड़ंग, न राउत को देखकर मचे हुड़दंग।

कुछ बरस पहले, कई बरस बाद, फिर जीरोन में आया था लड़ैई का बरेदी। उसी ने मुखिया को खबर दी थी कि लड़ैई के बड़े माते ने मुखिया को याद किया है।

बरेदी ने पूरी बात नहीं बताई थी। माते के बारे में भी ज्यादा नहीं बताया था। उस रोज भले ही नहीं बताया था, पर कई बरस पहले जब बरेदी ढोर लेकर जीरोन में आता था, तब जो कुछ बताया था माते के बारे में, उसे सुनने के बाद से मुखिया के मन में माते की एक नेक-भले मानुष की तस्वीर बनी हुई थी।

फिर अपनी राउतनों के मुँह से कई बार सुनी थी उसने बड़े माते की तारीफ।

वे बताती रहती हैं कि बड़े माते दयालू हैं। कभी कोई मौढ़ी-मौढ़ा किसी राउतन को हैरान करता दीख जाए तो माते उसकी खूब खबर लेते हैं। कभी किसी जनी का सामान न बिके, भरी टुकनिया मुढ़ी पर धरे वापस आती दीखे तो माते उसे रोककर पूछते हैं—यह सामान इसी गाँव के किसी जन ने मँगाया था या अपनी मर्जी से लाई थी ?

मँगाया था तो वापस क्यों ले जा रही हो ?

क्या ? बाखर में कोई नहीं मिले ?

कोई बात नहीं। हमरी बाखर में धर जाओ। अगले फेरे में उनकी बाखर में पहुँचा देना। नाहक यहाँ से खेरे तक, खेरे से यहाँ तक वजन ढोओगी।

कभी कोई घरधनी सामान के बदले खोटी चीज थमा रहा हो और माते देख लें तो पाँच पीढ़ी को ठिकाने लगाते हैं। घरधनी को डपटते हैं कि इससे बेईमानी करके तुम इसकी नासमझी, कमजोरी का फायदा उठा रहे हो ! अपनी कई पीढ़ियों के ईमान और नाम को लजा रहे हो ! खबरदार !

"माते की कही बात कोऊ नईं रेंटत। सबके दद्दा हैं वे। सबके प्राण। सबके हितू। उनकी नजर में न गाँव वाले पराए हैं न हम राउतनें। न ढोर-बछेरू, न चिरैया-परेबा ! न धूरा-पथरा।"

बरेदी भी तो कहता था कि ढोर चराना छोड़कर वह शहर जाना चाहता था तब माते ने उसका पक्ष लिया। उसे राह सुझाई। अशीष दी।

मुखिया तभी से मानता आया था कि सबको छाँह देने वाले किसी घने रूख के समान हैं माते। उनकी छत्रछाया में तो शांति, नेह, अपनापन मिलना ही मिलना हुआ।

ऐसी अवतारी आत्मा के दर्शन की इच्छा तो मुखिया के मन में भी हिलोरें लेती थी।

बरेदी से खबर मिले पीछे मुखिया को ऐसा लगा जैसे गौंड़ बब्बा ने उसकी टेर सुन ली हो। देह धरने से पहले उसके मन की, आँखों की यह तमन्ना भी पूरी करने का सुयोग रचा हो। गौंड़ बब्बा ने सोचा होगा—जैसा भी है अज्ञानी-अधपढ़ा, है तो मेरा सेवक। जीते जी एक देवात्मा के, मेरे सच्चे सेवक के दर्शन करना चाहता है तो इतना पुण्य इसे भी कमाने दो। सो बब्बा ने ही अपने सच्चे सेवक से कहा होगा कि मेरे एक कपूत को एक बार अपनी झलक दिखा दे मेरे सपूत।

गुनिया को अपने संग-साथ लिए मुखिया आया था लड़ैई में।

उस दिन से पहले सदा पार के शिखर पर चढ़कर देखे लड़ैई को, लड़ैई की जमीन पर खड़े होकर देखने में रोमांचित हो आया मुखिया।

फिर धन्यभाग यह कि माते ने बुलवाया है मोए। वे भी दर्शन देंगे मोए।

अपनी राउतनों की तरफ से माते की चरणरज लेने आया था मुखिया। उनसे विनती करने कि ऐसी ही कृपा बनाए रखना, अपनी छत्रछाया दिए रखना दाऊजू। हम तुमरी प्रजा हैं। तुमरे आसरे वहाँ डाँग में डरे हैं। हमरी कौनऊँ जनीं से कोई ऊँच-नीच, भूल-चूक हो जाए तो बिसरा देना देवता। मन में न राखना। नादान, नासमझ बालक समझ कर क्षिमा कर देना। गौंड़ बब्बा तुमरा जश बनाए राखें।

बरेदी ने बड़े माते की बाखर के बाहर नीम-तरें बिठाया मुखिया और गुनिया को। खुद बाखर के भीतर चला गया माते को खबर पहुँचाने।

छिन पीछे एक बूढ़ा-डुकरा लठिया टेकता बरेदी के आगे-आगे बाखर से बाहर आता दिखाई दिया। देखते ही, बिना पहले कभी देखे, मुखिया ने जान लिया कि यही बड़े माते हैं।

अपनी उम्र से दूनी उम्र के माते को अपने करीब आता देख मुखिया को यकीन हो चला कि गौंड़ बब्बा ने इनके दर्शन पाने की खातिर मोए और मोए दर्शन देने की खातिर इन्हें जिलाए रखा है अब तक। वरना यह देह ढोने की उम्र न इनकी रही, न यह देह ढोने की ताकत मुझमें रही।

मुखिया की दोनों आँखें जुड़ा गईं। हाथ खुद-ब-खुद जुड़ गए। मन-ही-मन गौंड़ बब्बा को लाख बार याद किया मुखिया ने।

बड़े माते करीब आए कि गुनिया को उनके पाँवों में लोटने की हिदायत देकर मुखिया खुद भी साष्टांग जमीन पर बिछ गया। हाथ माते के पाँवों पर धर दिए। चरणरज पाने के लिए। आशीर्वाद कमाने के लिए।

माते ने लठिया एक तरफ टेककर झुककर मुखिया को कंधों से पकड़कर उठाया। उलाहना दिया कि यह क्या गजब करते हो मुखिया ! तुम भी मुखिया, हम भी मुखिया !

तुम अपनी बिरादरी के, हम अपनी बिरादरी के। बराबर वाले से ऐसे भेंटते हैं भला!

मुखिया अवाक्!

मुखिया को उसके हाल पर छोड़ कर माते फिर से जमीन पर झुके। वहाँ अब तक लोटे गुनिया को कंधों से थाम कर उठाया। सिर पर प्यार भरा हाथ फेरा। आशीर्वाद दिया। फिर सामने पथरा पर बैठने का संकेत दिया।

"एक बात और मुखिया।"

मुखिया को बैठने का संकेत देकर खुद भी बरेदी द्वारा बाखर से लाकर नीम-तरें बिछाई खाट पर बैठते हुए बोले माते।

"हम तो खुद भी आधे राउत ठहरे। उस हिसाब से भी तुमरे भाईबंद हुए न। सो हमरा-तुमरा तो गले मिलकर भेंटना ही सोहता है।"

माते की बात पूरी होते न होते मुखिया का लिलार ऐसा झुका कि उठकर ही न दे। माते की तरफ हो के ही न दे। हालाँकि मन-ही-मन मुखिया चाह रहा था कि माते को आँखों में भर ले। नजरों में बसा ले। जी भर कर देख ले। लेकिन उनके अंतिम बोलों ने लिलार फिरा दिया। मुढ़ी में हिलोरें मचा दीं। मन जाने कहाँ-क्या सूत्र खोजने को कुलाँचें भरने लगा।

"मुखिया तुम हमरा एक काम साध दो।" माते ने मुखिया को जगाया।

"हुकुम करो दद्दा।" मुखिया ने भरे गले से कहा।

"बात ये है मुखिया कि हमरे गाँव के बढ़ई की दशा ठीक नहीं है। आज गए कि कल गए वाली हालत है। उनके बाल-बच्चा पहलेई गाँव से चले गए। राजघाट पर मजूर हो गए थे हीरा साव के संग। वहाँ नहीं पटी सो कहीं और बिला गए।

"अब बिना बढ़ई के यहाँ गाँव में कई काम अटके पड़े हैं।

"असल में खेरे और गाँव में यही तो अंतर है। वहाँ हर आदमी अपनी जरूरत के सब काम जानता है। गाँव में काम बँटे रहते हैं। जो एक काम में महारथी है दूसरे में पैदल।

"किसान का काम है खेती करना। बानिया का सौदा-पटा करना। ठाकुर का हिफाजत करना। सलैया का तेल-घानी बनाना। लुहार का लोहा-लंगड़ बनाना। बढ़ई का हल-खाट बनाना। कुम्हार का बर्तन-भांडे बनाना। काछी का भाजी-तरकारी उगाना। खबास का दाढ़ी-बाल बनाना। बामन का देवता की पूजा-अर्चना करना। सबके अपने-अपने हुनर हैं। अपनी-अपनी जिम्मेदारियाँ।

"इनमें से एक भी अपना हाथ खींच ले, वही काम ठप। सब कामकाज बेतरतीब। एक भी जन का काम ऐसा नहीं जो छोटा हो, कि ओछा हो, कि गैरजरूरी हो। गाँव की गाड़ी तभी चलती है जब सारे पहिए-पुर्जे ठीक रहें।

"हमरा बरेदी बताता था कि तुमरे खेरे में साझी खेती होती है। तुमरे जन हल,

गाड़ी, धुरा, घिर्री बनाना जानते हैं। हमरी गुजारिश ये है कि यदि तुमरा कोई जन कभी-कभार हमरे गाँव में औजार ले के आ जाया करे तो हमरा भी काम सलटे। चाहो तो हम अपने बढ़ई की बाखर में उसके रहने-ठहरने का इंतजाम कर देंगे। औजार भी यहीं मिल जाएँगे। हमरा बढ़ई भगवान की कृपा से भला-चंगा होने पर उसका हाथ बटा दिया करेगा।

"जित्तने दिन यह गाँव है तुम भी खा-कमा लो। हमरा काम साध दो। हमरा यहाँ रहना आसान कर दो।"

"तुमरा हुकुम मुढ़ी-माथे बड़े माते। हमरे आदमी के आने से तुमरा काम सधेगा कि नईं यह तो खबर नहीं, हाँ हमरा, हमरे खेरे का भला होना तय है माते। ये तो तुमरी कृपा है माते। हमरा ये गुनिया बढ़ई का काम जानता है। तुम जब से हुकुम करोगे ये हाजिर हो जाएगा।

"अब हमें हुकुम दो। तुमरे दर्शन हो गए। तुमरी छत्रछाया मिल गई। अब हमें और काहे की दरकार। ऐसी ही कृपा बनाए रखना दाऊजू, यही विनती है पूरे खेरे की तरफ से हमरी…।"

मुखिया ने अपने मन की तमाम बातें कहीं। माते को प्रणाम किया और मगन-मन लौट चला अपने खेरे की ओर। अपनी उम्र को धता बताता—तेज, और तेज। इतना कि गुनिया पीछे छूट गया।

गुनिया भौचक रह गया। गुनिया के आगे उठते कदम थमकर रह गए छिन भर को।

मुखिया के मन की मुराद पूरी हुई थी आज। सब दिन का देखा सपना साकार होने का दिन आ गया था। इतने पास कि हाथ बढ़ाओ और थाम लो। रात बिताओ सुपने में और भोर में नए संसार में पाओ अपने को।

चंदैई के बाद अब लड़ैई के भी द्वार खुल गए जीरोन की खातिर। हमरे जनन की खातिर। हमरे मौढ़ी-मौढ़न की खातिर।

इसी दिन का तो इंतजार था मुखिया को। यानी जीरोन जिएगा अभी। जीरोन न रहा तब भी जीरोनवासी जिएँगे। जंगलों में, डाँग में भटकते हुए नहीं, लड़ैई में, लड़ैई के हो के जिएँगे!

यकायक मुखिया के तेजी से उठते कदम थम गए। थिर हो गया मुखिया। चकरा गया मुखिया। उलझन में उलझ गया मुखिया।

माते ने वह क्यों कहा था?

मुखिया-मुखिया वाली बात तो ठीक। हालाँकि वह बिरोबरी भी हमें नहीं जँचती। कहाँ वे इतने बड़े गाँव के मुखिया, कहाँ मैं तनक से खेरे का। फिर हमरी-उनकी उमर में दूने का फरक। फिर भी बिरोबर लेखा यह उनका बड़प्पन। उन्हीं को सोहता है

ऐसा सोचना। मैं नहीं लेखता वैसा।

पर वह क्यों कहा?

'कि जितने दिन यह गाँव है तुम भी खा-कमा लो।'

तो क्या लड़ैई भी डूबेगा? लड़ैई भी खाली होगा?

कहता तो था घूरे साव। हम तो समझे थे जैसा झूठा वह बानिया, वैसी ही लाबरी उसकी बानी।

अब जो गौंड़ बब्बा ने सोचा होगा, होगा तो वही। कल से गुनिया जाएगा न लड़ैई। वही लाएगा साँची, राई-रत्ती खबर।

अपने आपको ढाँढस बँधाकर मुखिया ने कदम आगे बढ़ाया ही था कि कदम फिर यक-ब-यक थम गए!

माते ने वह क्यों कहा था!

वही आधा-राउत होने की बात।

कहीं माते ने दो बार डोर बँधाई तो नहीं की? दूसरी बार किसी ब्याहता से? या माते के किसी बाल-बच्चा ने किसी लरकौरी से ब्याह रचा लिया? खबर लगानी होगी। गुनिया से कहना होगा कि खबर लगाए। कूत पाढ़े।

आँहाँ! गुनिया से नहीं कहूँगा। गुनिया से कहा तो वह माते को मान देने में हिचकने लगेगा। वह न समझेगा कि इस खबर को जान लेने के बाद मान बढ़ता है कि घटता है। अपनी जाति को ओछी जाति लेखता है न! इससे नाता जोड़ने वाला तो इसकी निगाह में ओछा ही रहेगा न।

संपूरन बात नहीं कहूँगा। बस इतना खबरदार करूँगा कि लड़ैई में कहीं गौंड़ बब्बा का थान है क्या, इसका पता लगाए। गौंड़ बब्बा के नाम पर कोई कुआँ, बावड़ी या चौंतरा है क्या! या जितने भी हैं सब भैरों बब्बा के ही थान हैं। गाँवों के कुल देवता, ग्राम देवता तो भैरों बब्बा ही लेखे जाते हैं।

उस दिन के बाद मुखिया फिर कभी लड़ैई नहीं गया था।

गुनिया गया। गुनिया आए-दिन जाता है। कभी चंदैई, कभी लड़ैई।

मुखिया के सिखाए काम गुनिया के खूब काम आए।

लड़ैई में किसी का हल, किसी की बैलगाड़ी का धुरा, किसी की खाट, किसी का छाजन, किसी की पंसेरी, किसी का मूसर, किसी की चौखट बनाने, सुधारने, सँवारने का काम मिलता रहता है गुनिया को।

गुनिया लड़ैई से लाने लगा खेती की नई तजबीजें और चंदैई से लाने लगा नए औजार। नए बीज। नई खबरें। नए विचार।

गुनिया ने खबर दी कि बढ़ई के बाल-बच्चों, चौकीदार परिवार के अलावा, साव

और ठाकुर परिवारों के अलावा, अब कई और घर-परिवार भी गाँव छोड़कर जाने की जुगत में हैं।

मुखिया को यकीन हो चला कि अब लड़ैई से और भी जनों को बुलावा मिलेगा। आदमी छ्यौंट जाने से खेती-किसानी में परेशानी पेश आएगी। तब मजूरी के लिए हमरे खेरे के जन बुलाए जाएँगे। माते बने रहें, लड़ैई बनी रहे, यही कामना करता है मुखिया रात-दिन।

एक साँझ गुनिया नहीं लौटा। मुखिया की चिंताओं का अंत नहीं! कहाँ रह गया! क्या हुआ!

मुखिया-माई फुलिया भूखी-प्यासी बौरानी गैया-सी डोलती रही सारी रात। आधी रात में जीरोन से लड़ैई तक की गैल नापने को उतावली। पूरा खेरा चिंता में मगन।

अगली सुबह दो-तीन जनीं भोर ही में चली गईं लड़ैई। गुनिया की खैर-खबर लेने। मुखिया ने लाख चाहने पर भी फुलिया को उनके संग-साथ नहीं जाने दिया।

दिन निकले अभी थोड़ी देर हुई थी कि लड़ैई की जगह चंदेई की दिशा से आता दीखा गुनिया।

फुलिया गदबद दे क़र चैंट गई गुनिया से। चूम-चाट कर पूरा लिलार भिगा दिया। गाल, गर्दन भिगो दी, लेकिन फिर भी तसल्ली न होकर दे। अंक से सटा लिया। फफक कर रो ली। अंग-अंग पर हाथ फेर लिया। तब सँभली।

खेरे ने राहत की साँस ली। पर गुनिया की बात सुने पीछे साँस लेना भूल गया पूरा-का-पूरा खेरा।

गुनिया ने मुखिया को बताया कि कल शाम वह चंदैई गया था। बड़े माते ने भेजा था। रात वहीं चंदैई में रुका। भोर में गदबद दी सो अब यहाँ पहुँचा।

बताया कि चंदेई से एक बामन महाराज आए थे लड़ैई में। माते से भेंट करने। अरविंद पांडे नाम है उनका। बैंक में, खजाना में, चाकरी करते हैं चंदैई में।

बामन देवता और चाकर! हे राम! हे गौंड़ बब्बा! खेरे ने तौबा की।

उन्होंने माते को ऐसी-ऐसी बातें बताईं कि माते को उनके प्राणों की फिकर लग गई। सो दस लठैतों के संग-साथ माते ने पांडे महाराज को चंदैई तक भेजा। उन्हीं दस में एक हम भी रहे।

"का बात! कैसी बातें! बामन महाराज को भला कौन मारेगा? पाप नईं चढ़ेगा उसे? गल-गल के, कीरा पड़ के मरेगा वो। सात जनम तक ढोर-बछेरू, चिरैया-परेबा का जनम धरने हुइए जो बामन देवता की हत्या करेगा। अपने इतने भव बिगारबे की कोऊ सिर्री ही सोच सकत। भला को है लड़ैई में इतनो सिर्री। नासमझ। मूरख। अधर्मी!"

"लड़ैई के पुजारी कैलाश महाराज!"

"का? का कई तूने? तोई जीभ नईं बरी? कीरा नईं परे तोए मों में?"

"हम कुन लाबरी कह रहे हैं कि कीरा परें। तुम पूरी बात तो सुनो।"

पुजारी महाराज की जमीन-जायदाद है कईं गाँवों में। उनके दद्दा मरने से पहले ये जमीनें एक रामदुलारे नाम के लरका के नाम कर गए थे। अब वे जमीनें आ गई हैं बाँध में। डूब में। सो कैलाश महाराज पहुँचे सरकार के पास दरखास्त लेकर कि हमें मुआवजा दो। सरकार ने कहा कि जमीनें तो रामदुलारे के नाम हैं, मुआवजा उसी को मिलेगा।

पुजारी महाराज ने दलील दी कि जमीनें हमरे बाप ने नहीं कमाई थीं सो किसी को भी दान करने का उन्हें कोई हक नहीं। जमीनें पुश्तैनी हैं और हम अपने वंश के अकेले वारिस, सो जमीनों का मुआवजा हम को दो।

सरकार ने बताई कि तुमरी दलील वाजिब है। पर तुमरे दद्दा ने जिस रामदुलारे के नाम जमीनें लिखी हैं वह तुम्हारा बेटा है। और अपने नाती के नाम जमीनें लिखने का उन्हें पूरा हक था।

तब कैलाश महाराज ने नई दलील पेश की कि रामदुलारे की तो कौनऊँ खबर नइयाँ कि वो कितै है, सो मुआवजा हमरे को दे दो।

सरकार उनकी बात मान गई होती। पर हुआ ये कि चंदेई के बैंक में चाकर अरविंद पांडे को खबर थी कि रामदुलारे कितै है, सो उनने सरकार को रामदुलारे का पता-ठिकाना बता दिया।

कितै है रामदुलारे? पूछा खेरे ने।

दिल्ली में!

कितै है जा दिल्ली?

सुनी है सात समंदर पार है!

को-को रत उतै?

सुनी है बड़ी सरकार रत उतै?

दैया री दैया! सात समंदर पार! बड़ी सरकार के संग रत लड़ैई को मौढ़ा! बामन को पूत है न! ज्ञान-वान हुइए! जभी तो····

का करत उतै?

सुनी है पानी के महकमा में चाकर है और किस्सा-कहानी लिखत है।

पांडे महाराज ने पूरी राम-कहानी रामदुलारे को भी लिख भेजी। उधर से रामदुलारे ने जवाब भेज दिया कि मोए कोऊ की जमीन-जायदाद नईं चानें। न मैं कैलाश महाराज का मौढ़ा हूँ। मोए बाप का नाम है लड़ैई गाँव और मोई मताई का नाम है गोराबाई।

कौन गोराबाई?

अरीं थीं लड़ैई में एक जनीं। लुहार की बहुरिया थीं। चंदा-सी-गोरी-नारीं। हँसती

थीं तो फूल झरते थे। उन्हें देखते ही आँखें जुड़ा जाती थीं।

तुम तनिक बेपर की हाँकना छोड़ो। लड़ैई जाती रहीं ई को मतलब जे तो नईं कि तुमरी कही सब साँची मान लेंगे हम। तुम तो अभी कहोगी कि तुमने भी बीने केऊ बेर वे फूल! हाँ नईं तो!

अरी हमने ही क्या, जिसने जब उन्हें मुस्काते देखा, उसी के हिस्से आए वे फूल!

तुमको इतनी खबर है तो बताओ फिर कितै गईं वे?

हाँ नईं तो! कितै बिला गईं वे? हमने तो कभी न देखीं।

अब नइयां वे उतै। वृद्धा ने नवोढ़ा और प्रौढ़ा को बताया उदास होकर।

गोराबाई का नाम कानों में पड़ने पर चेहरे पर जो उल्लास आया था वह नया सवाल सुनते ही वैसे ही अंतर्धान हो गया जैसे गोराबाई हुई थी लड़ैई से।

अरी, मझले साव के लरका थे अट्टू साव। उनके लरका रामदुलारे को पालसी-पोसती रहीं वे। एक रोज अट्टू साव आए शहर से और अपना लरका ले गए। फिर एक रोज रामदुलारे ने शहर से आ के खबर दी कि अट्टू साव सिधार गए हैं।

बस, खबर मिले पीछे ही वे भी सिधार गईं। वैसी बैठीं की बैठीं। अट्टू साव के संग साँचो नेह हतो उनको। इस जनम में तो मिल न सकीं। अगले जनम में संग-साथ मिलना हो जाए इस करके देह तज गईं तुरतईं।

अरी वाह! तू कहती है अट्टू साव का मौढ़ा रहा रामदुलारे। सिरकार कहती है कैलाश महाराज का। तू साँची कि सिरकार?

गुनिया ने बताया मुखिया को कि रामदुलारे ने खबर भेजी है कि मेरे हिस्से की मुआवजे की रकम लड़ैई के बड़े माते को दे दी जाए।

और माते ने पांडे महाराज के मार्फत रामदुलारे को खबर भिजवाई है कि बेटा, हमें तोरे कलदार नहीं चाहिए। तुझे हमरी इतनी ही फिकर है, गाँव की चिंता है, मताई के दूध की लाज रखने का मन है, तो तू खुद गाँव वापस आ जा। इस गाँव की रक्षा कर। इस गाँव को तेरी जरूरत है।

ठीक कहा माते ने। सही विचारा माते ने। मुखिया ने मन-ही-मन स्वीकारा।

पांडे महाराज से पूरी रामकथा सुने पीछे माते को पांडे महाराज के प्राणों का भय खा गया। कहीं कैलाश महाराज उनका कोई अनर्थ न कर दें गाँव में, कि गैल में। जो काम वे गुपचुप अंजाम देते रहे, पांडे महाराज ने उसमें अड़चन डाल दी। उसे उजागर कर दिया। सो कहीं रिसिया न जाएँ। सो माते ने पांडे महाराज को दस लठैतों की निगरानी में पहुँचाया लड़ैई से चंदैई तक।

ठीक किया। भला किया माते ने। भली विचारी।

मुखिया ने मन में स्वीकारा। बोल कर स्वीकारा।

कुछ दिन पीछे गुनिया एक और खबर लाया लड़ैई से।

गुनिया ने बताया कि कैलाश महाराज आए थे माते के पास यह जानने कि कौन से विधान से लेखने पर तुमको लगा कि उन जमीनों का मुआवजा हमें नहीं रामदुलारे को मिलना चाहिए, हम खूब जानते हैं। रामदुलारे है तुमरी पतोहू अक्कल का पूत। सो तुम उसका पक्ष ले रहे हो!

माते की पतोहू का! फिर गोराबाई कौन थी उसकी?

लुहारन का पूत है रामदुलारे कि अहीरन का?

माते ने कैलाश महाराज को बहुतेरा समझाया कि हमरे लेखने न लेखने से का हौने है। होगा तो वही जो सरकार के मिजान में होगा। अरविंद पांडे के ध्यान में होगा। रामदुलारे के लिलार में होगा।

कैलाश महाराज ने एक नहीं सुनी। जाते-जाते बोले, "तुम मन में लडुआ जिन फोड़ियो माते। रामदुलारे से, सरकार से, अरविंद पांडे से दो-दो हाथ तो हम खुद ही कर लेंगे!'

असल में ज़र, जनी, जमीन ही होती हैं बैर की, प्रीत की जड़ में।

मुखिया ने सोचा, घोका पर गुनिया के सामने उच्चारा नहीं।

हठात् मुखिया को उस बात का, माते के कहे का जवाब मिल गया।

वही आधा राउत होने वाली बात।

तो यह माजरा है। माते की पतोहू ब्याह से पहले लरकौरी बनी। वही मौढ़ा गोराबाई ने पाला-पोसा। यह मुआवजा की बात बीच में न आई होती, कलदार न खनक रहे होते कैलाश महाराज के मगज में तो इस भेद की कलई कभी न उघड़ती।

ठीक गुना था मुखिया ने। माते ने। गाँव ने। खेरे ने।

कैलाश महाराज ने बैर बाँध लिया था पांडे महाराज से। एक रोज चंदैई के बैंक में जा के कातिलाना हमला बोल दिया। वह तो चौकीदार ने थाम लिया नहीं तो पांडे महाराज की इहलीला मेटने में कोई कसर बाकी नहीं छोड़ी थी कैलाश महाराज ने। सुनी है कैलाश महाराज सरकारी हवालात में बंद हैं अब।

गुनिया की लाई खबरें अब मुखिया में उत्साह नहीं जगातीं। आश नहीं जगातीं। मुखिया परेशान रहता है दिन-रात कि गाँव को यह क्या हो रहा है? इस तरह तो गाँव भी खतम हो जाएगा। बचा भी रहा तो इतने बैर-कलह के बीच वहाँ कोई रह कैसे पाएगा! जहाँ भाईचारा न हो वहाँ आदमजात का गुजारा कैसे मुमकिन है!

गुनिया ने कुछ दिन पीछे फिर खबर दी मुखिया को कि पांडे महाराज आए थे माते से मिलने। उन्होंने बताया कि रामदुलारे अभी नहीं आ सकेगा। भोपाल में उसके मास्टरजी बीमार हैं। पांडे महाराज ने बताया है कि लड़ैई भी डूब सकता है।

मुखिया ने हिदायत दी थी गुनिया को कि अब की बार पांडे महाराज मिलें तो

पक्की खबर लाना। न मिलें लड़ैई में तो चंदैई जा के पूछना। पूछना कि लड़ैई का क्या होगा? हमरे जीरोन का क्या होगा?

कहाँ पूछ पाया गुनिया यह बात। पांडे महाराज से भेंट ही नहीं हो पाई।

गुनिया पांडे महाराज से मिल पाता, पूछताछ कर पाता, चंदैई जा पाता, कि इससे पहले एक और अनर्थ हो गया।

राजघाट पर बाँध वालों ने जो तटबंध बनाया था, एक रात वह टूट गया। वहाँ इकट्ठा किया गया पानी पंचमनगर, बारी, टोढ़े, केशोपुर और न जाने कहाँ-कहाँ, किस-किस गाँव में जा घुसा। राजघाट से पानीपुरा तक के सब गाँव डूब गए। मवेशी बह गए। फसल चौपट हो गई। घर-टपरा पानी में सिरा गए। बर्तन-बासन, चूल्हा-चक्की घुल गए।

यह घटे पीछे गाँव वालों के मन में भय और गहरा बैठ गया। जिसका जो सामान बचा, उसे साथ लिए सबने लड़ैई में डेरा डाल लिया। इंतजार में बैठ गए कि पानी सूखे तो जाएँ। पर पानी सूखे कैसे! जब तक बसकारा खत्म नहीं होता पानी घटने की जगह बढ़ेगा ही बढ़ेगा। लड़ैई से वे जाते, गुनिया चंदैई जाता, कि अरविंद पांडे लड़ैई आता, इससे पहले आन पहुँची एक और कुघड़ी।

लड़ैई में कल घूरे साव ने गुनिया को हिदायत दी थी कि कल अपने मुखिया को साथ लेकर आना। हमरी बाखर में आना। हमें उससे जरूरी बात करनी है।

सो आज सुबह गुनिया के साथ दूसरी बार लड़ैई में आया था मुखिया।

कई बरस पीछे लड़ैई में दीदार हुए घूरे साव के मुखिया को। साव की तो रंगत ही बदली मिली।

साव ने गाज गिरा दी मुखिया पर। साव ने जमीन खिसका दी मुखिया के पाँवों के नीचे से! प्राण हर लेने वाला फरमार सुना दिया।

साव ने बताया मुखिया को—कि पाँच पीढ़ी पहले हमरे पुरखों ने बसाया था जीरोन। हमरे पास सुबूत है इसका। हम मालिक हैं जीरोन के। तुम जबरन उस पर काबिज हो। अब ये गाँव-गाँव से उखड़े हमरे किसान बसेंगे वहाँ। सो मोंगे-मोंगे, सीधे-सीधे वह जगह खाली कर दो। तुमने खेरा न छोड़ा तो हम लाठी-बल्लम लाएँगे, पुलिस-पलटन लाएँगे, सिपाही-दरोगा लाएँगे। तब जान-माल का जो टोटा होगा उसकी जवाबदेही तुमरी होगी। तब जमीन के साथ जीवन भी छोड़ना पड़ेगा। तुमरी भलाई इसी में है कि कहीं अंत जा बसो। हमने इस करके तुम्हें बुला कर बताया कि बाद को तुम यह न कह सको कि हमरे को खबरदार नहीं किया।

फरमान सुने पीछे मुखिया को कोई सुध-बुध न रही। समय-स्थान का ज्ञान-ध्यान उतर गया चित्त से। गुनिया ने संयम से काम लिया। मुखिया को सँभाला। मुखिया को

चेताया। सहारा देकर उठाया। साव को प्रणाम किया और बाखर से बाहर चला आया।

वहाँ से लुटे-पिटे दोनों जन पहुँचे माते की शरण में।

गुहार लगाई। न्याय माँगा।

माते ने ढाँढस बँधाया। कहा कि घबराने की बात नहीं है। इस देश में कोई कायदा-कानून नाम की भी तो चीज होगी। जंगल में, डाँग में भी, जनाउर के रहते भी और जानवर रहते ही हैं। जनाउर की हुंकार सुने पीछे जंगल को, हार को, डाँग को छोड़ तो नहीं जाते!

विश्वास दिलाया, भरोसा दिलाया, कि संकट के, बेईमानों के दिन अब जाने ही वाले हैं। अब यहाँ वह सब न होगा जो अब तक होता रहा। वही सब न होगा जो आतताई चाहेगा। यहाँ वह होगा जो यहाँ की जनता चाहेगी। जो भलमनसाहत चाहेगी। जो न्यायसंगत होगा।

माते ने बताया कि पंचमनगर डूबने से एक रोज पहले जब अरविंद पांडे आया था हमसे मिलने, तब उसने खबर दी थी कि रामदुलारे शहर छोड़कर आएगा गाँव। उसी के संग-संग अरविंद पांडे भी आ रहेगा गाँव में। हमरी बहुरिया, रामदुलारे की दुलहनिया, हमरे गाँव के मास्साव ठाकुर जनक सिंह की बिटिया यशस्वनी भी आएगी गाँव। मास्साव जीवित रहे तो वे भी आएँगे गाँव में।

वे यहाँ आकर सब दुख हर लेंगे। न सरकार को ज्यादती करने देंगे, न साव को मनमानी।

राम-लखन-सीता मैया-सी तिगड़ी। कृष्ण-बलराम-सी दुगड़ी।

जैसे वे गए थे वन में राक्षसों का संहार करने···· जैसे वे गए थे मथुरा में कंस का नाश करने····यही सब करेंगे यहाँ आकर वे तीनों····वे दोनों····

लड़ैई से लौटा मुखिया गुरीला पर बैठा दूर तक निहार रहा है।

कहाँ है रामदुलारे!

कहाँ है अरविंद पांडे!

कौन दिशा से आएँगे वे!

कब!

अ-पार

आठ

माते इंतजार में हैं।

रामदुलारे का इंतजार है माते को।

अरविंद पांडे का इंतजार है माते को।

अनंत इंतजार में हैं माते।

जाने क्यों नहीं आया रामदुलारे!

जाने क्या दशा होगी मास्साव की!

महीनों हो गए, अरविंद पांडे भी नहीं आया लड़ैई में।

कहीं भोपाल तो नहीं गया मास्साव को देखने!

कहीं दिल्ली तो नहीं गया रामदुलारे को लिवाने!

कहीं रामदुलारे से कहने गया हो कि सौ बरस के माते अब तुमरा और इंतजार नहीं कर सकते। कि लड़ैई के उजड़ने के दिन आ गए अब। जाने किस दिन, किस छिन आ पहुँचे वह घड़ी।

बताया था अरविंद ने कि लड़ैई अब डूब क्षेत्र में नहीं रही। बाँध वाले पंचमनगर के किले के साथ दीवार खड़ी करेंगे। पंचमनगर से पानीपुरा तक एक तरफ और पंचमनगर से बारी तक दूसरी तरफ। यहाँ लड़ैई में बनाएँगे अभयारण्य। जानवरों को बसाएँगे यहाँ। हमें खदेड़ेंगे।

पंचमनगर की जो दशा अपनी आँखों देखी थी माते ने, वह भुलाए नहीं भूल पाते। राजघाट के एक तटबंध की छोटी-सी दरार ने वह प्रलय मचाई थी कि बारी, टोढ़े, सिरसौदिया, शंकरपुर, पंचमनगर, सब जलमय हो गए थे।

कहीं अगली बार दरार फिर बनी, इससे बड़ी बनी, बाँध पर पानी और ज्यादा रहा तो लड़ैई भी आ जाएगा पानी की ज़द में। तब यहीं जल समाधि लेनी होगी हमें जबरन। जीना तो आदमी की तरह का हो नहीं सका, मरना भी आदमी की तरह का न होगा।

उस महाप्रलय के साथ-साथ याद आती है माते को सरकार की वह लाबरी बात। रेडियो पर सुनी वह झूठी खबर हरदम माते के मगज में गूँजती रहती है। पंचमनगर में लंबरदारिन के रेडियो पर खबर सुनी थी माते ने कि सरकार मानती है—राजघाट का तटबंध टूटने से पहले ही सरकार यहाँ के गाँव खाली करवा चुकी थी। यहाँ के लोगों को मुआवजा देकर कहीं और बसा चुकी थी। कि पानी खाली पड़ी जमीन में फैला था। इससे बाँध का काम तो बड़ा, खर्चा भी बड़ा, लेकिन बाँध वालों की सूझबूझ के चलते

जान-माल का नुकसान होने से बच गया।

कितना बड़ा झूठ। कितनी लाबरी बात! सरकार हो के झूठ बोली!

फिर वे जो वहाँ पंचमनगर से बारी तक रह-बस रहे थे, वे आदमी नहीं थे क्या? वे जो डूब गए थे, क्या आसमान से टपके थे उसी रात! मुआवजा क्या सिर्फ कागजों में बाँटने से बँट जाता है? यहाँ जो मुआवजे की बाट जोह रहे हैं ये झूठे हैं क्या! बेईमान हैं! कहीं अंत से आकर बस गए हैं! सरकार को मूरख बनाने! धोखे से कलदार पाने! इन्हें मुआवजा दे दिया होता तो ये यहाँ रहते ही काहे को!

उस दिन रेडियो पर खबर सुने पीछे पंचमनगर भी जाना नहीं हो पाया माते का। जाते काहे के लिए। रेडियो को तो खुद ही ताव में आकर पेड़ से दे मारा था। अंजर-पंजर पानी में डुबो आए थे। फिर अब पंचमनगर में रहता ही कौन है! पंचमनगर क्या, पानी में डूबे सभी गाँवों के निवासी आ तो बसे हैं लड़ैई में ही। पानी सूखने, कि वापस बाँध में जाने की राह तकते बैठे हैं लड़ैई की जर्रा-जर्रा जमीन पर।

उस दिन से माते को अरविंद पांडे का, रामदुलारे का बेसब्री से इंतजार है। माते को यकीन है कि वे जरूर बचा लेंगे लड़ैई को। वे जरूर उजागर कर पाएँगे सरकार का झूठ। वे बताएँगे दुनिया को कि सरकार की बात झूठी है। लाबरी है जा सरकार। सरकार ने नहीं खाली करवाए थे गाँव। पानी लील गया उन गाँवों को। मुआवजे में कलदार नहीं काल पहुँचाया सरकार ने। सजीवर, उजागर में नहीं दगाबाजी से भेजा जल। जैसे भंड़या करते हैं, जनाउर करता है, वैसे ही बेखबरी में सरकार ने गिराई सबकी बाखरें।

माते जानते हैं कि जब तक पानी सूख नहीं जाता, गाँव-देहात का आदमी भले ही जिस-तिस तरह चला जाए अकेला-दुकेला चंदेई कि प्रानपुर। शहर का आदमी नहीं आ सकता लड़ैई तक। उसे क्या खबर कि कहाँ दलदल है और कहाँ धारदार पानी। कहाँ सकरापन है और कहाँ गहरा तल। किस पेड़ की डाल नीचट-जबर है और किस की कमजोर।

ऐसे में वह आना चाहकर भी आएगा कैसे? आना चाहेगा क्यों कर? यहाँ कोई लगन तो निकला नहीं जा रहा! फिर ऐसे में आकर करेगा क्या?

जानते हैं माते, फिर भी इंतजार में हैं माते।

माते चाहते हैं कि रामदुलारे और अरविंद जल्द-से-जल्द आ जाएँ।

इससे पहले कि निर्मल साव जीरोन खेरे के राउतों को जमीन से, खेरे से बेदखल करे, घनी डाँग की तरफ ढकेले, अरविंद आ जाए। आकर चंदेरी जाए। गुना जाए। मुंगावली जाए। सागर जाए।

जाकर पता लगाए कि जीरोन खेरे पर घूरे साव का कब्जा कैसे हुआ? जीरोन खेरे की जमीन की तौजी घूरे साव ने कब दी? इस जमीन पर पाँच पीढ़ी का दावा करने वाले इस घूरे को कब खबर हुई कि उस खेरे को उसके पूर्वजों ने बसाया था! किस घूरे

पर पड़ी मिली उसे वह मिसिल। अभी मिली कि जनम से रही उसके पास !

यदि अभी, तो फिर पहला काम, लड़ैई को बचाने से पहले, पहला काम यह करे कि जिस कानून का भय दिखाकर निर्मल साव जीरोन के राउतों को खदेड़ना चाहता है, उसी कानून के हाथों घूरे साव के हाथ बँधवा दे। हो सके तो घूरे साव को ही किसी घूरे पर फिंकवा दे।

घूरे लाल निर्मल को साव नहीं मानते माते। मानना ही नहीं चाहते। उसका ख्याल तक नहीं लाना चाहते माते। साव के नाम पर कलंक है घूरे लाल निर्मल। दुनिया-भर का मैल भरा है निर्मल के घूरे जैसे मगज में। घूरा है घूरे का मगज।

मगर लाचार हैं माते। लड़ैई में जहाँ कभी पचीस बाखर थीं सावों की, वहाँ अब साव के नाम पर केवल निर्मल बचा है। डूब में गाँव आने का हल्ला क्या मचा, साव लोग जमीन छोड़, जमीन बेच, जा बसे शहरों में। चंदेरी, ललितपुर, बीना, गुना, मुंगावली, इंदौर और भोपाल में। कुछ जा बसे राजघाट पर। हलके साव ने वहीं दुकान खोल ली है। हीरा साव का ठेकेदारी का दफ्तर है वहाँ।

घूरे साव गाँव छोड़ कर नहीं जाएगा, इसका पूरा यकीन है माते को। राउतों की जोरुओं को बेच-बेच कर जो ज़र कमाया है, उसी ज़र के जोर से अब उनकी जमीन हड़पने की फिराक में है घूरे साव।

माते ध्यान में भी नहीं लाना चाहते इस सच्चाई को। कहीं भूले से भी यह सच्चाई उजागर हो गई तो अनर्थ हो जाएगा। कहीं जीरोन के मुखिया की फरियाद सुनते-सुनाते कभी जुबान पर आ गई तो···· !

नहीं, नहीं। गई राउतनें तो फिर भी न लौटेंगी, राउत और जाएँगे खेरे से, जमीन से, जीवन से। इसीलिए माते जीरोन के मुखिया से पूरी हमदर्दी के बाद भी उससे सामन करने से बचना चाहते हैं। माते को भय कि कहीं कभी बेध्यानी में, नाराजी में, यह रहस्य जुबान पर न आ विराजे।

माते को हलके साव ने बताया था यह रहस्य एक रोज।

तब, जब हलके साव बानियों के मंदिर से भगवानजी को उठाकर राजघाट ले ज रहे थे। माते ने हटका था हलके साव को—कि जब एक बानिया घूरे साव गाँव मे मौजूद है तो फिर भगवानजी काहे ले जा रहे हो ! निर्मल पूजा-अर्चना कहाँ करेगा ! कभ पापों से प्रायश्चित का मन हुआ तो कहाँ जा कर शीश नवाएगा ! भगवान के न रहने प घूरे साव को तो भगवान का भी भय न रह जाएगा।

हलके साव ने कहा था, "माते, तुम निर्मल के लक्षन जानत नइयां का ! अरे, कब की है उसने पूजा-अर्चना ? हाँ, जब से हमने शुद्ध सोने में ढले भगवान और उनका सोने का सब सामान ले जाने का ऐलान किया है तब से जरूर ढोंग करने लगा है धर्मात्मा होने का। उससे पहले किसी ने उसे जनम-जिंदगी में मंदिर की देहरी लाँघना तो दूर की बात,

बाहर से, उस गैल से आते-जाते भी मंदिर की तरफ मुँह करके सिर झुकाते देखा है ?

"अरे, वह भगवान से डरता होता तो नून, तेल, कत्था, लत्ता, बीज, बत्ती बेचने की जगह राउतनें बेचने का धंधा करता भला ! मुरैना जाकर, शिवपुरी जाकर राउतनें बेचता भला ! अरे, बानिया हो तो साहूकारी करो, कि चीज-बसत बेचो, जिस्म बेचने का धंधा कब रहा बानियों का ! चमार भी मरे पशु की चमड़ी बेचता है। यह तो जिंदा हाड़-चमड़ी का धंधा करता रहा। जिसने कभी माँ समान, बहन समान, बेटी समान औरत जात को एक बिकाऊ माल से ज्यादा नहीं समझा, वह निर्जीव भगवान को क्या लेखेगा भला !"

सुनकर अवाक् रह गए थे बड़े माते। कानों पर हाथ रख लिए थे लड़ैई के उम्र का शतक पार कर गए इमरत सिंह उर्फ अमृत सिंह यादव ने।

"तुम देख लेना माते। हमारे जाते ही निर्मल मंदिर जाना छोड़ देगा। जाना तो दूर, मंदिर की तरफ हेरना छोड़ देगा निर्मल। उसका मन मंदिर में रमा रहे, वह भगवान से डरने लगे, इसके लिए हम एक काम अपने दिल पर पत्थर रखकर करके तो जा रहे हैं। पत्थर वाली चौबीसों भगवान की प्रतिमा मंदिर में छोड़े जा रहे हैं। पता नहीं उनकी पूजा-अर्चना होगी कि नहीं। निर्मल भगवान का पृछाल करेगा या वे बासे-तिबासे बिना सपरे बैठे रहेंगे। इसका पाप हमीं को लगेगा। पर यह पाप तो हमें करना पड़ेगा। हाँ निर्मल की मति सुधरी तो हम पुण्य के भागी होंगे।"

हलके साव की शंका ठीक निकली। उनके गए पीछे न कभी माते ने देखा, न किसी से सुना कि घूरे ने बानियों के मंदिर की देहरी लाँघी है।

इसीलिए घूरे साव को चित्त में नहीं लाना चाहते माते। जब भी घूरे चित्त में आ जाता है, हजार कुबोल कुलबुलाते हैं मगज में। लाख अशुभ वचन बड़बड़ाते हैं माते मन-ही-मन। चित्त बिगड़ता है, मन मैला होता है। यह भव तो बाँध के चलते बिगड़ा, परभव भाव बिगड़ने के चलते बिगड़ने के आसार बनते हैं। घूरे साव का तो ऐसा इंतजाम करना चाहते हैं माते कि वह गाँव से भाग खड़ा हो।

सरकारी महकमे का कौन बाबू कि अफसर नहीं जानता कि सात गाँवों के कोटे का किरासिन, शक्कर चंदैई की चंदैई में बेच खाता है घूरा। भंड़यन के लूटे गहना-गुरिया बिकवाने में मददगार बनता है घूरे साव। मुआवजा पाने वालों से हिस्सा बाँट करता है घूरे साव।

सब जानते हैं। सबको खबर है। जिन्हें हाथ थामने चाहिए वे हाथ बढ़ा कर अपना 'हिस्सा' पाने से मतलब रखते हैं बस्स !

किसी विधि ऐतराज दर्ज करवा कर, रंगे हाथों पकड़वा कर घूरे के हाथों में हथकड़ी डलवाने की मंशा है माते की। ऐसा सबक सिखाना चाहते हैं उसे कि तौबा कर ले घूरे साव।

ऐसी तज़बीज कर सकता है अरविंद, रामदुलारे।

जाने कब आएगा रामदुलारे ! जाने कब आएगा अरविंद पांडे !

अब तो पंचमनगर में आया पानी भी सूख गया। धरती-मैया प्यासी थीं न ! जब से बाँध की दीवार खड़ी हुई, अपनी मर्जी से आ कब पाईं बेतवा-मैया इन गाँवों में।

पानी के सूखते ही लड़ैई में बसे कई घर वापस लौट गए। वे लौट गए अपने-अपने गाँव। फिर डूबने के भय को सीने पर लिए। फिर डूबने की आशंका को धता बताते। वे वहीं रहेंगे। अपनी जन्मभूमि में। अपने श्मशान के आसपास।

अपनी जमीन से आसानी से अलग नहीं होता किसान। लोभ से नहीं, भय से नहीं, मोह से बँधा होता है वह अपनी जमीन से। जमीन से किसान का मोह मौत छुड़ा पाती है या फिर किसी साहूकार का कर्ज, या फिर अब छुड़ाने लगा है सरकारी भय और छल। इनकी काट नहीं किसी किसान के पास।

नहीं लौटे वे जिनकी जमीन-जायदाद नहीं रही थी वहाँ। वे इस फिराक में यहाँ टिके हैं कि लड़ैई के साव लोगों से मिलकर उनकी जमीन पर खेती-किसानी की इजाजत पा जाएँ।

पर सबके लौटे बिना उन गाँवों की गुजर-बसर कैसे होगी !

माते से एक नई चिंता फिर चेंट गई।

किसी एक जाति, किसी एक हुनर के लोगों से नहीं बनता गाँव। ऐसे लोगों के जमावड़े से कारखाना तो बन सकता है, कमाई भी होती है वहाँ, उत्पादन भी, बस्ती भी बस जाती होगी वहाँ, लेकिन एक पेशे के लोगों से गाँव नहीं बनता कभी।

कब आएगा रामदुलारे। कब हो पाएगी इन गाँव वालों के सामने हकीकत उजागर !

क्या-क्या सँवारेगा रामदुलारे ! कहीं इन ठगे गए, बौराए हुए लोगों ने उसे भी ठग मान लिया, ठेंगा दिखा दिया तो !

तब क्या करेगा रामदुलारे ? गाँव का पूत है वह, गाँव का हितू, गाँव का सगा, गाँव में पला-पुसा। फिर भी क्या गाँव वालों को अब भी पुसाएगा रामदुलारे ?

कहीं गाँव ने उसे नकार दिया, या उसी को गाँव न सुहाया, या बूझ ही न पाया वह कि इन संकटों की काट क्या है, इन दुर्भागियों का इलाज क्या है, तब ? हमरे अपने नाती-पोते तक तो अभी से उसे न अपनाने का कौल भरने लगे हैं जब-तब हमरे सामने।

नहीं, नहीं ! अशुभ क्यों बिचारते हो इमरत सिंह। माते ने हटका अपने आपको।

आने दो रामदुलारे को।

सब ठीक हो जाएगा।

सब सँवर जाएगा।

नौ

असंभव!

चंदेरी के भूमि विकास बैंक में विकास अधिकारी अरविंद पांडे का पत्र पढ़कर रामदुलारे के मुँह से पहला शब्द निकला था!

अरविंद पांडे ने अपने पत्र में लिखा था—मैं आपकी रचनाओं का नियमित पाठक हूँ। इधर कुछ समय से चंदेरी में नियुक्त हूँ। आपके कई पात्रों से साक्षात् मिलने का अवसर पा चुका हूँ। उनसे मिलने पर मैं यह जान पाया कि आपकी रचना इस क़दर मन को क्यों छू लेती रही।

खैर, मैं एक अदना पाठक और क्या लिखूँ! बस इतना और कि जब, जहाँ-कहीं किसी को देखता हूँ उसमें आपका कोई पात्र नजर आता है।

आपके गाँव के लोगों से पता चला कि आपके प्रिय पात्र, नहीं (अब पात्र नहीं कहूँगा) आपकी प्रायः रचनाओं के चरित-नायक बड़े माते अमृत सिंह यादव अब भी लड़ैई में मौजूद हैं। बहुत जल्द मैं उनके दर्शन करने जा रहा हूँ।

यह पत्र एक विशेष प्रयोजन से लिख रहा हूँ।

आपकी कुछ जमीनें डूब में आ रही हैं। सरकार उनका मुआवजा आपको देना चाहती है। लेकिन कोई कैलाश महाराज अपने को उन जमीनों का असली वारिस बता कर मुआवजा हड़प लेना चाहते हैं। उनका कहना है कि वे आपके पिता हैं। ये जमीनें उनके पिता ने आपके नाम की थीं। चूँकि आपका कई वर्षों से कोई अता-पता नहीं है इसलिए मुआवजे की रकम दो लाख रुपया उन्हें दे दी जाए।

मुझे लगा कि अपनी ओर से आपको आगाह कर दूँ। मैं चाहता हूँ कि आप तुरंत आएँ। अपना मुआवजा ले जाएँ। आपका सानिध्य पाकर मुझे अपार प्रसन्नता होगी।

असंभव!

पत्र पढ़ने के बाद रामदुलारे के मुँह से पहला शब्द यही फूटा था।

पत्र पढ़ते ही रामदुलारे को अपना बचपन, अपना गाँव, अपने लोग याद हो आए। आँखों के आगे तिर आए जीवन के शुरुआती पंद्रह-सत्रह बरस।

रामदुलारे ने जब होश सँभाला था, तब अपने को अपनी माई के साथ मंदिर में पाया था। मंदिर के पुजारी थे बड़े बामन महाराज। मंदिर में थे कैलाश महाराज।

रामदुलारे को आज भी याद है कि उसके जन्म को लेकर, उसकी माई को लेकर, उसके बाप को लेकर किस तरह गाँव में अटकलें लगाई जाती थीं।

कोई कहता था वह मझले साव के बड़े लड़के अट्टू साव का लड़का है। उसकी माई के संग प्रेम-प्रीत थी उनकी। पेट में बच्चा देने के बाद गाँव में दर्शन देने नहीं आए वे। कोई कहता था उसकी माई मायके से लाई थी उसे। कोई कहता था उसने खुद नहीं जना। किसी का नाजायज बच्चा पाल-पोस रही है। कोई कहता था गोराबाई को, लुहार बहू को खुद खबर नहीं कि किसका है।

हाँ, गोराबाई! नहीं, चमेली बाई। मेरी माई। लड़ैई गाँव में लुहार घर ब्याही गई थी गोरा गाँव की चमेली बाई। ब्याह बाद गोराबाई बन गई। गोराबाई ही हो गया उसका नाम। मगन सिंह था उसके पति का नाम। जनखा-बेड़नी मगना।

रामदुलारे ने कभी लुहार घर रहते नहीं देखा माई को। पहले मंदिर में रहते देखा, फिर आँधरे कक्का की बाखर में रहते देखा। फिर मझले साव की बाखर में रहते देखा।

लोग कहते थे, जब लुहार घर रहती थी मेरी माई, तब शहर में पढ़ते थे अट्टू साव। जब गाँव आते थे तब हरदम लुहार की बाखर में डटे रहते थे। कभी आल्हा बाँचने के बहाने, कभी मगन सिंह से बतियाने के बहाने। गुइयाँ था मगन सिंह उनका। फिर मेरी माई भी हो गई उनकी गुइयाँ। सखी।

फिर एक साल जब अट्टू साव ने गाँव छोड़ा तभी माई ने छोड़ा गाँव। साव तो फिर कई बरस तक नहीं आए, माई साल पीछे गाँव लौटी तो माई की गोद में था एक बच्चा। मैं।

माई का पति वह मगन सिंह जब भी अकेले-दुकेले में पा जाता था रामदुलारे को, एक ही रट लगाता था—तोरी धाय माँ का खसम हूँ रे मैं, तोरा धरम बाप!

धाय माँ क्यों कहता था वह? कभी बूझ नहीं पाया रामदुलारे।

नहीं, धाय माँ नहीं, मेरी सगी माँ है वह। सोचता था रामदुलारे। सगी न होती तो मेरे सुख-दुख का इतना खयाल क्यों रखती! मेरी फिकर में इतनी फिकरमंद क्यों रहती! मेरे गीले किए बिस्तर पर खुद क्यों सोती! मुझे पढ़ा-लिखा कर इतना गुनी-विद्वान बनाने के बारे में क्यों सोचती! मेरी परवरिश के लिए अपने हाड़ क्यों गलाती!

रामदुलारे ने बचपन में सुना था कि बेतवा नदी के राजघाट पर एक बाँध बनेगा। उसका गाँव पानी में डूब जाएगा।

रामदुलारे के होश सँभालते न सँभालते उसकी शुरुआत हो भी गई थी। सरकार ने गाँव से मदरसा उठा लिया था। मोटर का आना बंद हो गया था। सड़क उखाड़ ली गई थी। क्योंकि इस गाँव को, इसके आसपास के तमाम गाँवों को डूबना था। यहाँ बाँध का पानी जमा किया जाना तय हो चुका था।

माई की चिंताओं का अंत न था तब। मोरा बिटुआ पढ़ेगा कैसे? गुनी-विद्वान बनेगा कैसे? लाट सहाब लगेगा कैसे? अट्टू साव का, मोरे गुइयाँ का जोड़ीदार जमेगा कैसे?

तब माई रामदुलारे को लेकर पहुँची थी मास्साव के द्वार। तब तक मास्साव के तबादले के आदेश नहीं आए थे। मास्साव ने रामदुलारे को करवाया था अक्षर ज्ञान। फिर माई के संग-संग मास्साव गए थे चंदैई। वहाँ बसे लड़ैई के रघु साव की बाखर में रामदुलारे के रहने-सहने की व्यवस्था करवाई थी। चंदैई के मदरसा में उसका नाम लिखवाया था।

माई ने हाड़-तोड़ मेहनत करके पढ़ाया उसे। दर्जा पाँच में पूरे मध्य प्रदेश में अव्वल आया था रामदुलारे। कितनी खुश हुई थी माई। कितने खुश हुए थे बड़े माते। मझले साव। मझली साउन। बामन महाराज और अट्टू साव।

हाँ, उसी साल गाँव आए थे अट्टू साव। रामदुलारे के जनम लिए पीछे पहली बार गाँव आए थे अट्टू साव। पूरे दस बरस बाद। किसी बात पर मझले साव ने कहा था—खबरदार कभी मुँह न दिखाना। सो नहीं दिखाया। जब मझले साव ने खुद खबर देकर बुलवाया, तब आए थे अट्टू साव।

मगना कहता था रामदुलारे से जब-तब कि अट्टू साव की सखी है तोरी माई। शेष जन कहते थे तोरा बाप है अट्टू साव।

अट्टू साव अपने संग मझले साव, मझली साउन को गाँव से ले गए भोपाल। साथ में माते दाऊजू को भी ले गए थे। इलाज करवाने। अट्टू साव को यकीन था कि माते दाऊजू की आवाज लौट सकती है। रामदुलारे ने माते दाऊजू को तब तक बोलते नहीं सुना था। उसने सुना था कि पहले दाऊजू बोलते थे। एक दिन मंदिर में परसाद खाया सो ऐसा पाप चढ़ा कि मुँह से बोल छूट गए। तब से गूँगे हो गए माते।

महीना-भर पीछे जब माते दाऊजू अट्टू साव के साथ गाँव लौटे तो उनके बोल फूटने लगे थे। गूँगापन छूमंतर हो चुका था। तब तक इधर गाँव में लोगों ने रामदुलारे का एक और बाप खोज लिया था। अब अट्टू साव की जगह बामन महाराज का नाम जड़ दिया था उसके नाम के साथ। इस बीच बामन महाराज ने एक रोज आत्महत्या कर ली थी। मरने से पहले वे अपनी जमीन-जायदाद रामदुलारे के नाम कर गए थे। सो मरे पीछे ये ही बजने लगे रामदुलारे के बाप।

मगर माई, यह सुनते ही चंडी हो जाती थी। अनाप-शनाप बोलती थी। बामन महाराज के पूरे वंश को, अगली-पिछली पीढ़ियों को कोसती थी। कहती थी—"जीते जी जिसे कभी जीने तक न देना चाहा, मरते-मरते उसी पर अपना राक्षसी पंजा गढ़ा दिया। जानते थे न कि कैलाश महाराज, उनके सपूत तो तीन बेटियाँ जनने के बाद बेटा जनने के काबिल रहे, न बेटी। मोए खसम से गए-गुजरे हो गए। सो मोए बिटुआ पर कब्जा करना चाहते हैं बामन महाराज। पर मैं तुमरे बहकावे में न आने की। नहीं चाहिए हमरे बचुआ को तुमरी छल-बल से, पाप-जाप से बटोरी जमीन-जायदाद !"

क्यों कहती थी माई यह ! क्या बिगाड़ा था बामन महाराज ने मेरा, उसका !

तो क्या मैं सचमुच बामन महाराज का बेटा हूँ! इतने बूढ़े बामन महाराज! या अट्टू साव का मौढ़ा हूँ मैं! मगन सिंह का तो कतई नहीं हूँ। वह तो ठहरा जनखा। आधी लुगाई। बेड़नी। फिर वह तो खुद ही धरम-बाप कहता है खुद को। उसका होता तो असल बाप न कहता। जैसे सब कहते हैं। जिस बच्चे की माई जिसकी लुगाई, वही उन बच्चों का असली बाप! एक अकेले मुझे छोड़ कर।

अगर मैं बामन महाराज का बेटा नहीं था तो वे जमीन-जायदाद मेरे नाम क्या पुण्य कमाने के लिए लिख गए थे? ऐसा क्या पाप किया उन्होंने जिसे पुण्य करके मेटना चाहते थे? कैलाश महाराज से इस कदर खफा क्यों थे कि उन्हें अपनी संपत्ति से बेदखल कर गए? कैलाश महाराज को किस पाप का दंड दे गए वे?

पर माई इनमें से किसी सवाल का जवाब नहीं देती थी। बस उनका नाम सुना और बौखलाई।

"वह पापी और पुण्य! उसने तो आत्महत्या ही इसलिए की कि उसका पाप उजागर हो गया तो हत्या हो जाएगी उसकी। जानता था न कि जब अट्टू साव माते को शहर ले गए हैं। महीना होने को आया, माते नहीं लौटे, न कोई बुरी खबर आई। इसका मतलब माते ठीक होकर ही लौटेंगे। तब कहीं बोली-बानी मिलते ही माते ने सच्चाई उजागर कर दी, कैलाश महाराज की, पुजारी महाराज की, तोरे दुर्भाग्य की, राई-रत्ती बात उजागर कर दी, तो ब्रह्महत्या के भय को भी कुतका दिखा देंगे ये गाँव वाले!"

वह कौन-सी सचाई है जो माते के मुँह में बंद है! जिसे वे न उगल पाएँ इसके लिए बामन महाराज ने उनकी आवाज छीन ली। जिसे वे न बखान दें इसलिए बामन महाराज ने अपने प्राण छीन लिए!

मेरे जनम के, मेरी माई के, मेरे बाप के बारे में वह और क्या है जो अजाना है, जो भूत के गर्भ में है, माते के कंठ में अटका है!

माई भी तो जानती होगी वह सचाई! फिर वही क्यों नहीं बता देती!

मैं जरूर अट्टू साव का ही मौढ़ा हूँ। तभी तो माई ने मुझे उनके साथ पढ़ने को भेज दिया भोपाल! पढ़ने को, आदमी बनने को!

भोपाल में पढ़ते दिनों जब गाँव जाता था रामदुलारे, तब कितनी खुश होती थी माई। अट्टू साव के एक-एक छिन की खबर-दबर लेती थी। रामदुलारे की कामयाबियों पर यों मगन-मन होती थी जैसे उसने परीक्षा पास न की हो, आकाश छू लिया हो!

और माते दाऊजू! ढेरों सवाल करते थे उससे। उसके ज्ञान की परीक्षा लेते थे कि अपना अज्ञान मिटाते थे, नहीं जानता आज भी रामदुलारे।

और गाँव वाले! हर दिल अजीज हो गया था रामदुलारे। नहीं सुहाता था तो केवल बानियों को। उनका कोपभाजन रहा आया रामदुलारे। उसे भी कहाँ सुहाते थे बानिया। उनके खोट पर तो सदा नजर रही रामदुलारे की।

कितना कठिन होता था गाँव जाना। मोटर तो बंद हुई थी, चंदेरी से तेंदू पत्ता लेने जो ट्रक जाता था, सड़क मिट जाने के बाद उसका जाना भी बंद हो गया था। बाँध वालों ने राजघाट से लड़ैई तक जगह-जगह से पेड़ उखाड़ दिए थे, रास्ते से मिट्टी निकाल ले गए थे। बाँध का तटबंध बनाने के लिए। मकान-क्वार्टर बनाने के लिए। इन गड्ढों के चलते गाँव से शहर तक फसल लाना असंभव हो गया था। इसीलिए बानिया बाखर, गाँव छोड़कर शहरों में जा बसे थे। जो बानिया बचे थे वे निर्दयतापूर्वक अन्य जातियों का शोषण करते थे। उनकी अज्ञानता का बेरहमी से फायदा उठाते थे।

बानियों की मंशा खूब समझता था रामदुलारे। गाँव वालों को जाग्रत करने के लिए ही तो बार-बार आता था वह गाँव। इतने कष्ट उठाकर, पैदल चलकर। उसके इन्हीं विचारों के चलते गाँव ने उसके बाप के बारे में अटकलें लगाना बंद कर दिया था। सबको उसमें अट्टू साव नजर आने लगे थे।

रामदुलारे ने खुद नहीं देखे वे दिन लेकिन लोग बताते थे कि अट्टू साव जब भोपाल में पढ़ते थे, छुट्टियों में गाँव आते थे, तब यही सब करते थे। चमरौटे में जाते थे। बसोरपुरा में बैठकी करते थे। लुहार की बाखर में आल्हा बाँचते थे। शोषण के, अन्याय के, बेगार के खिलाफ उकसाते थे। अधिकारों की खबर देते थे। सोतों को जगाते थे। निर्बलों को बताते थे कि तुम जिसे सबल समझ कर डरे बैठे हो, वह तुमसे ज्यादा निर्बल है।

इन्हीं सब कर्मों के चलते छूटा था उनसे गाँव। जब ठाकुर देवी सिंह ने चमारों, बसोरों की कुटम्मस की थी, तब उन सब घायलों को मुंगावली ले गए थे अट्टू साव। रपट दर्ज करवाई थी।

तभी मझले साव ने घर से बाहर कर दिया था अट्टू साव को। कह दिया था कि यदि तू मेरा ही जाया है तो फिर मुँह न दिखाना!

अट्टू साव अपने बाप की असल औलाद था। बाप का कहा याद रहा उसे। वह नहीं आया। दस बरस नहीं आया। आया तब जब खुद साव ने उपत कर बुलाया।

मगनाबाई, मगनसिंह नहीं, मगनाबाई, माई का पति कहता था रामदुलारे से—अट्टू साव की सखी है रे तोरी धाय माँ!

हाँ, यही बात सच्ची कहता था मगनाबाई।

तभी तो जब इंटर पास करने के बाद रामदुलारे यह खबर लेकर गाँव पहुँचा कि माई मैं अव्वल आया हूँ। अब मैं नहीं पढूँगा माई। मैं नौकरी करूँगा। तुझे गाँव में नहीं रहने दूँगा। अपने साथ रखूँगा। तेरे कष्ट नहीं देखे जाते मुझसे। जाने किस दिन डूब जाए गाँव! फिर मैं तुझे कहाँ खोजूँगा! कि तू जिस अट्टू साव से डरती रही। जिसका धरम न डिगे, इस खातिर उनसे दूर-दूर रही। वे अट्टू साव अब नहीं रहे!

यह खबर सुने पीछे जीवित कहाँ रही थी माई! बैठी की बैठी सिधार गई थी।

सगी गुइयाँ होने का सुबूत दे गई। सगे गुइयाँ के पास पहुँच गई थी! इस भव का अधूरा काम अगले भव में पूरा करने!

फिर गाँव नहीं गया कभी रामदुलारे।

मझले साव ने आगे की पढ़ाई के लिए भोपाल से भेज दिया दिल्ली। फिर कुछ समय बाद न वे रहे, न साउन बउआ। इसी बीच उसे खबर मिली थी कि राजघाट बाँध का विधिवत् शिलान्यास कर दिया है इंदिरा गांधी ने। कि वहाँ का पूरा क्षेत्र खाली करवा दिया गया है। कि मुआवजा देकर सरकार ने वहाँ के निवासियों को दूसरी जगह ठौर-ठिकाना दे दिया है।

रामदुलारे के लिए गाँव केवल स्मृतियों की चीज रह गया था। किस्से-कहानियों में लिखने, सुनाने की चीज।

उस लेखक समारोह में भोपाल न गया होता तो गाँव से अंतिम रूप से नाता टूट चुका होता रामदुलारे का। लेकिन उस बार का भोपाल जाना तो जिंदगी ही नहीं, अगली पीढ़ियों तक की स्मृति से जोड़ गया गाँव को।

लेखक समारोह के दौरान रामदुलारे अपनी रचनाओं की एक अनन्य पाठिका और समालोचिका से मिलने उसके घर जा पहुँचा। रामदुलारे की गाँव संबंधी हर रचना पर इस पाठिका की प्रतिक्रिया जरूर आती थी। प्रतिक्रिया भी ऐसी जो रचना से बाहर लेकिन गाँव के भीतर का कोई और पहलू उजागर करती रही।

रामदुलारे ने कई बार अपनी पाठिका को लिखा कि आप अपने बारे में भी तो कुछ बताइए। आप कहाँ की रहने वाली हैं? उस क्षेत्र को इतनी अंतरंगता से कैसे जान पाईं? जब मैं भोपाल में था तब तो कभी आपसे भेंट नहीं हुई?

अपना कुतूहल शांत करने, इन्हीं अनुत्तरित प्रश्नों का समाधान पाने, अपनी समालोचिका का आभार जताने के लिए उसके द्वार पहुँचे रामदुलारे को यह जानकर सुखद आश्चर्य हुआ कि यह द्वार तो उस महापुरुष का है जिसने आज के इस रामदुलारे को तब गढ़ा था जब वह मिट्टी का लोंदा-भर था।

लगभग पूरे प्रदेश में तबादला-दर-तबादला होते-करते अध्यापकी से अवकाश मिलने पर भोपाल को स्थायी निवास बना लिया था लड़ैई के मास्साव ठाकुर जनक सिंह ने। सस्ते दिनों में एक आवास योजना के तहत इस छोटे से मकान का मालिकाना हक पा गए थे मास्साव। दो बरस हुए ठकुरानी मास्टरनी सिधार गईं। दोनों बेटे नौकरी पर हैं। एक नागपुर और दूसरा छत्तीसगढ़ में।

पहली मुलाकात के बाद रामदुलारे का फिर-फिर आना न हुआ होता तो वह अनहोनी न होती।

रामदुलारे कारण-अकारण आता रहा भोपाल। मिलता रहा मास्साव से। अपनी

पाठिका, मास्साव की बेटी यशस्वनी से।

एक दिन स्वयं यशस्वनी ने अपने पिता को बताया कि वह अपने भावी जीवन की डोर रामदुलारे के साथ जोड़ना चाहती है।

क्यों! नहीं जानना चाहा मास्साव ने।

यशस्वनी से रामदुलारे को परिचित तो मास्साव ने ही कराया था। उसकी हर रचना के प्रकाशन के साथ यह परिचय और गहराया था। रामदुलारे को देखा, जाँचा, परखा, चाहा तो उसके बहुत बाद यशस्वनी ने।

प्रबुद्ध, पढ़ी-लिखी बिटिया जल्दबाज़ी में, किसी दैहिक, आर्थिक आकर्षण में या विवशता में इस निर्णय पर नहीं पहुँची है, यह अच्छी तरह जानते थे मास्साव।

यशस्वनी और रामदुलारे ने चाहा था कि मास्साव अब हमेशा उन्हीं के साथ दिल्ली में रहें। लेकिन मास्साव ने इस प्रस्ताव को स्वीकार नहीं किया। वे कभी भोपाल रहते, कभी बड़े बेटे के पास नागपुर, कभी छोटे बेटे के पास छत्तीसगढ़ और कभी बिटिया-दामाद यशस्वनी और रामदुलारे के पास दिल्ली। अलबत्ता जितने दिन भोपाल रहते, यशस्वनी उनके साथ रहती थी।

इंदिरा गांधी की हत्या के बाद दिल्ली में भड़के सांप्रदायिक दंगों ने मास्साव को बेचैन कर दिया था। दिल्ली से बुरा कोई शहर नहीं रह गया था उनकी निगाह में।

इस पैशाचिक नगरी को उस बार मास्साव ने जब इस प्रतिज्ञा के साथ छोड़ा कि अब नरभक्षियों के इस जंगल में कभी नहीं आऊँगा, तब उन्हें कहाँ खबर थी कि भोपाल उनकी प्रतिज्ञा न डिगे, इसकी पूरी तैयारी के बाद बुला रहा है मास्साव को!

यशस्वनी का तार पाकर जब तक रामदुलारे भोपाल पहुँचा, यशस्वनी के दोनों भाई और तीनों कक्का भोपाल आ चुके थे। खाद और कीटनाशक दवाएँ बनाने वाला यूनियन कार्बाइड कारखाना आधे शहर को कीट-पतंगों की तरह जहरीली गैस से मौत की नींद सुला चुका था। चलते-फिरते हाड़-मांस के मनुष्यों को जहरीली खाद में बदल चुका था। पूरे शहर में त्राहि-त्राहि मची हुई थी। जिनके सगे-संबंधी चल बसे थे, वे उन्हें याद करके रो रहे थे, जिनके सगे-संबंधी अपंग, असाध्य रोगों से लड़ रहे थे, वे उनके कष्ट देखकर रो रहे थे।

मास्साव जीवित बच तो गए थे, लेकिन मृत से बदतर स्थिति में। भीष्म पितामह की तरह अस्पताल की लौह शैया पर जाने किस-किस तरह के रोगों से बिंधे लेटे हैं मास्साव। जाने कैसे-कैसे नामालूम रोग घर कर गए हैं मास्साव की निष्कलंक काया में। जाने कौन-कौन-से नामालूम रोग तलाशते रहते हैं डाक्टर मास्साव की निष्कपट काया में।

मास्साव की तीमारदारी में व्यस्त रामदुलारे का एक पाँव भोपाल में रहता है, एक दिल्ली में। यशस्वनी तो लगभग स्थायी रूप से भोपाल में रह रही है।

इन्हीं दिनों एक शाम दिल्ली लौटने पर रामदुलारे को मिला था किसी अरविंद पांडे का पत्र। पत्र पढ़कर रामदुलारे को यह सुखद सूचना मिली थी कि उसका गाँव अभी वजूद में है। माते दाऊजू अभी भी अपना आशीर्वाद दे रहे हैं लड़ैई को।

कुछ दिन ऊहापोह में रहा रामदुलारे। खत का क्या जवाब दे !

मुआवजा ! कैसा मुआवजा !

वह भी पुजारी महाराज की संपत्ति का !

नहीं, नहीं। उनसे मेरा कोई वासता नहीं। जाने दो कैलाश के पास।

उस पत्र का क्या जवाब दे, रामदुलारे कुछ तय नहीं कर पाया था कि अरविंद पांडे का एक और पत्र आ पहुँचा। कुछ और विस्तार से।

उसने लिखा था कि यदि इस पत्र का भी जवाब नहीं मिला तो मैं समझूँगा आप तक मेरे पत्र नहीं पहुँचे। तब मैं स्वयं दिल्ली आऊँगा।

रामदुलारे को जवाब देना पड़ा। रामदुलारे ने लिख भेजा कि मुझे मुआवजा नहीं चाहिए। कैलाश महाराज, कि बामन महाराज से मेरा कोई रिश्ता नहीं। मेरे बाप का नाम है लड़ैई गाँव और मेरी माई का नाम था चमेली बाई उर्फ गोराबाई।

यदि मेरे न लेने से रकम गलत हाथों में जाती हो, या इसका दिया जाना लाजिमी हो, तो मेरी ओर से तुम्हें यह अधिकार है कि तुम इस रकम को मेरे गाँव के बड़े माते श्री अमृत सिंह यादव तक पहुँचा दो। वे इसे गाँव के हित में खर्चने को स्वतंत्र रहेंगे।

मुआवजा प्रकरण यहीं समाप्त हुआ मान लेने के आग्रह के साथ रामदुलारे ने अरविंद को मास्साव की वर्तमान दशा भी लिख भेजी थी। अपनी व्यस्तता, न आ पाने की असमर्थता और अरविंद को निमंत्रण न दे पाने की विवशता भी। साथ ही यह अनुरोध भी कि माते को, गाँव को मास्साव की हालत की सूचना न दे। उन्हें दुख होगा।

पत्र लिखा और फिलवक्त अपने कर्तव्य की इतिश्री मान ली।

लेकिन इतिश्री कहाँ थी वह ! वह तो अथ था।

कुछ दिन बाद अरविंद का एक और पत्र आया। यह पत्र उसने गाँव जाकर, वहाँ से लौटने के बाद लिखा था।

अरविंद ने लिखा था कि इतने बरस तक डूब क्षेत्र घोषित किए रखने के बाद, अब सरकार ने तुम्हारे गाँव को डूब क्षेत्र से बाहर कर दिया है। अब पंचमनगर तक होगा डूब क्षेत्र और उसके बाद बनाया जाएगा अभयारण्य।

कब ! यह कोई नहीं जानता।

एक प्रतीक्षा से निकलकर तुम्हारा गाँव एक दूसरी अनंत प्रतीक्षा में डूबने को अभिशप्त होने जा रहा है। डूब क्षेत्र से उबरने के बाद यह गाँव तो मौजूद रहेगा लेकिन विकास के चरण इस ओर नहीं बढ़ेंगे। अब यहाँ अभयारण्य बनना है। प्रकृति, पर्यावरण और प्राणीमात्र के प्रति चिंतित व्यवस्था इसकी आहुति देगी तो, पर कब, खबर नहीं !

तुम्हारे माते दाऊजू ने कहलवाया है कि इस गाँव को तुम्हारे कलदार की नहीं तुम्हारी दरकार है। इससे पहले कि कोई सत्तासीन अपने नाना, कि माँ के सपने पूरे करने के बाद, कोई नया सपना देखकर इस गाँव को उजाड़े, यहाँ जानवर बसाए, तुम गाँव लौट आओ ! इसे बचा लो ! नेहरू के सपनों का भारत, इंदिरा के सपनों का भारत के बाद अपने गाँव को राजीव के सपनों के भारत का भात न बनने देना चाहते होओ तो तुम गाँव लौट आओ रामदुलारे !

माते ने बताया है कि एक सपना तुम्हारी माई ने भी देखा था। देखा था कि लड़ैई डूब रहा है और तुम अपने हाथों पर उठा-उठाकर सब गाँव वालों को, यहाँ की धन-संपदा को पहाड़ पर पहुँचा रहे हो।

माते दाऊजू को बताया था उसने अपना यह सपना।

दाऊजू का कहना है कि वह दिन आ गया है रामदुलारे !

आकर अपनी मतारी का सपना साकार कर। तभी दूध बख्शेगी मतारी। तभी सपूत कहलाएगा तू। मतारी की इच्छा पूरी न करने वाला सपूत होने का हकदार नहीं होता रामदुलारे।

माते दाऊजू ने कहा है कि हमरी ठकुरानी बहू यशस्वनी को हमरा आशीर्वाद देना। हो सके तो उसे भी संग-साथ लेते आना।

हठात् रामदुलारे ने इस पत्र का जवाब लिख भेजा था। पत्र में माते दाऊजू के लिए लिखा था—मैं आ रहा हूँ दाऊजू। मैं तुम्हें अब उस गाँव में, उस दशा में नहीं रहने दूँगा। डूब से उबरी तुम्हारी आत्मा को मैं अभयारण्य में जंगली जानवरों का आहार बनने के लिए नहीं छोड़ सकता माते। अपनी मतारी का सपना पूरा करने आ रहा हूँ मैं दाऊजू।

रामदुलारे से यह जानकर कि गाँव अभी मौजूद है, अब नहीं डूबेगा गाँव, कितने खुश हुए थे मास्साव। मास्साव को लगने लगा था कि अब वे जरूर स्वस्थ हो जाएँगे। उन्हें जीने का मकसद मिल जाएगा। अब मृत्यु से लड़ सकेंगे वे। उस मृत्यु से, जिसे अब तक टेरते रहे मन-ही-मन।

गाँव का प्रसंग चल निकलने पर एक दिन रामदुलारे ने जानने चाहे कई रहस्य। ऐसे रहस्य जो उसे बेचैन किए रहते थे। जो लाख प्रयासों के बाद भी उससे सुलझते न थे।

—कि मेरी माई कौन है ? मेरा बाप कौन है ? माते की आवाज क्यों लुप्त हुई ? बामन महाराज ने आत्महत्या क्यों की ? मेरे नाम जमीन-जायदाद क्यों लिख दी ?

मास्साव ने उठाया था इन रहस्यों से पर्दा।

—कि तू कुँवारी माँ का जाया है। तेरा बाप है कैलाश महाराज। माते के कहने पर निपूती देवी गोराबाई ने तुझे अपनाया है। मैंने तुझे नाम दिया था रामदुलारे।

गोराबहू ने तेरी माँ की मर्यादा बचाई।

माते कहीं यह रहस्य न उगल दें इसलिए पुजारी महाराज ने परसाद में काँच मिलाकर मंदिर में बैठे माते को खिला दिया। माते तो बच गए पर आवाज चली गई।

तूने बताया था न कि अट्टू ने उनके तालू में धँसे काँच निकलवाए सो माते की आवाज लौट आई।

पुजारी महाराज को भय लगा होगा कि माते ने आवाज लौटे पीछे रहस्य खोल दिया तो'''इसीलिए आत्महत्या कर ली होगी उन्होंने।

मेरे तीन ही तो सच्चे शिष्य हुए। एक तू, एक तेरी तकदीर सँवारने वाला, सबके लांछन सहने वाला अट्टू और तीसरा माते का नाती अनेक सिंह। उसने यह बात उजागर हो जाने के बाद भी कि अक्कल कुँवारे में माँ बन चुकी है, बना दी गई है जबरन, उससे ब्याह रचाया। उसे अपनाया। उसे मान-सम्मान, घर-द्वार दिया।

वही अक्कल है तेरी असली मतारी।

हाँ, अक्कल फुआ!

हाँ, हाँ, जगत फुआ अक्कल!

दस

बुहारी लगाते-लगाते यकायक हाथ रुक गए अक्कल फुआ के।

प्रायः ऐसा हो जाता है अक्कल फुआ के साथ।

फुआ किसी काम में जुटी होती हैं। काम पूरा होने में आए, समटे कि इससे पहले यकायक फुआ का हाथ रुक जाता है। अपने में कहीं सिमट जाती हैं अक्कल फुआ!

जाने कब के, कहाँ के, किन खयालों में, विचारों में, उलझावों में, उलझ जाती हैं अक्कल फुआ। फिर कोई चेत नहीं रहता फुआ को। समय का ज्ञान-भान उतर जाता है फुआ के चित्त से।

का हो गओ फुआ?

कोई भी, जो भी पहले-पहल थिर देख लेता है, वही टोकता है फुआ को।

चेतते ही काम में जुट जाती हैं फुआ।

चेताने वाले को कोई जवाब नहीं देतीं फुआ।

चेताने वाले को जवाब की दरकार भी नहीं होती। इंतजार नहीं होता। वह जानता है नहीं आएगा जवाब।

चेतना, जुटना ही जवाब है फुआ का।

'का हो गओ फुआ' का जवाब कभी किसी को नहीं मिला फुआ से। कभी नहीं बताया फुआ ने कि हुआ क्या? होता है क्या! होता है क्यों!

नहीं बताया कभी। नहीं बताएँगी फुआ कभी कि यह हो गया भइया!

चेत में न अचेत में।

अपनों में न सपनों में।

बेगानों में न सयानों में।

'फुआ' शब्द सुनते ही अक्कल का सर्वांग सिहर उठता है।

जगत फुआ हैं अक्कल फुआ। उनके अपने बेटे रतिभान, श्रीभान और वीरभान उन्हें फुआ कहते हैं। अजिया ससुर दाऊजू फुआ कहते हैं। दोनों अजिया सास फुआ कहती रहीं। सास फुआ कहती रहीं। जब तक जीवित रहा उनका अपना पति अनेक सिंह उन्हें फुआ कहता रहा। सारा गाँव तो फुआ कहता भी है, लेखता भी है।

लड़ैई की बिटिया। लड़ैई की बहू।

यही मायका, यही ससुराल।

यहीं सगे, यहीं संबंधी!

यही सगे, यही संबंधी।

इस लड़ैई से कभी बाहर नहीं गईं अक्कल फुआ।

गई थी एक बार इस लड़ैई से बाहर अक्कल।

उस बार का जाना-आना ही तो कायाकल्प कर गया अक्कल का, फुआ का।

उस जाने-आने के एक-एक पल का, छिन का लेखा-जोखा स्मृति में आज भी दर्ज है अक्कल की।

हाँ, अक्कल की। उस जाने के दिन तक ही तो रही अक्कल अक्कल।

आए पीछे तो फुआ हो गई। अक्कल तो इस गाँव की सरहद पर स्वाहा हो गई।

वही जाना-आना तो सब दिन आँखों को चौंधियाए रहता है।

वही तो काम करते हाथ रोक-रोक लेता है।

उस बार जाकर जो खोकर लौटी थी, जो पाकर लौटी थी, वही तो रोके है अब तक इस गाँव में फुआ को।

वह भी तो कहता रहा फुआ। जब तक गाँव में रहा फुआ पुकारता था, फुआ मानता था। फुआ भले ही न मानती थी भानजा। तन जाया जो है वह फुआ का।

वही अब सुदूर बैठा फुआ के हाथ थामकर कहता है—मैं आ रहा हूँ फुआ! जब-तब काम के छिन संदेशा पहुँचाता है। कान में नहीं, हिया में, प्रान में।

जिस दिन से सुना है कि वह गाँव आ रहा है, फुआ को दिन में चैन रहा न रात में। हरदम सवालों में, खयालों में उलझी रहती हैं फुआ।

कैलाश महाराज ने बीसन बरस पहले एक रोज मंदिर में भगवान से भेंटने आई अक्कल की आबरू मेट दी थी। अक्कल ने अपने प्रान तज दिए होते यह हुए पीछे। गनीमत यह रही कि गोराबाई भौजी ने अपनी आँखों देख लिया वह कुकर्म। धर्म-स्थान में जबरन हुआ अधर्म।

अक्कल ने क्या-क्या तजबीज नहीं की अपनी इहलीला मेटने की। लेकिन गोराबाई भौजी की चौकस नजर तब तक उसका पीछा किए रही जब तक सम्मान से, निष्कंटक जीने के आसार नहीं बन गए अक्कल के।

उस दिन के बाद कभी मंदिर की देहरी पर पाँव नहीं रखा अक्कल ने। बिन माँगे जहाँ से लांछन मिला, अधर्म मिला, अन्याय मिला, मरण के आसार मिले, उस देहरी पर, अदेहधारी उस निर्बल, अबला के अहितू, सबल के शरणदाता से फिर क्या माँगने, क्या मेटने, क्या भेंटने जाती अक्कल!

पहले ही इम्तहान में जो अव्वल न आया, उसकी फिर किस कारण परीक्षा लेने जाती, उसे किस उम्मीद से फिर परखने जाती अक्कल?

जिसने देखकर भी अनदेखा किया, जिसने नासमझ को खबरदार नहीं किया, जिसने ज्ञानवान को अज्ञान करने दिया, जिसने अनहोनी को होनी में बदलने दिया, उसे

कैसा, क्या, क्यों उलाहना देने जाती अक्कल !

लोक-लाज से तो माते दाऊजू ने उबार लिया, अपने नाती से फेरे डलवा कर। पर अपनी ही लाज से कहाँ उबर पाई अक्कल !

नहीं उबरी सो बाखर में बिला गई।

'फुआ' में समा गई।

चूल्हे-चौके में सिमट गई।

लेकिन उनकी तपन, उनकी चमक, उनकी आँच, कोई भी तो उजियारा नहीं कर सका अक्कल के अंतरतम में।

जब तक सास रहीं अक्कल से घर-गृहस्थी के काम लेती रहीं। दोनों अजिया सास और सास की आँखें मुँदने न मुँदने तक घर में बहुएँ आ गईं गौना हो के। अब घर से बाहर का, खेत-खलिहान का काम बेटे और बहुएँ देखती हैं। अक्कल के जिम्मे है घर और माते दाऊजू। माते दाऊजू के जिम्मे हैं अक्कल और ठाकुरद्वारा।

बड़े माते की दो पत्नियों से पाँच बच्चे हुए। बड़ी मातौन से हुए चार बेटों के दो-दो बेटे हुए। अक्कल फुआ के पति अनेक सिंह छोटी मातौन, गौंड़बाई मातौन के इकलौते बेटे के इकलौते बेटे हुए।

माते के बेटों के बेटों के बेटों के बड़े होने तक परिवार अलग-अलग बाखरों में रहने लगा। बड़ी बाखर में रह गए माते, छोटी मातौन, बड़ी मातौन, अक्कल फुआ, अनेक सिंह और उनके तीन बेटे रतिभान, श्रीभान, वीरभान।

अक्कल फुआ के ससुर अक्कल के ब्याह से पहले ही स्वर्ग सिधार गए थे। पति जबरन नसबंदी की भेंट चढ़ गया। सो बाखर में अब हैं अक्कल, माते, तीन बेटे और बहुएँ।

अक्कल फुआ की अजिया सास छोटी मातौन कायदे से माते की पत्नी नहीं लेखी गईं कभी। वे बड़ी मातौन की सगी छोटी बहन थीं। कहीं और ब्याही गई थीं। पति की अकाल मृत्यु के बाद ससुराल वालों ने जमीन-जायदाद हड़प कर बेसहारा छोड़ दिया था। पीहर में कोई था नहीं। एक बड़ी बहन थी बड़ी मातौन। सो एक दिन अपने हिस्से के ढोर-बछेरू और पेट में बच्चा लिए अपने बहनोई के दरवाजे आ लगीं लड़ैई में।

माते ने भरे मन से शरण दी। स्नेह दिया। बाद को कभी कोई ऊँच-नीच न हो जाए सो एक बावड़ी खुदवाई। वहाँ गौंड़ बब्बा का थान कायम किया। गौंड़ बब्बा की स्थापना की। उनकी परिक्रमा देकर अपनी साली से फेरें लिए।

इस तरह छोटी मातौन अपनी बड़ी बहन की सौतन बन गईं। वे गौंड़बाई मातौन नाम से जानी गईं।

मरते दम तक दोनों बहनों में ऐसा बहनापा रहा कि जब बड़ी मातौन के बच्चे दूसरी बाखर में रहने गए तब भी वे अपनी छोटी बहन गौड़बाई मातौन को बड़ी बाखर

में छोड़ कर वहाँ रहने नहीं गईं।

छोटी मातौन को बड़े माते से कोई आस-औलाद नहीं हुई। जिस ऊँच-नीच का भय उनके आने पर माते को सताया था, उस भय को कभी माते ने टेर लगाई न मातौन ने।

"गौंड़बाई मातौन की पतोहू अक्कल न होती तो फिर कौन होती!"

दस बरस के मौन पीछे जब माते की वाणी फिर खिरी तब बाखर में कदम रखते ही कहा था माते ने। इस उतावली के साथ कहा था गोया यह बात कहने भर को, एक बार जिह्वा पर वाणी का वास हो जाए, इसकी कामना करते रहे हों माते।

क्यों कहा था माते ने ऐसा?

कभी-कभी सोचती है अक्कल फुआ।

कहीं इसलिए तो नहीं कि गौंड़बाई मांतौन कहीं और ब्याही गईं, कहीं और लरकौरी हुईं, पर सुहागन मरीं किसी और के नाम की। और मैं भी कहीं और लरकौरी हुई, किसी और से, और सुहागन बनी किसी और की!

गौंड़बाई मातौन के लिए कायम किए गए गौंड़ बब्बा के थान के फेरे कायदे से तो अक्कल को भी लगाने चाहिए थे। लेकिन उसकी लोक-लाज बचाने के लिए माते ने नियम-धरम को तिलांजलि दे दी उस मौके पर। वैसा न किया होता तो अक्कल हुई होती अपनी पीढ़ी की गौंड़बाई मातौन। अपने तईं तो वह है ही वह, तब जग उजागर भी होती।

जब-तब माते दाऊज्जू के बोल अक्कल के कानों में गूँजते हैं। तब से कुछ ज्यादा ही, जब से सुना है कि वह आ रहा है!

उसका टेरना, उसका संदेशा, मन के रास्ते प्राणों तक पहुँचता है, कि फुआ के काम करते हाथ थम जाते हैं।

नहीं थमतीं तो केवल आशंकाएँ।

कैसे, किस विधि से, किस विधान से, किस रिश्ते-नाते से भेंटूँगी मैं उसे!

जब तक वह गाँव में रहा, फुआ को फुआ कहता था, फुआ मानता था, फुआ जानता था। फुआ भले ही माँ की निगाह से हेरती थी। जब दिख जाता था बाखर में तो आँख से ओझल हो जाने के बाद भी आँखों में बसाए रहती थी उसकी वह चाल, वह बात, वह बर्ताव।

लेकिन अब?

अब कैसे निरख पाऊँगी मैं उसे? क्या मानकर हेरेगा वह हमरी ओर? अब कैसे कहेगा फुआ! अब कैसे लेखेगा फुआ! अब तो उसके सामने भी सब उजागर हो गया होगा!

माते दाऊजू ने अरविंद के सामने ऐलान किया था न कि अहीरन का जाया, बामन के वीर्य से जनमा है वो। बामन महाराज कह ही गए हैं माते दाऊजू से कि हम सब जानते हैं। तुम हमरी जमीनों का मुआवजा रामदुलारे को इस करके दिलाना चाहते हो क्योंकि वह तुम्हारी पतोहू अक्कल का पूत है। और सिरकार कहती ही है कि बड़े बामन महाराज ने सिरकारी कागज में उसके बाप का नाम लिखाया है—कैलाश महाराज!

अब तो सब उजागर हो गया। सजीवर हो गया कि कैलाश महाराज हैं उसके बाप, और मैं अभागन हूँ उसकी माँ।

फिर भी वह पूछेगा तो क्या जवाब दूँगी! कैसे कहूँगी कि हाँ, मैं हूँ तोरी अभागी मतारी! मैंने तोए नौ महीने पेट में रखा। मैं तोए इस धरती पर लाई। मैंने तोए अपने आँचल का दूध पिलाया बिटुआ।

दूध! नहीं, नहीं! दूध का जिक्र न करूँगी।

माते दाऊजू ने खबर भिजवाई है न कि माँ के दूध का कर्ज चुकाना है तो आ जा बेटा। वही चुकाने तो आ रहा है वह। माँ के दूध का कर्ज, फर्ज चुकाने। पर मुझ अभागन के नहीं, गोराबाई भौजी समान सती-सावितरी देवी माँ का।

न, न! मैं नहीं तोरी मतारी! मैं नहीं।

गोराबाई भौजी से मरे पीछे उसका जश, उसका तप न छीनूँगी मैं। वही है तोरी मतारी। वही हो सकती थी तोरी माई। मैं तो अपनी ही लाज से मर-मर गई अक्कल हूँ। मैं न हो सकी तोई मताई। मैं न रह सकी तोरी माई।

आ बेटा। खूब जश कमाकर आ। आकर खूब जश कमा। मैं न कहूँगी मोरा बेटा है ये। बामन महाराज न बनूँगी मैं। मैं मरे पीछे निपूती न बनाऊँगी तोरी मतारी को।

ऐसे सपूत की माई निपूती कहलाए! न, न!

पेट में मैंने रखा तो क्या हुआ? पेट में रखने से क्या होता है। पाल में पकाने से फल पाल का थोड़ेई हो जाता है।

सच कहती है फुआ? सचमुच न कहेगी कि तू है उसकी माई?

हाँ, हाँ, न कहूँगी। फिर मोए कहे से वो मान जाएगा का? मान लेगा कि अभी बिन माँ का बेटा नहीं वो?

कहीं उसने उलटकर पूछ लिया कि फिर वो कौन थी जो मोए जिला कर, अट्टू साव के मरण की खबर सुने पीछे सिधारी थी? वो कौन थी मोई?

मोए जनम दिए पीछे तू कहाँ बिला गई थी?

कहाँ सुख भोगती रही?

मेरे साथ-साथ दुख-कष्ट काहे न उठाए तूने?

जैसे उठाए मोई मताई ने।

तोई भौजी गोराबाई ने।

मुझे पाकर उसे एक दिन को भी चैन न मिला।

मुझे खोकर तू एक भी दिन बेचैन न रही !

नहीं, नहीं ! कुछ नहीं कहूँगी मैं। माँ कहलाने का हक कहाँ अदा कर पाई मैं ! मुझ डरपोक, घर-घुसरू का पूत नहीं है वह।

वह जो जमाने भर को ललकारने की कूबत रखता है। वह जो गोराबाई भौजी को सुपने में डूब में डूबे गाँव को बचाने के करतब दिखाता रहा। वह जो उस सुपने को हकीकत में कर दिखाने का कौल भर के आ रहा है यहाँ।

माँ कहलाना था तो तभी जगजाहिर करना था कि हाँ मोरा बेटा है यह। बिन बाप का। भगवान के दरबार में पूजा के लिए गई थी मैं। प्रसाद में पाया है इसे मैंने। जिसे यकीन न हो पूछ ले भगवान से।

तब कहाँ कह पाई मैं !

कहती कैसे !

पेट में जबरन जीव रख देने से नादानी की उम्र में सयानी हो जाने का विधान कहाँ बनाया भगवान ने !

अक्कल नाम रख देने से जनम से ही अकलमंद तो होने से रही थी।

अकल होती तो कैलाश महाराज के मंसूबे न ताड़ गई होती !

अकल होती तो कैलाश को ही न तार गई होती !

न कैलाश महाराज को तार पाई, न खुद तर पाई। दोनों जीवित रहे। वे मेरी नासमझी के चलते और मैं माते दाऊज्जू की समझदारी और गोराबाई भौजी की हुशियारी की बदौलत। जीना दुश्वार रहा हम दोनों की करनी के कुफल का। उसे जिलाते-जिलाते गोराबाई भौजी सिधार गई। बिला गई।

मैं न भेंटूँगी उसे। मोई तो छाया भी अहितकर है। मैं न पड़ने दूँगी अपनी छाया उस पर ! आँहाँ !

कहीं उपतकर आ गया वह तो ! आएगा ही ! उसे किस का डर !

मैं कहाँ जाऊँ? कहाँ अपना करिया मुँह छिपाऊँ? मर भी तो नहीं सकती। मौत भी नहीं चाह सकती। कहीं प्रान उड़ गए मोए तो कलंक उसी पर जाएगा। उसके कदम अशुभ लेखे जाएँगे।

अब तो वे मास्साव भी जाने बचे हैं कि नहीं, जिन्होंने अशीषा था अनेका को, मोए। गोरा भौजी को, रामदुलारे को। उनके अशीषने से ही तो इस बाखर में, गाँव में सबने माना था कि माते दाऊज्जू ने हमरे संग अनेका का ब्याह रचा कर पुण्य किया है, पाप नहीं किया। वे न अशीषते तो जैसे बिन घराती-बराती ब्याह हुआ था, वैसेई बिना

किसी को कूत परे इस बाखर से बिला गई होती मैं।

मास्साव ने ही तो दिया था उसे रामदुलारे नाम।

अब भाग्य का लिखा देखो तो क्या से क्या हो गया!

हैरान, परेशान होकर बैठ गई अक्कल फुआ। चेहरे पर ऐसा असमंजस कि खबर ही न लगे दुख में, चिंता में हैं कि सुख का झौंका पाया है।

बता गया है न अरविंद बेटा कि उन्हीं मास्साव की बिटिया यशस्वनी ने रामदुलारे को अपना ठाकुर चुना।

अहीरन का जाया, बामन को पूत! लुहारन ने पाले-पोसे। बानिया ने पढ़ाओ-लिखाओ। अब ठकुरानी ने अपनो ठाकुर वरे।

मोई कोख तो पृथिवी हो गई! सब समा गए ई में! सबरी जात-कुजात, सबरे देश-परदेश, सबरो ज्ञान-ध्यान!

कैसी होगी हमरी बहुरिया? कैसी?

सोचते-सोचते अक्कल फुआ कहीं खो गईं। मन के रास्ते आँखों को दिल्ली-दर्शन कराने चल पड़ीं। मगर वह संभव कैसे हो! आँखों में तो वही सोलह-सत्रह बरस का रामदुलारे समाया है जो अट्टू साव के मरण की खबर लेकर भोपाल से गाँव आया था कई बरस पहले। और अपनी माई की चिता को आग देकर गाँव से ऐसा गया कि फिर नहीं लौटा।

अब आएगा तब रहेगा कहाँ? दाऊजू अपनी बाखर में रखेंगे क्या? तब तो रोज-रोज सामना होगा। मैं कैसे सामना कर पाऊँगी उसकी ढेरों सवाल पूछती आँखों का? और उस बहुरिया से, दुलहनिया से आँख कैसे मिला पाऊँगी मैं?

पर माते दाऊजू उसे अपनी बाखर में रख पाएँगे क्या? कैसे?

अभी तो वह आया भी नहीं और मेरे अपने बेटों ने दबी जबान कहना शुरू कर दिया है कि पहले क्या हुआ, हमें खबर नहीं। पर जब पूरे गाँव के सामने उसकी राई-रत्ती सचाई उजागर हो चुकी है, तब उसे इस बाखर में रखकर हमरी जगहँसाई न करवाना दाऊजू। तुम तो बूढ़े-डुकरा ठहरे। तुमसे तो कोई कुछ न कहेगा। हाँ, हमरा गैल में चलना दूभर हो जाएगा। हमें मंजूर नहीं कि कोई हमरे ऊपर हमरी माई के नाम कुबोल बोलकर हँसे, हाँ!

दाऊजू ने अपने मन की बात फिर भी नहीं कही। किसी से नहीं कही। हमरे से भी नहीं।

कहीं दाऊजू को यह शंका तो नहीं कि वह आएगा ही नहीं?

नहीं, नहीं। दाऊजू को उसके आने का पूरा भरोसा है।

दाऊजू तो उसकी ऐसे बाट जोहते हैं जैसे चातक पहले मेघ की राह जोहता है।

दाऊजू को मास्साव की चिंता जरूर खाए जा रही है। हाँ, मास्साव की चिंता में, उनकी खुशहाली, तंदुरुस्ती की प्रार्थना में मगन हैं इन दिनों दाऊजू।

हाँ, मास्साव भले-चंगे हो जाएँ। वे भी जरूर गाँव आएँ।

मोए उनकी चरण रज लेने को सौभाग्य मिलवे। मास्साव मोए वैसे ही अशीषने आएँ जैसे मोए ब्याह पीछे अनेका को अशीषने आए थे। उसके सिर पर हाथ रख कर कहा था—'मेरा सच्चा शिष्य तू ही निकला अनेका!'

वैसे ही मोई मुढ़ी पर हाथ धर के कह दें—'अक्कल बिटिया, मोए नाज है तोई कोख पर। इस गाँव को गर्व है तोई संतान पर। तूने ऐसा पूत जना! गाँव की हितू है तू। गाँव की माँ है तू। कुलच्छनी नहीं, गाँव की रक्षणी है तू बिटिया!'

ग्यारह

जिस दिन से आया है घूम-घूम कर गाँव को पहचानने की कोशिश में है रामदुलारे। जिस गाँव को अंतिम बार अपनी माई का अंतिम संस्कार करने के बाद नमस्कार करके गया था, वह यह तो नहीं था!

इन कुछ वर्षों में बहुत कुछ बदल गया। उससे कहीं अधिक बदल गया है, जितना राजघाट पर हलके साव के लड़के सुभाष ने बताया था।

सुभाष के मुताबिक तो केवल गाँव में कुछ नए लोग आ बसे हैं। कुछ गाँव छोड़ गए हैं। कुछ मर-खप गए हैं बस्स!

वे विस्थापित कहाँ बसे, कैसे बसे, बसे कि उजड़े, बरबाद हुए! अभी भी वहाँ हैं कि उनके कदम उखड़ गए, सुभाष को खबर नहीं।

सुभाष ने कहा था कि भाई, हम तो कई साल से वहाँ गए नहीं। यहीं बैठे-बैठे जो खबर मिलती रही, वही बता रहे हैं।

दूरी न मीलों की होती है न शहरों की। होती है केवल दिलों की। भावनाओं की। सरोकारों की। सरोकार एक हों तो कान भी आँख का काम कर जाते हैं। दिल भी दूरियाँ नाप लाता है। विचार भी काम साकार कर गुजरते हैं।

रामदुलारे की आँखों पर इन दिनों दोहरा-तिहरा बोझ है। तीन-तीन ही नहीं पाँचों कर्मेन्द्रियों और पाँचों ज्ञानेन्द्रियों का दायित्व निर्वाह कर रही हैं रामदुलारे की आँखें।

जिनसे कभी परिचय नहीं रहा। राम-राम, जैरामजी की, जुहार-नमस्कार नहीं हुई, वे भी इन आँखों को अपना दर्द, दुख दिखाने में संकोच नहीं करते। वे भी इन आँखों में अपने करुण अतीत, मारक वर्तमान की तस्वीर से परे सुखद भविष्य की झलक देख लेना चाहते हैं।

लड़ैई गाँव को रामदुलारे जब छोड़कर गया था तब वह ऐसा तो न था। बचपन में सुना था रामदुलारे ने कि जितना बड़ा अब दीखता है, कभी इतना बड़ा भी न था यह गाँव।

गुरीला पर पानी का अकाल पड़ने पर गुरीला गाँव पठार से तराई में उतर आया था। फिर 1857 में रानी लक्ष्मीबाई की शहादत के बाद जब उनके हिमायतियों को गोरी पलटन और लश्कर दरबार ने सताया तब बहुत से परिवार झाँसी से पलायन कर गए।

उन्हीं में से कुछ परिवारों ने चंदेरी राज्य की तलहटी में बसे इस गुरीला गाँव में डेरा डाला। ऐसा करके उन्होंने गुरीला वालों का मान बढ़ाया। सो गुरीला वालों ने उन्हें मान देने के लिए अपने गाँव का नाम बदलकर कर दिया लड़ैई।

तब पहली बार बहुत विस्तार पाया था लड़ैई ने। विस्तार का दूसरा सिलसिला चलता रहा परिवारों में बँटवारे के चलते। लेकिन रामदुलारे ने अपने होश में कभी बँटवारा नहीं देखा किसी परिवार में। डूब क्षेत्र घोषित होने के बाद किसी परिवार में बँटवारा हुआ ही नहीं।

जाने किस दिन गाँव खाली करना पड़े। नाहक ही बाखर, कि टपरा बनाने का लाभ क्या! कितने दिन काम आएगा वह! जाने बनते-बनाते ही गाँव खाली करने का फरमान आ जाए!

हाँ, गाँव खाली होता जरूर देखा रामदुलारे ने। राजघाट बाँध का काम ज्यों-ज्यों आगे बढ़ा, गाँव से शहर तक फसल ले जाना दूभर हुआ, सड़क मिटी, मदरसा मिटा, गाँव से साव-साहूकार परिवार घर-द्वार छोड़कर शहर में जा बसे। उन साव परिवारों की कुछ बाखरों में कुछ परिवार रहने लगे। यह एक किस्म का बँटवारा तो था लेकिन उस तरह का नहीं जिसमें घर बढ़ते, परिवार बँटते।

रामदुलारे ने गाँव में रहते दिनों, भोपाल में पढ़ते दिनों, गाँव आते दिनों, गाँव का विस्तार देखा न विकास। रामदुलारे को देखने को मिला केवल विनाश।

और अब महाविनाश!

रामदुलारे ने गाँव में बसावट बढ़ते नहीं देखी थी। रामदुलारे के हिस्से में देखने को आया था गाँव का उजड़ना। ठाकुरों के परिवारों का जाना, मास्साव का जाना, साव परिवारों का जाना।

साव परिवारों ने दोनों हाथों खूब बटोरा गाँव के लोगों से। गाँव में फले-फूले तो साव परिवार। गाँव के शेषजन गले-सूखे तो साव लोगों के लिए।

सरकार तो बाँध बनाने की योजना बनाकर, घोषणा करके सो गई, कहीं और व्यस्त हो गई। महारानी साहिबा, यहाँ की सांसद यह खबर देकर रम गईं अपने 'चिर-विलास' महल में। विकास की संभावनाएँ ठप! गाँव आश्रित हो गया बानियों पर, साहूकारों पर, साव लोगों पर। नतीजा शिक्षा, विकास, शक्ति, धन सब उनके हिस्से आया, और श्रम, इंतजार, मायूसी शेषजन के हिस्से।

खेती करना पाप है जिनके धर्म में, वे खेत लील कर चले गए गाँव से। बीज उधार दे-देकर जड़ें खोखली कर गए किसानों की। बीज का फल भर ले गए अपनी तिजोरी में।

वह दर्जी साव जो कपड़ों की सिलाई-भर करता था, उसकी नीयत तक यह रहती थी कि कपड़ा सिलवाने वाले की चमड़ी उधेड़ ले। फिर उधड़ी चमड़ी पर कपड़ा ओढ़ा कर चलता कर दे। पहनने वाला इसी में खुश कि उधड़ी चमड़ी किसी की नजर में तो नहीं आ रही न!

रामदुलारे जब गाँव में रहता था, जब भोपाल से गाँव आता था, तब हरदम साव

परिवारों की अनीति, अत्याचार पर विचारता था। गाँव को इनसे मुक्त कराने के, उबारने के मंसूबे बनाता था। उनकी कलई खोलता था। पर कोई कारगर उपाय नहीं कर सका। सोचता ही रहा।

अब, जब कुछ कर पाने का मन बनाकर, निश्चय करके आया तो साव लोग पहले ही उसे, उसके निश्चय को धता बताते चलते बने गाँव से। रामदुलारे के हिस्से फिर वही सोचना, विचारना, मंसूबे बनाना आकर रह गया।

लड़ैई के चप्पे-चप्पे पर टपरे दिखाई देते हैं। बाँध का पानी पंचमनगर तक आ जाने पर जो परिवार भाग कर लड़ैई में आए थे, उनमें से बहुतेरे पानी सूखने पर अपने-अपने गाँव लौट गए, लेकिन बहुत से यहीं रह गए। जिनके पास वहाँ जमीन-जायदाद नहीं थी वे। लड़ैई के सावों से उनके खेतों में फसल बोने की इजाजत लेकर यहीं टिक गए। दूर-दूर तक उन्हीं के टपरा दिखाई देते हैं। कोई-कोई साव लोगों की बाखरों में बस गए।

इतना भरा-पूरा गाँव देखकर चकराया था रामदुलारे।

चकराया तो राजघाट को देखकर भी था रामदुलारे।

इस बीच विस्तार राजघाट ने भी पाया था।

जहाँ कभी दूर-दूर तक खेत-खलिहान थे, वहाँ बाँध वालों ने बड़ी-बड़ी अट्टालिकाएँ खड़ी कर ली थीं। कई गाँवों से उठे लोग, साहूकार, दुकानें डालकर बैठ चुके थे। प्रथम श्रेणी, द्वितीय श्रेणी, तृतीय श्रेणी, चतुर्थ श्रेणी वर्ग के कर्मचारियों के कतारबद्ध बँगले, क्वार्टर, सेंट्रल स्कूल, प्राइमरी स्कूल, निजी बँगले, रेस्ट हाउस, गेस्ट हाउस, प्लानिंग हाउस, प्रोजेक्ट हाउस, सिलाईशाला, कुटीर काटेज, छः महीने में अंग्रेजी सिखाने का सेंटर, वीडियो गेम्स, वीडियो पर फिल्म देखने का सेंटर, बालवाड़ी, बाग, बगीचा, बस अड्डा, स्कूटर स्टैंड, पेट्रोल पंप, लाइब्रेरी, डाकघर, बैंक, रेस्टोरेंट, वाइन शॉप, दारू का ठेका, कॉफी हाउस, टी हाउस, नाश्ता हाउस, और भी न जाने किस-किस नाम की पट्टियाँ, बोर्ड, नियॉन, साइनबोर्ड नजरों के सामने आते हैं वहाँ।

इधर लड़ैई में हीरापुरा से बरोसपुरा, मुसलमानी पथरा से पथरा बब्बा के थान तक फैले टपरों की अलग-अलग पहचान कोई नहीं। अलबत्ता अपनी सुविधा के लिए लोगों ने नाम रख लिए—बारी वाले टपरा, टोढ़े वाले टपरा, शंकरपुर वाले टपरा, केशोपुर वाले टपरा, पंचमनगर वाले टपरा, सिरसौदिया वाले टपरा, पानीपुरा वाले टपरा। और इन सब के बीच ईंट-से-ईंट, भींठ-से-भींठ जुदा होने की दशा में पहुँचीं लड़ैई वालों की बदरंग, बदहाल, जर्जर, धराशायी होने को उतावली बाखरें।

राजघाट के मध्य प्रदेश वाले क्षेत्र और उत्तरप्रदेश वाले क्षेत्र में भी खासा फर्क है। उत्तर प्रदेश की तरफ भी कई गाँव उजड़े। उधर होना था निर्माण। बाँध योजना के कर्मचारियों के मकान, सामान, पुल, नहर, गोदाम सब वहीं बनना था। सो वहाँ के गाँव वर्षों पहले खाली करवा लिए गए थे। टुकड़ों-टुकड़ों में मुआवजा देकर।

मध्य प्रदेश वाले क्षेत्र में जमा होना है पानी। यहाँ बनेगा जलाशय। सो यहाँ के गाँवों को खाली कराने की जल्दबाजी सरकार क्यों करे? मुआवजा जल्दी क्यों दे? बाँध पर रोका पानी आने से ये डूबें या बचें, सरकार की बला से! रहें या जाएँ, सरकार के ठेंगे से!

यहाँ खर्च किया गया रुपया तो अभी व्यर्थ का खर्च होगा न! सो सरकार के पास है ही नहीं। जब होता है, दिखावे के लिए एक-दो गाँव में एक-दो लोगों को, एक-दो खेतों के बदले दे देती है। जैसे श्राद्ध के दिनों में जो बामन देवता को नहीं बुला पाते जीमने, वे अपने पितरों तक अन्न पहुँचाने के लिए काग-देवता को टेर लगाकर दाने चुगाते हैं, ठीक उसी तरह।

यह है इस पार और उस पार की जमीनी हकीकत।

रामदुलारे का इन दिनों एक ही काम है। गाँवों में घूमना। सबकी दास्तां सुनना।

रामदुलारे से सब को अपेक्षा है कि वह हालात बदल देगा। अन्याय को रोक देगा। न्याय दिलवाएगा।

लेकिन अभी अन्याय रुकवाना, न्याय पाना नहीं चाहते ये ठगे गए, भ्रमित किए गए मेहनतकश ग्रामीण। चाहते हैं कि वह पहले उनकी दास्तान सुन भर ले। अपना दुख-दर्द कहकर कुछ और हलके हो लेना चाहते हैं ये तन से हलके, धन से हलके, और मुसीबतों को जनम-जिंदगी से ढोते आए मन के भारी लोग।

ये बताना चाहते हैं कि उन्हें कब, कैसे छला गया। गुमराह किया गया। दुत्कारा गया। उनके वजूद को ही नकार दिया गया।

इंदिरा जी राजघाट बाँध की पहली ईंट रखने आई थीं, उससे भी पहले जमूसर के पास जहाँ नदी का सकरा पाट है, वहाँ पानी छेंक दिया गया। पानी रुका, बसकारा आया कि जमूसर पानी में डूब गया। वहाँ के आसपास के खेरे पानी में समा गए। खेरे वाले रातोंरात खेरा छोड़ कर अँधियाई के किसी पार के पीछे बिला गए।

फिर जैसे-जैसे बाँध का काम आगे बढ़ा, और-और गाँवों में भी बाँध के पास रोका गया पानी आने लगा। कभी खड़ी फसल लील ले जाता, कभी ढोर-डंगर। हर बार पानी के उतरने पर नदी किनारे के खेतों का बहुत बड़ा हिस्सा नदी में मिलता गया।

फिर बाँध वालों ने जब दोनों तरफ के तटबंध बनाने शुरू किए तब तो कहर ही बरसने लगा। बरसात का जो पानी पहाड़ों से उतर कर नालों के रास्ते नदी तक जाता था, वह नदी में जाना बंद हो गया। वह पानी नालों में सड़ने लगा। इन नालों में दलदल जमा हो गई। नालों के रास्ते बैलगाड़ी कि पैदल भी चंदेरी जाना कठिन होने लगा। सो साव लोग, ठाकुर लोग, बड़े किसान गाँव छोड़ भागे। जब फसल काटकर शहर में बेचने पहुँचाई ही नहीं जा सकती थी, तो वे यहाँ टिके रह कर क्या करते। कोई यहाँ बचे सावों

को, किसानों को जमीन बेच गया। कोई बटाई पर दे गया। कोई ऐसे ही जोतने-बोने की इजाजत दे गया कि जब तक सरकार मुआवजा नहीं देती, तुम गाँव में बने रहते हो, तब तक इसे काटना-बोना। इसे उपजाऊ रखना।

अब सब चीजें तो गाँव में होती नहीं हैं। लोहा-लंगड़, तेल, शक्कर जैसी गल्लन चीजें हैं जो हम लोग साव लोगों के जरिए पाते रहे। वे इन चीजों को शहर से लाते थे। अनाज के बदले हमें देते थे। जब अनाज का बाहर जाना बंद हुआ तब से इन चीजों को हम पाएँ कैसे, यह एक नई मुसीबत। हमरे पास तो देने को अनाज ही रहा।

खैर, कुछ समय तक हम खुद शहर में बसे साव के पास जाते रहे। पहले बहू-बिटिया के गहने-जेवर रेहन रखकर जरूरत की चीजें पाईं। फिर जमीन-जायदाद रेहन रखकर। फिर जब वह भी न बचा तो जिस-तिस तरह मुढ़ी पर अनाज रखकर कई फेरे लगाने लगे। घी बनाकर पहुँचाने लगे। आखिर वे चीजें भी तो लाजिमी हैं।

यह भी हुआ। यही होता रहता कि तभी सुना सरकार मुआवजा दे रही है गाँवों में। लेकिन पेड़, मेड़, कुआँ, बाखर का नहीं, केवल खेतों का।

मुआवजा पाने में ढेरों दिक्कतें आईं। निर्मल साव, मुआवजा दफ्तर के बाबू, अफसर को खिलाने-पिलाने के बाद जो हाथ में आया उससे साव लोगों की उधारी ही पूरी नहीं हुई। खेत तो पहले से रेहन रखा था सो मुआवजा साव के पास पहुँच गया। थोड़ा-बहुत किसी के हाथ आया तो उसने फौरी जरूरतें पूरी कर लीं। किसी ने गहना-गुरिया छुड़वा लिया।

यह करना था कि इलाके में भंड़यन का जोर बढ़ गया। आज इसके घर, तो कल उसके घर डाका पड़ने लगा।

हम इस इंतजार में बैठ गए कि जब पेड़, मेड़, कुआँ, बाखर का मुआवजा मिलेगा तब दलिद्दर दूर होंगे। तब तक यहीं बने रहते हैं। सो बने रहे।

सरकार ने खेतों का मुआवजा तो दे दिया पर खेत सरकार के काम तो आने नहीं थे। सो हम उन्हीं को जोतते-बोते रहे।

अब हर फसल पर सरकारी मुलाजिम कानून का डंडा लेकर हाजिर हो जाते हैं। कहते हैं खेत सरकार का है। तुमने जबरन कब्जा करके बोया। निर्मल साव भी उनकी हाँ में हाँ मिलाता है। कहता है फसल में से आधा हिस्सा सरकारी मुलाजिम को दो क्योंकि खेत सरकार का है। नहीं दोगे तो ये सिपाही-दरोगा लेकर आ जाएँगे। पूरी फसल उठा ले जाएँगे। जेल भिजवा देंगे।

यह भी बर्दाश्त। फिर एक दिन बाँध का एक तटबंध टूट गया। बाँध का पानी गाँव-गाँव में भर गया। फसल डूब गई, घर-द्वार डूब गया। उधर सरकार कहती है कि उसने तो पूरा मुआवजा देकर पहलेई गाँव खाली करवा लिए थे!

हम किसके द्वार पर जाकर रोएँ! किसे बताएँ कि यह झूठ है! जाने किसको थमा

दिया सरकार ने मुआवजा। यहाँ तो अभी ऐसे भी हजारों हैं जिन्हें खेत तक का मुआवजा नहीं मिला। किसी के कागज पूरे नहीं तो किसी के कुछ हिस्सेदार भाईबंद गाँव छोड़कर शहरों में चाकरी करने चले गए। सरकार कहती है उन्हें भी साथ लाओ। अब भला उन्हें हम कहाँ खोजें।

अब सुनने में आ रहा है कि सरकार ने बाँध क्षेत्र, डूब क्षेत्र में तबदीली कर दी है। पंचमनगर के किले के साथ दीवार बनाएँगे। बल्कि बनानी शुरू भी कर दी है। लड़ैई अब नहीं उजड़ेगा कई बरस तक। सो हम लड़ैई के साव लोगों की जमीन पर खेती करने लगे। इससे लड़ैई वालों को परेशानी हुई सो तो हुई है, गाँव की कई जातियों के लोग गाँव छोड़ गए सो उनके बिना गुजर मुश्किल हो गई।

तिस पर निर्मल साव कहता है कि लड़ैई में सिर-फुटव्वल करने की बजाए तुम जीरोन खेरे में खेती-किसानी करो। वह हमरी जमीन है। हम वहाँ से राउतों को बेदखल कर रहे हैं। वहाँ कोई सरकारी मुलाजिम हिस्सा न माँगेगा। चाहो तो जमीन खरीद लो, वरना बटाई पर ले लो। आधी फसल हमें दे देना। हम चाहे कुआँ में फेंकें चाहे मुढ़ी पर धर के चंदैई ले जाएँ, हमारी मर्जी। जब यहाँ अभयारण्य बनेगा तब कहीं अंत चले जाना। हम तो तब तक यहीं रहेंगे। जीरोन की जमीनों का मुआवजा लेकर जाएँगे।

अब तुम ही बताओ, निर्मल साव के कहने में आकर हम उन राउतों से सिर फुटव्वल करने जाएँ! वे बेचारे कहाँ जाएँगे? फिर जिस निर्मल साव के पास अपने मूल गाँव में जमीन का एक टुकड़ा नहीं, वह जीरोन की इतनी जमीन का सचमुच मालिक है, हमें तो इस पर राई-रत्ती भी भरोसा नहीं।

अब भैया, तुम आ गए हो तो कोई उपाय तजबीजो। किसी तरह इस जमीन की रक्षा करो। हमरी रक्षा करो। हम खाली हाथ कहीं और जाकर क्या करेंगे? ऐसा कोई उपाय करो कि हम यहीं बने रह पाएँ। यहीं अपनी जमीन पर खेती-किसानी कर पाएँ। हमें हमरी जरूरत की चीजें यहीं मिलती रहें।

रामदुलारे ने सबकी सुनी। सब दिन गुनी।

कुछ तय करने से पहले राजघाट का, बाँध की प्रगति का जायजा लेने भी गया। राजघाट गया। राजघाट बाँध परियोजना के दफ्तर ललितपुर गया। अरविंद पांडे के साथ राजघाट बाँध मुआवजा कार्यालय चंदेरी गया। बेतवा नदी परिषद के दफ्तर झाँसी गया। बेतवा नदी घाटी परिषद के दफ्तर भोपाल गया।

मालूम हुआ कि इस विशाल कंक्रीट और मिट्टी के बाँध में जल विद्युत भवन के निर्माण के पक्ष में कई वर्षों की जिद्दोजहद के बाद उत्तर प्रदेश और मध्य प्रदेश बमुश्किल अब सहमत हुए हैं।

इस बाँध में जलग्रहण के लिए 224 किलोमीटर क्षेत्र में लक्ष्मीबाई झील बनाई

जाएगी। बाँध की लंबाई 12 किलोमीटर और ऊँचाई 44 मीटर रहेगी।

यह भी मालूम हुआ कि योजना के इस शताब्दी के अंत तक भी पूरा होने के आसार कम हैं। योजना को शुरू से ही धनाभाव रहा है।

परियोजना के पास धन न होने से डूब क्षेत्र के सभी गाँवों का अधिकरण अभी तक नहीं हो सका है। दोनों शासन आवश्यक अभियंता और अन्य अधिकारियों को पर्याप्त मात्रा में प्रतिनियुक्ति पर नहीं भेज रहे हैं।

हैरानी की बात यह है कि बेतवा नदी बोर्ड की कार्यकारी समिति में केंद्रीय जल संसाधन मंत्री, केंद्रीय शक्ति व विद्युत मंत्री, दोनों राज्यों के मुख्यमंत्री, सिंचाई, शक्ति और वित्त मंत्री सदस्य हैं। एक प्रकार से यह बोर्ड वास्तव में वरिष्ठतम अधिकार प्राप्त बोर्ड है, फिर भी इस परियोजना की समस्याओं का कोई हल नहीं निकल पा रहा है।

इन हालात का मुख्य कारण तो यह है कि दोनों राज्यों ने राजघाट बाँध के निकास के जल का उपयोग करने के लिए अपनी नहरों का विकास समय से नहीं किया। इसके चलते बाँध में अब तक खपाए धन का समुचित लाभ नहीं मिल पाया, न इस क्षेत्र के विस्थापित और प्रभावित ग्रामीणों को कोई प्रगति की किरण दिखाई दी।

सरकारी खुशफहमियों, सरकारी अड़चनों का अता-पता लगाने के बाद रामदुलारे के मन में कई नए सवाल उठ खड़े हुए।

बाँध की ऊँचाई को लेकर रामदुलारे चिंतित हो आया कि इतना बड़ा बाँध पूरा भर भी पाएगा कि नहीं! खासकर कम वर्षा वाले वर्षों में। इसके तल में जमा होने वाली मिट्टी-सिल्ट की मात्रा और उसकी सफाई के प्रबंध की ठीक से तैयारी नहीं की गई तो बाँध की उम्र कुल कितनी रह जाएगी? शायद उतनी भी नहीं, जितने वर्ष इसके बनने में लगने जा रहे हैं।

फिर इसके पूरा होने तक एक बड़े क्षेत्र में जो पानी रुक रहा है उससे दलदल बनने की नई समस्या सामने आने लगी है। इस तरह की कई और समस्याएँ जन्म लेंगी। मलेरिया और पेट के रोग बढ़ेंगे। दलदल भूमि की क्षरीयता बढ़ाएगा। जमीन खेती योग्य नहीं रह जाएगी। बाँध के पानी के साथ जो रेत खेतों तक आती है, वहीं रुक जाती है, वह खेतों को उपजाऊ नहीं रहने देगी!

सब देख-जानकर रामदुलारे को यकीन हो गया कि यदि नहर समय पर बन गई, बाँध पर रोका पानी समय रहते नहर के रास्ते आगे पहुँचाया जाता रहा तो बाँध का पानी कभी पंचमनगर की दीवार को छूने भी नहीं आएगा, लड़ैई और लड़ैई का पहाड़ तो बहुत दूर की बात। यदि नहर बनने में ज्यादा समय लगा, बाँध का काम जारी रहा, तो पंचमनगर में दीवार तो क्या, पहाड़ भी लाकर खड़े कर दिए जाएँ, पानी लड़ैई को ले डूबेगा।

सरकार कहती है हम अभयारण्य बनाएँगे। लड़ैई को, जीरोन को वापस गुरीला

पर बसाएँगे। पुराने जमाने के ढंग का रहना-सहना रखेंगे ताकि भविष्य में पर्यटक आकर देख सकें की प्राचीन काल में यहाँ लोग किस तरह रहते थे। यानी वहाँ विकास की किरण नहीं पहुँचने दी जाएगी। लोगों को संग्रहालय की, अजायबघर की वस्तु बनाया जाएगा। जैसे खजुराहो में किया गया है। जैसा भोपाल में भारत भवन में किए जाने के प्रयास चल रहे हैं। यानी अब संस्कृति चलायमान नहीं, कहीं-कहीं विद्यमान रहेगी। स्थापत्य की वस्तुओं की तरह स्थिर, स्थापित। वे इक्कीसवीं सदी में नहीं संभवतः ईसा पूर्व की किसी सदी में रहेंगे।

सरकार कहती है हम नए वन लगाएँगे। पुराने वनों और वनवासियों की जिसे कोई फिक्र नहीं, वह नए वनों का डंका पीटते नहीं थकती।

यह बाँध पूरा होने तक हमारी वन-संपदा, वनस्पति और वन्य प्राणियों की जो हानि हो चुकेगी उसकी पूर्ति कब, कैसे, किससे हो सकेगी? प्राकृतिक वनों की संरचना एक जटिल प्रक्रिया है। हजारों वर्ष का विकास उन्हें वनस्पति-वैभिन्न देता है। यह बहुमूल्य वन और जैविक संपदा होती है। कृत्रिम रूप से रोपित वनों में वह बात आ ही नहीं सकती।

जब बाँध के लिए ही पैसा नहीं है तो पर्यावरण सुधार क्या हवा से करेंगे?

रामदुलारे अपने कुछ सुझाव, कुछ समस्याएँ लेकर लश्कर के पूर्व युवराज और यहाँ के वर्तमान सांसद से मिलने गया था। लेकिन वहाँ से भी मायूस लौटना पड़ा।

लश्कर के 'चिरविलास पैलेस' में पहुँचने पर उसे सिखाया-बताया गया कि युवराज के दरबार में कैसे पेश होना है। कैसे झुककर सलाम करना है। कैसे सिर झुका कर फरियाद करनी है। किसी भी सूरत में युवराज की तरफ पीठ नहीं करनी।

रामदुलारे अवाक्। वह लोकतंत्र के एक प्रहरी से मिलना चाहता था न कि अपने अतीत के स्वप्नलोक में जी रहे किसी राजतंत्र के वंशज से।

इसी दौरान रामदुलारे को कुछ और भी ऐसी बातें मालूम हुईं जिन्होंने उसे नए सिरे से चिंतित कर दिया।

पता चला कि बाँध का डूब क्षेत्र लश्कर के युवराज के चाहने पर बदला गया है। पंचमनगर का किला, और भी इधर-उधर बिखरे कई पुराने किले, मढ़ैयाँ, ताल-तलैयाँ युवराज की संपत्ति हैं। डूब में आने पर इनका मुआवजा जरा कम मिलता, सुरक्षित रह जाने, भले ही बाद में वे डूब जाएँ, पर कागजों में सुरक्षित दिखा दिए जाने पर इनका मुआवजा ज्यादा मिलेगा। फिर पंचमनगर का महल तो इस हालत में बताया जा रहा है कि वहाँ साहबों की ऐशगाह बन सकती है। नई योजना में पंचमनगरमहल को आफीसर्स क्लब में बदलना तय हो चुका है।

पंचमनगर के किले के साथ दीवार बनाने का मूल मकसद भी यही है कि पीछे बसे ग्रामीण इस ऐशगाह में आसानी से न आ सकें।

सुनने में यह भी आया कि दोनों प्रदेशों की नहरें इसलिए नहीं बन पाईं क्योंकि दोनों प्रदेशों के इस क्षेत्र से खासे दूर के सांसद और विधायक चाहते हैं कि नहर उनके क्षेत्र तक बनाई जाए। यानी यहाँ के पानी का लाभ यहीं के लोगों को नहीं, उनके क्षेत्र के लोगों को मिले। इससे निर्माण व्यय बढ़ता है तो बढ़े, यहाँ समस्याएँ ज्यों-की-त्यों रहती हैं तो रहें, उनकी बला से। उन्हें अपने क्षेत्र के मतदाताओं की खुशहाली से सरोकार है। उन्हें अपने क्षेत्र में वाहवाही लूटने से मतलब है।

चूँकि दोनों प्रदेशों के अड़ियल विधायक, सांसद अपने प्रदेशों की राज्य सरकारों पर भारी पड़ते हैं इसलिए दोनों सरकार कोई फैसला लेने में असमर्थ हैं। जब तक वे अपनी-अपनी जिद से नहीं हटते, नहर बनाने का फैसला अधर में रहेगा।

सब देख-भाल कर, जान-समझ कर रामदुलारे ने अपने लक्ष्य तय किए।

मुआवजा दर पाँचवें-छठे दशक में तय की गई। दिया गया है आठवें-नवें दशक में। इस बीच जमीनों के दाम पूरे देश में बढ़े हैं। सो यहाँ के विस्थापितों को भी नई दर से मुआवजा दिया जाए। इसके लिए अदालत जाएँगे।

पंचमनगर महल के साथ दीवार बनाने का कोई औचित्य नहीं है। इस दीवार का बनना रुकवाएँगे। लड़ैई और अन्य खेरों को, जो अब डूब में नहीं, अभयारण्य में समाएँगे कभी, उन्हें जब तक मुआवजा देकर खाली नहीं करवाया जाता, तब तक पंचमनगर की दिशा में बाँध तक या प्राणपुर तक का रास्ता बनाकर देने की माँग करेंगे। यह कठिन भी नहीं होना चाहिए। आखिर पंचमनगर महल तक सड़क बनाई ही गई है।

मुआवजा वितरण में हुई धाँधलियों की जाँच की माँग करेंगे।

राजघाट बाँध पर स्थानीय युवकों को रोजगार उपलब्ध कराने की माँग करेंगे।

लड़ैई में, जीरोन में खेती के नए साधन जुटाने की कोशिश करेंगे।

पहाड़ी नालों में भरे पानी का सही इस्तेमाल हो सके, इसके लिए जगह-जगह जलाशय बनाने की कोशिश करेंगे।

संगठन और शिक्षा की अलख जगाएँगे।

जीरोन को घूरे साव की गिद्ध दृष्टि से मुक्ति दिलाएँगे।

मुआवजा पा चुके किसानों को, जब तक उनके खेत डूब में नहीं आते, खेती करने के लिए खेत का पट्टा दिलवाएँगे। सरकारी मुलाजिमों की लूट-खसोट का विरोध करेंगे। जरूरत पड़ी तो उन्हें 'सबक' सिखाएँगे।

बारह

बहुत भावुक है अरविंद पांडे। भावुक भी और भला भी। किसी को मुसीबत में देखकर उसकी मदद को कृतसंकल्प बाद में होता है, उसकी दुर्दशा पर आँख से चार आँसू पहले गिराता है।

गिराता है इस सावधानी से कि कहीं सामने वाले को आँसू दिखाई न दे जाएँ। प्रदर्शन के लिए नहीं करता ऐसा। हो जाता है। अंतरतम में। मन में। दिल की अतल गहराइयों में।

जब कभी रामदुलारे या किसी और लेखक की कोई मार्मिक रचना पढ़ता है, तब मन-ही-मन विलाप करता है अरविंद। बैंक में आए, मुआवजा कार्यालय में आए मजलूम किसानों की दुर्दशा सुनकर पहले रोया था अरविंद, खूब रोया था। फिर आगे बढ़कर, बिना उनके चाहे, बिना उनके अपेक्षा किए, उनकी मदद के लिए आगे आया था अरविंद।

इसी तरह माते तक पहुँचा। माते से रामदुलारे तक। रामदुलारे से तमाम लड़ैईवासियों तक, राजघाट के डूब क्षेत्र के निवासियों तक।

रामदुलारे के माध्यम से लड़ैई वालों तक पहुँचना कहना उचित नहीं। रामदुलारे के आने से पहले ही लड़ैईवासियों का हरदिल अजीज हो चुका था अरविंद पांडेय। बामन महाराज। बैंक बाबू। गौ बाबू।

भावुकता में ही अरविंद ने यह फैसला लिया था कि वह रामदुलारे के आते ही नौकरी छोड़कर जन-जागृति में, जन-सेवा में जुट जाएगा।

परिवार में अपने माता-पिता की इकलौती संतान है अरविंद। पारिवारिक दायित्व न के बराबर। पिता-माता दोनों नौकरीपेशा हैं।

पिता की इच्छा थी कि अरविंद उद्योग-व्यवसाय का क्षेत्र चुने। अरविंद के मन में थी कुछ कर गुज़रने की इच्छा। भ्रमण का चाव। नित नए लोगों से मिलने की लालसा।

अपनी इच्छापूर्ति के लिए अरविंद ने चुनी भूमि विकास बैंक की नौकरी। उसे इस बात का मलाल था कि प्रदेश की राजधानी का निवासी होकर भी वह अपने प्रदेश को छदाम भर भी नहीं जानता।

इतना बड़ा प्रदेश ! इतनी तरह के लोग ! इतने रीति-रिवाज ! इतनी बोलियाँ !

बैंक की नौकरी में आने के बाद अरविंद के कुतूहलों में बढ़ोत्तरी होने लगी।

इतनी विकराल समस्याएँ !

इतने बड़े प्रदेश की इतनी छोटी योजनाएँ!

इतनी त्वरित अपेक्षाएँ!

इतनी नगण्य उपलब्धियाँ!

इतनी मंद प्रगति दर!

अरविंद की भावुकता का ही परिणाम था यह कि उसने कैलाश महाराज के विरुद्ध मुकदमा उठा लिया।

अरविंद पर कातिलाना हमला करने के अपराध में कैलाश महाराज उतने दिनों से विचाराधीन कैदी के रूप में जेल में थे जितने दिन की उन्हें सजा भी नहीं होनी थी।

मामला बहुत सीधा था—कैलाश महाराज अपने पिता द्वारा मरने से पहले रामदुलारे के नाम की गई जमीनों का मुआवजा सरकार को गुमराह करके पा जाना चाहते हैं। उन जमीनों पर होने वाली फसल तो वे हमेशा से पा ही रहे थे।

अरविंद चूँकि रामदुलारे की रचनाओं का पाठक था। प्रशंसक था। उसने यह रहस्य रामदुलारे तक पहुँचा दिया। सरकार को बता दिया कि रामदुलारे कहाँ है और क्या चाहता है। इतना ही नहीं उसने रामदुलारे के गाँव जाकर कैलाश महाराज की सब पोल-पट्टी खोल दी।

कैलाश महाराज को अरविंद अपना प्रबल शत्रु नजर आने लगा। एक दिन वे बैंक में आए और अरविंद पर हमला बोल दिया। चूँकि चौकीदार को उनके हाव-भाव से शक हो गया था सो वह चौकन्ना था। उसने कैलाश को दबोच लिया। पुलिस आई और कैलाश को पकड़ ले गई।

मगर मामला इतना सीधा रहा नहीं। अदालत में कभी न्यायाधीश न आते, तो कभी वकील, तो कभी गवाह, तो कभी पुलिस ही कैलाश महाराज को लेकर न पहुँचती, तो कभी मुकदमा पेश होने की बारी ही न आ पाती। कभी किसी कारण से, तो कभी किसी कारण से सुनवाई टलती रही। इस बीच बैंक के कई चश्मदीद गवाहों का तबादला हो गया। वे एक पेशी के समय पेश होने आते, जब पेशी न होती तो अगली दो-चार पेशियों की तारीख पर आना टाल जाते।

गाँव में कैलाश महाराज की पत्नी और एक बच्ची की स्थिति दयनीय। मंदिर पर उनका दामाद काबिज हो गया। उसे सास की फिक्र न साली की। उसकी चाहना यही कि जितने दिन संभव हो यह मामला खिंचता रहे।

माते से ये हाल छिपे न थे। इनका निस्तार माते की नजर में एक ही था।

अरविंद का रंज घटने पर एक दिन माते ने अरविंद से आग्रह किया, "बेटा, कैलाश महाराज को मुक्त करा दो। अपना मुकदमा उठा लो। इसके लिए झूठ भी बोलना पड़े तो बोल दो। तभी सबके कष्ट कटेंगे। तभी हमरे सिर से एक कलंक हटेगा। हमरी वजह से बामन डिगे। जेल पहुँचे।"

माते की इच्छा, माते का कष्ट देखकर अरविंद ने भावुकता में ही उनका कहना मान लिया। अपने संभावित हत्यारे को ससम्मान गाँव पहुँचा दिया। माते को सौंप दिया। गाँव को लौटा दिया गाँव का देवता (?)!

अरविंद की भावुकता पर पहला अंकुश लगाया रामदुलारे ने।

अरविंद की इच्छा थी नौकरी छोड़कर पूरी तरह रामदुलारे-यशस्वनी के साथ जुट जाने की। लेकिन दोनों ने इसे नामंजूर कर दिया।

रामदुलारे ने समझाया, "ऐसा मत करना अभी। जब ऐसी जरूरत पड़ेगी, हम खुद ही तुम्हें नौकरी छोड़ने पर विवश कर देंगे। अभी तो हो सके तो मुझे भी बाँध पर नौकरी दिलवा दो। आखिर मैं दिल्ली में जल विभाग में इंजीनियर था। यहाँ भी काम आ सकता हूँ।"

"क्या मतलब? आप क्या यहाँ नौकरी करने आए हैं?" पूछा अरविंद ने।

"भाई, नौकरी नहीं करूँगा तो खाऊँगा क्या?"

"फिर यह काम, यह मुहिम?"

"अभी काम है ही कहाँ! अभी तो हमें तमाम कुछ देखना-समझना है। इसके लिए तीन-तीन लोग बिना नौकरी-चाकरी किए जुटें, यह जरूरी तो नहीं। फिर बाँध पर काम पा जाने पर मैं कुछ ज्यादा ही जान पाऊँगा। व्यर्थ में इन गाँव वालों पर बोझ बनने की क्या जरूरत है?"

"गाँव वालों पर बोझ क्यों बनेंगे? मेरे माता-पिता इतने समर्थ हैं कि···फिर आपके पास मुआवजे का दो लाख रुपया भी तो है।"

"नहीं भाई, सो तो इतने असमर्थ गाँव वाले भी नहीं कि हमें तुम्हारे···फिर उनके रहें या इनके, आश्रित तो हम रहेंगे ही। रही मुआवजे की बात, सो उस पर मेरा कोई हक नहीं। वह गाँव की रकम है। गाँव के लिए खर्च होगी। उसको लेकर तो मेरे मन में कई योजनाएँ हैं।"

कहते-न-कहते रामदुलारे कहीं खो गया था।

अरविंद को समझते देर न लगी कि रामदुलारे मुआवजे की बात सुनकर, मुआवजे की याद आने पर आहत हुआ है।

होना ही था।

रामदुलारे के पास जो भी कुछ है मुआवजे का ही तो है।

बामन महाराज की जमीनों के मुआवजे के अलावा आय का जो एक और स्रोत है, वह भी मुआवजे के रूप में ही मिलता है यशस्वनी को, रामदुलारे को।

एक दिन चिकित्सा जगत को आगामी अनेक कष्टों, संकटों, रोगों की आहट देकर, चिकित्सकों को आगामी अनन्त प्रकोपों की सुगबुगाहट दिए बिना चिरनिद्रा में विलीन हो गए थे मास्साव।

चिरनिद्रा में लीन मास्साव की काया को खबर ही न हुई थी कि रात-दिन उनकी सेवा-टहल में जुटी रही, उनके बुढ़ापे की लाठी, उनकी अपनी बेटी और दामाद को उनकी मृत काया को स्पर्श करने की मनाही कर दी थी उनके भाइयों और बेटों ने। मास्साव की आँखें मुँदते ही अस्पृश्य मान लिए गए थे बेटी-दामाद, बहन-बहनोई।

मास्साव जीते जी यशस्वनी को अपना उत्तराधिकारी घोषित कर गए थे। उनके अंतिम संस्कार के बाद यशस्वनी के दोनों भाई और तीनों चाचा अपने-अपने मुकाम को लौट गए। रामदुलारे और यशस्वनी मकान में ताला डालकर मुआवजा कार्यालय में अपने जाने की खबर देकर गाँव चले आए थे।

मुआवजा कार्यालय ने बताया था कि भोपाल गैस त्रासदी में मरने वालों और प्रभावितों को कितना-क्या मुआवजा मिलना है यह अभी तक तय नहीं हो पाया है। फिलहाल अंतरिम राहत ही मिलेगी। सो यदा-कदा भोपाल आकर अपने और अपने पिता के हिस्से की अंतरिम राहत ले जाया करना।

रामदुलारे और यशस्वनी की आय का यह दूसरा स्रोत भी मुआवजा ही था अब। वे जह चाहे इसका उपयोग कर सकते थे, उपभोग कर सकते थे।

"हाँ भाईजी, आप किन योजनाओं की बात कर रहे थे?"

रामदुलारे को अतीत से, अवसाद से उबारने के लिए प्रसंग बदला अरविंद ने।

"सबसे पहले तो यही कि मुआवजा राशि बढ़वाने के लिए आवेदन देंगे। डूब क्षेत्र में आने वाली पुरातत्व की चीजों को इकट्ठा करेंगे। कुछ पत्र-पत्रिकाएँ मँगाया करेंगे। यहाँ जो फसल होती है, फल-फूल होते हैं, उन्हें शहर तक पहुँचाने के लिए सड़क बनाएँगे। उसे पंचमनगर की सड़क से जोड़ेंगे। गाँव में सौर ऊर्जा और डीजल से चलने वाले खेती-किसानी के संयंत्र जुटाएँगे। एक प्रोजेक्टर की व्यवस्था करके गाँव के लोगों को वृत्तचित्रों के जरिए खेती की नई-नई तकनीक से परिचित कराएँगे।

"मैं जानता हूँ इस सब काम के लिए यह रकम भी पर्याप्त नहीं है। इसके लिए हम चंदा करने की कोशिश करेंगे। सरकारी योजनाओं के अंतर्गत आवेदन करके अनुदान पाने की कोशिश करेंगे।

"हम-तुम यदि नौकरी पर रहे तो कुछ हिस्सा हम वेतन में से दे सकेंगे।

"फिर सबसे बड़ी बात यह कि मुझे नौकरी न मिलने तक तुम्हारे चंदेरी में बने रहने से हमारा शहर से, सरकार से, कचहरी से संपर्क बना रहेगा···।"

"लेकिन भाईजी, इसकी क्या गारंटी है कि मैं चंदेरी में ही बना रहूँगा?"

"हाँ, तुम्हें कुछ करना ही है तो नौकरी छोड़ने की जगह यह प्रयास करो कि तुम चंदेरी में ही बने रह सको। यदि यह संभव न हुआ, तब देखेंगे।

"बैंक में तुम्हारे होने से हमें और भी कई लाभ मिल सकते हैं। तुम प्रयास करो

कि यहाँ के युवकों को बाँध पर रोजगार मिलने लगे। अपने संपर्क में आने वाले बाँध के ठेकेदारों, अफसरों को इस बात के लिए तैयार करो। अब देखो न, जब से कई गाँवों के लोग लड़ैई में आ बसे हैं, खेत कम और हाथ ज्यादा हो गए हैं।

"दूसरे, यदि हमारी योजना सफल रही, आगे बढ़ी, तो बैंक में रह कर तुम हमारे किसानों को ऋण भी दिला सकोगे।

"तीसरे, चंदेरी में तुम्हारे बने रहने से हमें संपर्क सूत्र मिला रहेगा। हमारे बहुत-से काम तुम्हारे माध्यम से सधते रहेंगे। मसलन—डाक का आना-जाना, पुस्तकें-पत्र-पत्रिकाएँ पहुँचना। मुआवजे की सूचना, प्रगति और सरकार की नई नीति-अनीति की खबरें··· ।"

"सोचा तो आपने बहुत सही भाई जी, लेकिन मुझे लगता है आप सोचते समय मुझसे भी ज्यादा भावुक हो गए या ज्यादा आशावादी।

"आप स्वयं भी देख-जान रहे हैं कि बाँध पर स्थानीय लोगों को काम न देने की नीति सरकार और ठेकेदार दोनों ने शुरू से बनाई हुई है····"

"फिर भी यहाँ के उजड़े बहुत-से लोग मजदूर हुए हैं या नहीं?"

"हुए तो हैं, लेकिन उजड़ने के बाद न! बसे-बसाए लोग तो नहीं हुए न! उन उजड़ों को भी काम तब मिला जब ठेकेदारों को पूरा यकीन हो गया कि ये कहीं जाने वाले नहीं। वे पूरी तरह उनके चंगुल में हैं।"

"यह तो मैं भी महसूस करता हूँ। फिर भी मैं उम्मीद कर रहा हूँ कि तुम चाहो तो हमारे युवकों को रोजगार दिलवा सकते हो। यदि मुझे नौकरी मिल गई तो मैं भी ऐसा कर पाऊँगा।"

"मैं समझा नहीं भाई जी!"

"देखो अरविंद, कल और आज की स्थिति में बुनियादी अंतर है। कल तक बाँध का काम हमारे गाँव से कई मील दूर हो रहा था। आज हमारे गाँव के पास हो रहा है। कल तक यह तय नहीं था कि हमें कब चले जाना है, आज यह तय हो चुका है कि हम अभी वर्षों यहीं रहेंगे। आज हमारे गाँव से ज्यादा पास और स्थायी श्रमिक ठेकेदारों को भला कहाँ मिलेंगे।"

"भाईजी, केवल ये दो कारण नहीं थे काम न मिलने के। इनसे भी बड़ा कारण यह है कि बसे-बसाए गाँव के श्रमिक संगठित होते हैं। उनका मनचाहा उपयोग या शोषण संभव नहीं होता। इसीलिए ऐसे श्रमिकों को काम पर नहीं रखते ठेकेदार। इसीलिए वे बाहर से मजदूर लाते हैं। यह केवल यहीं नहीं, हिंदुस्तान भर में यही चलन है। और आप हैं कि इस जमीनी हकीकत को ही ध्यान में नहीं लाना चाहते।"

"मेरे ध्यान में यह सचाई भी है अरविंद। इसीलिए तो मैंने कहा कि तुम इस काम में ज्यादा मददगार हो सकते हो। तुम यह तो नहीं कहना चाहते कि सभी ठेकेदार

संगठन से डरते हैं या सभी श्रमिक से मजदूरी नहीं बेगार कराना चाहते हैं ? जरूरत भर का काम लेकर नहीं, शोषण करके ही चैन पाते हैं ?"

"नहीं, ऐसा तो नहीं मानता। पर अधिकांश····"

"तो अधिकांश से जो इतर हैं, कमांश, उन्हीं को खोजो न मेरे भाई।"

"यह तो खासा पेचीदा मामला हुआ भाई जी। सबसे पहले तो मैं यह पता लगाऊँ कि किस-किस ठेकेदार को श्रमिकों की जरूरत है। फिर यह कि उनमें से कौन-कौन अधिकांश से इतर हैं। फिर उनसे गुजारिश करूँ कि····बहुत टेढ़ा मसला है भाई जी। पर खैर, प्रयास करूँगा।"

"हाँ, यह हुई न बात। अरविंद भाई, उम्मीद से दुनिया और भले लोगों से यह जहाँ कायम है।"

"होगी भाई जी, मगर हमारा बैंक····"

"अरे भाई, बैंक की तो मूल पूँजी ही उम्मीद होती है।"

"वह नहीं कह रहा था मैं। मैं बताना चाहता था कि हमारे बैंक से ऋण की उम्मीद लगाना व्यर्थ है। डूब क्षेत्र से तो हमारा एक ही लक्ष्य है। रकम बटोरना, न कि रकम बाँटना।"

"क्यों ? तुम्हारा बैंक भूमि विकास बैंक है न ?"

"हाँ, नाम से तो है।"

"तो हम भूमि रेहन रखकर ही तो कर्ज माँगेगे न। वह भी भूमि के विकास के लिए।"

"मगर डूब क्षेत्र की भूमि पर बैंक ऋण क्यों देने लगा ! ऐसी भूमि के विकास में भी बैंक की रुचि क्यों होगी भला ?"

"अब हमारा गाँव डूब क्षेत्र में रहा ही कहाँ है ?"

"डूब या अभयारण्य। नाम कुछ भी हो। है तो विस्थापन की सूची में न !"

"मगर विस्थापन की सूची से निकलवाना, अभयारण्य की योजना बंद करवाना भी तो हमारा एक लक्ष्य है न !"

"मेरी समझ में नहीं आता भाई जी, जब आप विरोध के पक्ष में ही हैं, तब इस बाँध का ही विरोध क्यों नहीं करते ?"

"वह मुझसे न होगा और न मुझे यह उचित जान पड़ता है।"

"क्यों ? आखिर इतने तमाम लोग जगह-जगह विरोध कर रहे हैं। टिहरी बाँध का, बरगी बाँध का, नर्मदा घाटी परियोजना का, सरदार सरोवर का। वे सब क्या गलत कर रहे हैं ? आखिर ऐसी योजनाओं से लाभ क्या, जो सदियों में पूरी हों ! और जब पूरी हों तब हमारी जरूरतें इतनी भी पूरी न कर सकें कि हम एक दशक भी चैन से रह पाएँ।"

इस मुद्दे पर अरविंद आवेश में आ जाएगा यह रामदुलारे जानता था। इस मसले पर उसके आक्रोश की झलक पहले भी पा चुका था रामदुलारे। बातचीत में ही नहीं उससे पहले उसे लिखे पत्रों में भी। इसीलिए रामदुलारे अक्सर इस प्रसंग को टाल जाता था। शुरू-शुरू में तो होता यह था कि बातचीत शुरू इसी मुद्दे से होती थी और इसी पर समाप्त हो जाती थी। शेष जो बातें दोनों को करनी होती थीं, वे फिर लंबित रह जाती थीं। अंततः एक मध्यम मार्ग निकाला था कि बातें इस तरह हों कि यह प्रसंग आ ही न सके।

"यहाँ मैं विरोध के पक्ष में इसलिए नहीं हूँ क्योंकि मैं यह देख रहा हूँ कि इस बाँध से जो क्षति हो सकती थी, हो चुकी है। जो भविष्य में होनी है वह भी रोकी नहीं जा सकती। उसके बीज इस बीच जड़ें जमा चुके हैं। फिर इस पूरी कवायद के बाद जो लाभ संभावित हैं उन्हें क्यों न पाया जाए?

"यह तो अरविंद तुम भी जानते हो कि हमारी तमाम परियोजनाएँ धन के अभाव में ज्यादा दिनों तक खिंचती चली गईं। जो चीज हमारे पास सबसे कम है, हम उसी को तिलांजलि कैसे दे दें! नाकाफी ही सही, इस व्यय के बाद कुछ तो पाएँगे न!"

"भाई जी, मैंने आपकी सब बातें मानीं, लेकिन एक नहीं।" अरविंद ने प्रसंग बदला।

"वह कौन-सी?"

"वही, आपकी नौकरी करने वाली बात। मैं नौकरी करता रहूँगा, पर आप नौकरी का विचार बनाएँ यह उचित नहीं। दिल्ली से राजघाट नौकरी करने तो नहीं ही आए थे आप। आपको जन सेवा के साथ कुछ और करना ही है तो अपना लेखन जारी रखिए। यह जनसेवा भी होगा और नौकरी भी। क्योंकि उसे पढ़कर हम जैसों को प्रेरणा मिलेगी और आपको होगी आय।"

"लेखन से आय! हाँ, होती तो है लेकिन तुरंत नहीं, तुम्हारी बैंक की भाषा में कहूँ तो लेखन पचीस-पचास वर्षीय सावधि जमा योजना है। इतना कुछ और इतने वर्षों तक साहित्य के खाते में जमा करवाने का दमखम हो तो आय भी होती है, वरना खाता कभी भी निरस्त हो जाता है और खातेदार को पता भी नहीं चलता। वह पासबुक सीने से लगाए मगन-मन रहता है। तात्कालिक आय तो उतनी भर ही होती है जितना एक मजदूर दिन-भर के श्रम के बाद पाता है।"

"उतनी ही सही। समझिएगा यह लाभांश है, मूल रकम सुरक्षित खाते में है। समय आने पर सारे लाभ, प्राप्तियों के साथ मिल ही जाएगी।"

"चलो, देखते हैं कब तक सधती है साधना!"

अरविंद पूर्ववत् अपने कामों में जुट गया था। हर दूसरे-चौथे दिन आता था लड़ैई। हाल-चाल लेता था। नई-नई सूचनाएँ देता था।

जोड़-तोड़ करके अरविंद ने दस-बारह लड़कों को बाँध पर काम दिलवाने में कामयाबी हासिल कर ली थी।

अपनी कामयाबी पर अरविंद अभी खुश भी न हो पाया था कि कामयाबी उलझन में बदल गई। पाँचवें दिन सब लड़कों ने काम पर जाना छोड़ दिया था। अरविंद पशोपेश में पड़ गया। ठेकेदारों ने दसियों उलाहने दिए सो अलग।

अरविंद राजघाट से चंदेरी न आकर लड़ैई गया। वहाँ मालूम हुआ कि कैलाश महाराज ने ऐलान किया है—जो बाँध पर काम करने जाएगा, वह पाप का भागी बनेगा। जो बाँध हमें बर्बाद करने के लिए बनाया जा रहा है, उसमें मदद करना घोर पाप है!

अरविंद और रामदुलारे ने जिस-तिस तरह लड़कों को समझा-बुझा कर काम पर भेजा।

इससे मुक्ति मिली कि नहीं, यह पक्का भी न हो पाया था कि एक दिन कैलाश महाराज ने एक नया बखेड़ा खड़ा कर दिया।

गाँव में प्रचारित कर दिया कि रामदुलारे दरअसल बसोर की औलाद है। हमारे दद्दा ने पुण्य कमाने के लिए, उसे पवित्र करने की नीयत से उसके बाप के रूप में हमारा नाम जोड़ दिया था। है तो वह आज भी नीच ही। और रामदुलारे के संपर्क में आने से यशस्वनी भी नीच हो गई है। सो उससे संसर्ग रखना पाप है!

कैलाश ने मंदिर में आने वाली औरतों को समझाया कि यदि तुम उस कुएँ का पानी भगवान के लिए लाईं जिससे यशस्वनी पानी भरती है तो हम उसे कुबूल नहीं करेंगे। जो हमसे झूठ बोली उसे अंतर्यामी तो देखेंगे ही। वे उसे ऐसा शाप देंगे कि पूरा वंश…

कैलाश का यह तीर इस कद्र ठिकाने पर लगा कि यशस्वनी का राह चलना दूभर हो गया। औरतें अपने बच्चों तक को उसकी परछाईं तक से दूर रखने लगीं।

अब तक यशस्वनी के आधे काम गाँव की औरतों और बच्चों से सध जाते थे। इस कुप्रचार के बाद उसे हर काम के लिए रामदुलारे और अरविंद पर आश्रित होना पड़ा।

रामदुलारे अक्सर भोपाल, झाँसी, ललितपुर के चक्कर लगा रहा था उन दिनों, सो अरविंद प्रायः रोज गाँव आने लगा।

कैलाश इस स्थिति को भी भला क्यों बर्दाश्त करते। सो अगले कुछ दिनों में यशस्वनी और अरविंद के विषय में कुचर्चा हवाओं में मँडराने लगी।

कैलाश महाराज की मंशा क्या है, अरविंद समझ ही न पाया। आमने-सामने दो टूक बात करने का अवसर मिलता तो पूछता भी। लेकिन कैलाश महाराज के दर्शन गाँव में होते ही नहीं थे। उनकी उपस्थिति के रूप में मौजूद मिलती थी एक-न-एक नई अफ़वाह। खुद कैलाश महाराज तो निर्मल साव के सिरझाने के बाद, अंटी में से खासी

रकम देने के बाद, जीरोन और जिठौत खेरों में मंदिर बनवाने, भगवान जी की स्थापना करने की मुहिम में जुटे रहने लगे थे।

कुछ दिनों इन अफवाहों का बाजार गर्म रहा। तभी कैलाश महाराज ने एक और नया गुल खिला दिया।

कैलाश महाराज ने ऐलान कर दिया कि जीरोन में, जिठौत में मंदिर बन जाने पर वे और उनका दामाद वहीं लड़ैई के मंदिर की प्रतिमाएँ ले जाएँगे!

क्यों? क्योंकि उनके इतना समझाने पर भी लोग नहीं चेते, लोगों ने इन नीचों को यहाँ से नहीं भगाया। एक ढोंगी, झूठे ब्राह्मण का गाँव में आना-जाना नहीं रोका। इसलिए देवता ने उन्हें स्वप्न में यह आदेश दिया है कि हमें यहाँ से ले जा!

जब देवता यहाँ से चले जाएँगे, तब यहाँ अकाल पड़ेगा! सूखा पड़ेगा! लोग बेमौत मरेंगे!

अरविंद जिस दिन गाँव में यह खबर लेकर आ रहा था कि शासन ने यहाँ तक डाक पहुँचाने की माँग स्वीकार कर ली है, ठीक उसी दिन गाँव की सीमा-रेखा पर इस अफवाह ने अरविंद का स्वागत किया।

कैलाश महाराज के इस नए शगूफे ने अरविंद का मिजाज गर्मा दिया। रामदुलारे के पास पहुँचते ही अरविंद बिफर गया।

"भाई जी, सुना आपने! यह तो इंतहा है भाई जी। आखिर हम कब तक इन ऊल-जलूल आरोपों को बर्दाश्त करते रहेंगे?"

"हमारे पास और उपाय ही क्या है अरविंद?"

"क्यों नहीं है! हम विरोध कर सकते हैं। खंडन कर सकते हैं!"

"उससे तो यह होगा कि एक ही अफवाह कई दिनों तक जीवित रहेगी। तब कैलाश महाराज को नित नई अफवाह गढ़ने से मुक्ति मिल जाएगी। अभी हम विरोध नहीं करते सो तुम देख ही रहे हो, हर अफवाह दो-चार दिन का जीवन जीकर काल के गाल में समा जाती है।"

"पर इस बीच हमारा जो सब किया-कराया चौपट हुआ जा रहा है...."

"यह भी एक तरह से अच्छा है। हमारा किया-धरा तो फिर जी उठेगा, लेकिन तब कैलाश महाराज की अफवाहों को कोई संजीवनी न जिला सकेगी, यह तय है।"

"मेरी समझ में नहीं आता भाई जी कि ये लोग अपना भला-बुरा सोचे बिना कैलाश की बातों पर आँख मूँद कर यकीन कैसे कर लेते हैं!"

"यह तो बहुत सरल पहेली है। कैलाश महाराज पर विश्वास करना उन्हें संस्कारों में मिला है। और संस्कारों का विसर्जन इतनी जल्दी नहीं होता। फिर कैलाश महाराज इन पर मौका देखकर वार करते हैं।"

"मैं भी तो ब्राह्मण हूँ। उनसे ज्यादा पढ़ा-लिखा। फिर मुझ पर विश्वास क्यों नहीं

करते ?"

"तुम ब्राह्मण तो हो, लेकिन उस मुकाम पर, उस रथ पर आरूढ़ नहीं हो जहाँ से किया गया वार खाली नहीं जाता। तुम लोगों से मिलते हो उनके सुख-दुख में, राह-हाट में। जबकि पुजारी जी मिलते हैं मंदिर में। जहाँ अपने संकटों से मुक्ति या अपने पापों का प्रायश्चित पूछने पहुँचता है भक्त। या कोई वरदान माँगने पहुँचता है धर्मभीरू इंसान। पुजारी उसके कमजोर क्षण का लाभ उठाकर अपनी शर्तें रखता है। अपनी कहकर नहीं, भगवान की कहकर! नतीजा..."

"तो क्या हम कैलाश महाराज में ही उलझे रहेंगे? इनका कोई निदान नहीं है क्या ?"

"नहीं, उलझे नहीं रहेंगे। निदान भी है। बल्कि दोनों का एक ही उत्तर दूँ तो कहना होगा—समय।

"देखो अरविंद, ईश्वर क्या है, कोई नहीं जानता। लेकिन उससे डरते बहुतेरे हैं। क्यों? क्योंकि वह है या नहीं, है तो क्या करता है, सजा देता है कि ईनाम, यह यहाँ पता नहीं चलता। यह तो कहते हैं ऊपर जाकर पता चलता है। और चूँकि ऊपर से कोई लौटता नहीं सो ठीक-ठीक पता नहीं कि वहाँ भी पता चलता है या नहीं।"

"मजे की बात तो यह है कि जिस आदमी के आचरण पर इन्हें कतई विश्वास नहीं, उसी आदमी पर भगवान के प्रतिनिधि रूप में इन्हें अटूट विश्वास है।"

"ऐसा क्यों है, जानते हो? क्योंकि इस आदमी पर विश्वास करना, न करना, इनके अपने विवेक पर निर्भर है। लेकिन भगवान के प्रतिनिधि पर विश्वास रखना इनका संस्कार है।

"यह संस्कार बनते-बनते बना होगा। ऐसा तो हुआ नहीं होगा कि इनके किसी पूर्वज से किसी ने कहा हो—एक भगवान नाम की चीज है, तू उससे डरा कर! एक पुजारी नाम की चीज है जो भगवान का दूत है, तू उसका कहा किया कर! इतना सुनते ही वह भगवान से डरने और पुजारी से आज्ञा-आदेश पाने लगा हो। यह संस्कार पीढ़ियों के बाद मन में घर बना पाया होगा। उसी तरह यह एक दिन में नहीं, एक पीढ़ी में भी जाने वाला नहीं।

"हमें करना यह है कि जो कैलाश महाराज ने भविष्यवाणी की है, हम उसकी काट हाजिर कर दें।"

"क्या मतलब? आप मानते हैं कि जो कैलाश महाराज ने कह दिया, वह होकर ही रहेगा? और यदि हम उसकी काट उपस्थित नहीं कर पाए तो हम झूठे और वह सच्चा साबित हो जाएगा?"

"नहीं, मेरा मतलब यह कतई नहीं है। कैलाश महाराज ने जो कहा वह होगा या नहीं होगा यह अलग मामला है। मुख्य मुद्दा यह है कि यदि वैसा कुछ हुआ तो इन

लोगों का भय पुख्ता होगा। यदि वैसा कुछ नहीं हुआ तो ये याद भी नहीं रखेंगे कि कैलाश महाराज ने कोई चेतावनी दी थी। मैं चाहता हूँ कि कैलाश महाराज ने इनके मन में जो भय रोपा है, यदि उसके पूरे होने के आसार बनते दिखें तो हमारे पास उसे काटने के साधन होने चाहिए। तभी ये मानेंगे कि कैलाश महाराज का कहा ही सच नहीं होता, उसे भी झुठलाने की सामर्थ्य हमारे पास है।

"अब जैसे उन्होंने कहा कि अकाल पड़ेगा। मान लो अगली फसल के समय सचमुच कुओं में किसी व्यवधान के चलते पानी कम पड़ जाए। यह इसलिए भी संभव लगता है क्योंकि बाँधवालों ने जमीन के काफी नीचे तक कंक्रीट भरी है। हो सकता है उससे कुओं की झिर में अड़चन आ जाए। कुएँ और गहरे खोदने पर नई झिर मिले। पर कुओं में पानी का आना बंद या कम होते ही ये तो यही मानेंगे न कि भगवान ने कम करवाया है। या बरसात ही कम हो! ऐसे में यदि हम ट्यूबवेल की पहले से व्यवस्था कर लें और उस समय पानी उपलब्ध करवा दें तो इन्हें यह समझाने में आसानी होगी कि भगवान ने कुछ नहीं कहा था, कैलाश महाराज ने कहा था। क्योंकि भगवान की मर्जी पानी न देने की होती तो ट्यूबवेल में पानी कहाँ से आ पाता?"

"क्या कहते हो भाई जी? केवल कैलाश···"

"नहीं, नहीं। यह तो हमें करना ही था न एक न एक दिन। तो चुनौती रूप में ही सही। शुरुआत तो होगी। उसका परिणाम हमारा जवाब भी होगा और गाँव वालों को हम पर विश्वास करने का न्यौता भी। ठीक है न!"

"है तो ठीक, मगर मेरी समझ में नहीं आता कि ये कैलाश महाराज हमसे इतने खफा क्यों हैं?"

"तुमने उनके जीवन भर की साध मिट्टी में मिलवा दी। सामने रखी छप्पन भोग से भरी थाली खिसकवा दी, फिर पूछते हो खफा क्यों हैं?"

"ठीक है मैंने ऐसा किया होगा। मैं माने लेता हूँ भाई जी। लेकिन आपसे? आप तो···फिर भी वे दंदफंद कर रहे हैं?"

"मैं भी अरविंद भाई। मैं भी तुम्हारी तरह उनका अपराधी हूँ। बल्कि मेरे अपराध तो अक्षम्य हैं। मैंने उनकी नादानी के चलते जन्म लेकर उनके कुकर्म को जगजाहिर होने का अवसर दिया। वे चाह कर भी मुझे नेस्तनाबूद नहीं कर सके। मैं तो उनके पाप का साक्षात प्रमाण हूँ।

"फिर मैंने उनकी जीवन भर की चाह पर डाका डाला। मैं उन्हीं के साम्राज्य में आ घुसा। मैं लोगों को उनके भ्रमलोक से बाहर लाना चाहता हूँ। यानी मैंने तो उनकी पूँजी भी छीनी और अब मंडी भी हड़प लेना चाहता हूँ। इसीलिए वे यहाँ से मंदिर उठा लेना चाहते हैं। वे चाहते हैं कि या तो हम इस गाँव से चले जाएँ, या हममें घुलने-मिलने से पहले ये गाँव वाले यहाँ से चले जाएँ।

"कैलाश महाराज की स्थिति तो सच पूछो तो इस गाँव में सबसे गई-गुजरी है। शेष जन तो अवसर आने पर कहीं भी मेहनत-मजदूरी करके पेट पाल लेंगे। लेकिन कैलाश महाराज को तो मुफ्त की रोटियाँ तोड़ने की आदत है। बिना श्रम किए छप्पन भोग पाने की। धर्म के नाम पर पीढ़ी-दर-पीढ़ी अधर्म का चूल्हा जलाए रखते हैं ये तथाकथित भगवान के तथाकथित प्रतिनिधि।

"मुझे देखकर ऐसा नहीं कि उन्हें केवल यही सब याद आता हो। कभी-कभी मेरे रूप में, कि मेरे गुणों में, उन्हें अपना बेटा भी नजर आता है। तभी न भय खा जाते हैं! तभी न इस बात को फिर फिर झुठलाना चाहते हैं कि मैं उनका अंश हूँ ही नहीं।

"जानते हैं न कि मुझे वे और मैं उन्हें कभी मन से स्वीकार नहीं कर सकते। सो अपने मन को पक्का करने के लिए, अपने मन के भ्रम को जिंदा रखने के लिए, अपनी कोमल, सात्विक भावनाओं को अपने से परे धकेलने के लिए मुझे दुत्कारने का स्वांग भरते हैं।"

"तो क्या आपके मन में भी भाई जी···· ?"

"मैं भी आदमी हूँ अरविंद भाई। हूँ भी उन्हीं का अंश। मगर जैसे वे मुझे दुत्कार कर अपने को ढाँढस बँधाते हैं, मैं उनको चुनौती देकर अपने आपको यह मनवाता रहता हूँ कि मैं तो केवल अपनी माई का पूत हूँ!"

"एक बात मैं भी कहूँ अपने मन की?"

"हाँ कहो न!"

"आप बुरा न मानिएगा भाई जी। दरअसल आपने आज अपने मन का हाल बयान किया न, सो मैं भी एक गाँठ खोल लेना चाहता हूँ अपने मन की। दरअसल मैं कैलाश महाराज और अपना मामला रफा-दफा न करता यदि वे आपके पिता न होते। फिर चाहे माते कितनी भी अनुनय-विनय करते।

"अब मैं कई बार सोचता हूँ कि यदि मैं इस भावुकता में न बहता तो अच्छा होता। उनके मन में तो आपके प्रति कोई दया-ममता है नहीं और हम····तब कम से कम ये रोज के बखेड़े तो खड़े न होते। हमें अपनी शक्ति यों जाया तो न करना पड़ती···· ।"

"देखो अरविंद। माते ने जो कहा था वह इसलिए नहीं क्योंकि कैलाश महाराज मेरे पिता हैं। माते ने गाँव के बुजुर्ग के नाते वैसा कहा था। उसी नाते से अपना कर्तव्य पूरा किया था।

"मैं तो कहता हूँ हमारे लिए यह एक तरह से अच्छा ही हुआ। मान लो इन्हें सजा हो जाती। ये सजा पूरी करके आते। तब भी तो ये यही सब बखेड़ा खड़ा करते। तब तो हमें सब-कुछ नए सिरे से सँवारना पड़ता। अभी तो हमारी शुरुआत है।

"संभव है माते ने इसीलिए ऐसा करवाया हो ताकि हम शुरू में ही अपने व्यवधानों में परिचित हो लें। तप लें। यदि खरे हुए तो कुंदन हो जाएँ। खोटे हुए तो

राख हो जाएँ···।"

"यानी माते ने जो किया वह गाँव के बुजुर्ग की हैसियत से। आप जो कर रहे हैं गाँव के सुपुत्र की हैसियत से। यही मतलब हुआ न भाई जी! और कैलाश महाराज जो कर रहे हैं वह पिता की हैसियत से। अब चूँकि पिता तो 'सु' या 'कु' होता नहीं। पिता तो क्रूर ही हो सकता है। सो वही वे हैं।"

"तुम इसे जो चाहे नाम दो····"

"तब ठीक है। इनका निदान मेरी समझ में आ गया है भाई जी। अब मुझे अपने आप को कैलाश महाराज का पिता सिद्ध करना होगा उनकी निगाह में!"

तेरह

गुनिया के मन पर मनों बोझ है इन दिनों।

गुनिया को सोते-जागते, उठते-बैठते मुखिया की बातें याद आती हैं इन दिनों।

मुखिया की आशंकाएँ साकार होते देख रहा है गुनिया।

गुनिया विवश है। लाचार है। सिर्फ देख रहा है। केवल जान रहा है।

जानता है गुनिया, मानता है गुनिया, कि जो हो रहा है वह अनर्थ हो रहा है। लेकिन विवशता ने हाथ रोके हुए हैं गुनिया के। चाहकर भी होते को रोक नहीं पाता, होनी को टाल नहीं पाता, बिछुड़ते का हाथ थाम नहीं पाता गुनिया।

गुनिया को यकीन होने लगा है कि खेरा नहीं बचेगा अब। टूट जाएगा। मिट जाएगा खेरा। बिछुड़ जाएँगे हम। छूट जाएगा सबका साथ। मुखिया के चाहने से एका रहेगा, न मेरे किए-धरे से।

चंदेरी के रूप में जब एक नया ठिकाना मिला था तब कितना खुश हुआ था गुनिया। गुनिया की कामयाबी पर मुखिया। खेरा। सब जन-जनीं।

घूरे साव और गाँव के अन्य साव परिवारों से उम्मीद की डोर टूटते-न-टूटते चंदेरी ने उम्मीद की डोर थाम ली थी। जीरोन को जिलाए रखा था।

उधर घूरे साव द्वारा गिराई गाज लड़ैई के बड़े माते ने थाम ली थी। माते ने भरोसा दिलाया था कि आ रहा है रामदुलारे, आ रहा है अरविंद पांडे। वे ऐसे आसार निस्सार कर देंगे जो खेरे को लीलने को आगे बढ़ेंगे। वह गाज उसी पर जा गिरेगी जिसने उसे भेजा होगा। घूरे की गाज घूरे को ही भस्म करेगी। जीरोन का कुछ न बिगड़ेगा। तुम निश्फिकर रहो।

आ गए रामदुलारे, आते रहते हैं अरविंद पांडे। उनके आने के बाद भी कहाँ थमी गाज ! घूरे साव तो आज भी सही-सलामत है। अब आए-दिन गरजता है। बिजली-सा चमकता है। मूसलाधार बरसने के लक्षण दिखाता है।

गुनिया मिला था रामदुलारे से, अरविंद पांडे से। दोनों ने भरोसा दिलाया था कि खेरे वाले फिक्र न करें। वे पता लगा रहे हैं कि निर्मल साव के दावे में कितना दम है।

पर गुनिया फिक्र न करे तो क्या करे ? और कुछ करने को है ही क्या ? और कुछ करने का मन रहा ही कहाँ ?

जाने कब पता लगाएँगे ये कि साव के दावे में कितना दम है ! तब तक हम में दम बचेगा कि नहीं, खबर नहीं। तब तक तो साव और भी दमदार हो लेगा। जब तक वे पता लगाएँ तब तक घूरे साव ने हमें धूरा चटा दी तो ? घूरे पर फिकवा दिया तो ?

मातै की इच्छा, आज्ञा को मुढ़ी-माथे लिए लड़ैई आता रहा गुनिया। लड़ैई वालों के काम सलटाता रहा गुनिया। लेकिन पंचमनगर तक बाँध के पानी का आना क्या हुआ, गुनिया सदा के लिए बह कर अपने खेरे में आ लगा। फिर तो नाता ही टूट गया लड़ैई से।

पंचमनगर तक पानी आने से जो लोग शरण पाने लड़ैई आए, उनमें से जो यहीं बस गए, उन बस गए लोगों में तीन जन ऐसे हैं जो बढ़ई हैं। अब वे ही साधते हैं लड़ैई वालों के काम। अब लड़ैई को गुनिया के गुण की दरकार नहीं रही। गुनिया को लड़ैई की दरकार है कि नहीं, इससे किसी को सरोकार नहीं।

लड़ैई में अब गुनिया तो क्या राउतनों को भी कुछ नहीं मिलता। बीस फेरे लगाने पर एक-दो घरों से बुलाहट सुनाई देती है। जो देखो वही राउतनों को देखकर भी अनदेखा कर देता है।

गुनिया जानता है, इसमें गाँव वालों का कोई दोष नहीं। उनके मन में कोई खोट नहीं आया है। हाँ खलीता में कलदार और प्योला में अन्न की छ्योंट जरूर पड़ गई है। हर कोई कम से कम जरूरतें पालना चाहता है। जो भी नाकाफी बचा है उसे जब तक संभव हो बरतना चाहता है। ताकि गाँव में बना रहना हो सके। ताकि भागकर डाँग में न ढुकना पड़े।

गुनिया यह सचाई जानता है।

मुखिया एक दिन लड़ैई में जीरोन के समा जाने के सपने देखता था। गुनिया को भी दिखाता था। अब गुनिया को सपनों में तो क्या साक्षात यह दिखाई दे रहा है कि घूरे साव के चलते लड़ैई ही जीरोन में समाया जाता है।

मुखिया और घूरे साव के सपने में एक और फर्क है। मुखिया के सपने में लड़ैई और जीरोन के सब जन शामिल होते थे, घूरे साव की हकीकत में जीरोन के वासियों का दूर-दूर तक नामोनिशान नहीं होगा।

घूरे साव अब जीरोन नहीं आता। वर्षों से नहीं आया। नामर्द बनवाने के दिन से नहीं आया। जीरोन तो दूर जीरोन के आसपास से चंदैई भी नहीं जाता। जाता है राजघाट वाली गैल से। कोसों लंबा फेरा लगाकर। अब तो जब भी दिखता है, गुनिया को चंदैई में दिखता है घूरे साव।

जीरोन कुछ नहीं बिगाड़ पाया घूरे साव का। गुनिया भी नहीं बिगाड़ पाया। अलबत्ता घूरे साव ने बहुत कुछ बिगाड़ दिया। अब भी चंदैई के दुकानदारों को तीन-तेरह कह कर बहुत कुछ बिगाड़ने की फिराक में रहता है।

गुनिया इन संकटों से, झंझटों से घबराता नहीं है। बहुत सब्र है गुनिया में। मुखिया को भी नहीं बताता।

नहीं बताना चाहता कि चंदैई अब उतनी गुइयाँ नहीं रही अपनी। चंदैई ने भी चुन

लिए हैं अपने गुइयाँ। लेकिन गुनिया के न चाहने पर भी, न बताने पर भी मुखिया के सामने यह हकीकत उजागर हो ही गई।

गुनिया के संग-संग चंदैई आते-जाते हरिया और बनया को चंदैई भा गई। चंदैई ने मोह लिया दोनों को। इतने कष्ट उठा कर चंदैई आने और फिर वापस उसी खेरे में जाने की बात उबाने लगी उन्हें। कहाँ चंदैई की घुमंतू जिंदगी, कहाँ खेरे में हरदम घूरे साव के फरमान और जनाउर के गाल में समा जाने के संकट का इंतजार, भय।

हरिया और बनया ने गुनिया को खबर नहीं लगने दी और दुकानदारों, ठेकेदारों, मोटर अड्डे के ढाबे वालों से मिलना-जुलना, काम माँगना शुरू कर दिया। मेलजोल बढ़ाया। वचन दिए-लिए। फिर एक दिन अपनी-अपनी जनी टिनिया और छिकिया को खेरे से अपने संग चंदैई लाए और हार से निकल कर भीड़ में हिरा गए।

उनकी इस हरकत पर जीरोन पहले हैरान हुआ, फिर परेशान, फिर मायूस और अंततः चार जन-जनी के बिना जीने की आदत डाल ली खेरे ने। अलबत्ता मुखिया गुनिया के साथ किसी और को चंदैई भेजने पर राजी न हुआ। उसने तो गुनिया को भी रोकना चाहा। चाहा कि गुनिया चंदैई न जाया करे। पर अब ऐसे दिन कहाँ रहे हैं कि खेरे में सब-कुछ मुखिया के चाहने से हो।

गुनिया ने आना तो छोड़ना नहीं था। फिर भी मुखिया का मान रखने के लिए उसने समझाया मुखिया को कि मैं इतना नासमझ नहीं हूँ मुखिया। मुझे भी खेरा उतना ही प्यारा है जितना तुझे। रही बात हरिया और बनया की। सो मुझे जरा भी भनक लग जाती तो मैं उन्हें भी रोक लेता। पर मन पक्का किए पीछे उन्हें रोकने से न वे रुकते, न रुक कर खेरे में खेरे के जन की नाईं रह पाते।

गुनिया को चंदैई आना नहीं सुहाता, हकीकत यही नहीं है सिर्फ, इसका दूसरा पहलू यह भी है कि चंदैई को भी अब गुनिया का आना नहीं सुहाता। पर गुनिया मजबूर है। यहाँ आए बिना गुजर भी तो नहीं।

गुनिया ने कभी नहीं बताया मुखिया को कि चंदैई जाने का चाव नहीं है उसे, चंदैई भी पलक-पाँवड़े नहीं बिछाती उसके लिए। यह भी नहीं बताया कभी कि हरिया और बनया उसे दिखते हैं जब-तब। कि कैसी दुर्दशा हो चुकी है उनकी, कि किस कदर मारे-मारे फिरते हैं वे। कि उन्हें मजूरी मिली तो मिली, न मिली तो दस-दस दिन नहीं मिलती।

अब चंदैई कोई खेरा तो है नहीं कि गए डाँग में और जो मिला तोड़ कर भकोस लिया। यहाँ तो घूरा भी कलदार देकर मिलता है। गैल की धूल भी इजाजत मिलने पर उठाई जा सकती है। सो कई-कई दिन पेट पर पथरा बाँधकर रहना पड़ता है हरिया को, बनया को, छिकिया को, टिनिया को।

वे चारों गुनिया के आसपास से भी नहीं गुजरते। जाने अभिमान रोकता है कि अपमान। मन रोकता है कि उलझन। कि कहीं दुनिया यह न कहे—चलो, खेरे में लौट चलो। कि यह उम्मीद पाँव थाम लेती है कि गुनिया खुद आकर कहे—चलो। सो चल पड़ें।

पर गुनिया किस मुँह से कह दे चलो! उन्हें क्या खबर कि अब तो खुद गुनिया के, खेरे के सब जन के चला-चली के दिन आ रहे हैं।

लड़ैई के कैलाश महाराज ने जीरोन में मंदिर बनाना शुरू कर दिया है। मंदिर बनाने की खातिर घूरे साव ने दिए हैं कलदार। पाप कमाने को उतावला घूरे साव पुण्य की आड़ ले रहा है। खूब जानता है गुनिया कि घूरे साव के मन में यह तमन्ना क्यों जागी।

जब भगवान का दरबार सज जाएगा यहाँ, तब भक्तगण तो खुद-ब-खुद चले आएँगे। तब उन्हें टेर नहीं लगानी होगी। मनाना नहीं पड़ेगा। भगवान की शरण में आने को उतावले हो उठेंगे वे। भगवान की शरण में बने रहने की खातिर किसी को भी बेधड़क बेदखल कर देंगे। तब उन्हें कोई भय न व्यापेगा। न मोह-माया सताएगी, न दया-ममता जागेगी। भगवान का वरदहस्त रहते इन सबसे कैसा भय-खौफ! भगवान और भक्त के मन के मिलन में कहाँ आड़े आ पाती है कोई भी भव-बाधा!

अब नहीं रह पाएँगे हम यहाँ। जब भगवान ही हमें भगाने आ पहुँचेंगे तब कौन बचाने को हाथ बढ़ाएगा? गौंड़ बब्बा के वश में भी नहीं रहेगा हमें बचाना। जब उनके खुद के भी भगवान खुद चलकर आ रहे हैं उनके पास, तब वे अपने भक्तों की, सेवकों की फिक्र करेंगे या खुद जिसके भक्त हैं, सेवक हैं, उसके सत्कार को आगे बढ़ेंगे! अपना भाग्य सराहेंगे! अपनी आराधना को सकारथ हुआ मानेंगे!

जब से जीरोन में मंदिर का निर्माण शुरू हुआ, गुनिया चंदेई में हर राह चलते को हेरने लगा। देखता था कहीं सामने से गुजरने वाला हरिया तो नहीं! बनया तो नहीं! टिनिया तो नहीं! छिकिया तो नहीं!

अब दुकान-दुकान घूमना नहीं हो पाता गुनिया का। घूरे साव ने वर्षों पहले नामर्दी के एवज में जो लत्ते दिलवाए थे, वे जर्जर हो चुके हैं। तन नहीं ढाँप पाते। नए लत्ता आएँ कहाँ से? सो उन्हीं को जिस-तिस तरह, लत्ता पहने होने का भ्रम बनाए रखने के लिए, तन पर डालकर आता है गुनिया।

उन्हें तन पर डालते ही गुनिया तो मान लेता है कि उसका तन ढका है, लेकिन शहर कैसे मान ले? उसे तो हर तरफ से दिख रही है गुनिया की नंगई। उसे देखने में किसी की रुचि नहीं।

सो कोई भी अपनी दुकान के आगे ठहरने नहीं देता उसे। वे साव भी नहीं जो धरती पर लोट-लोट कर पूजा करते हैं नंगे साधू की, भगवान की। वे भी दुत्कार देते हैं

गुनिया को। सौदा लेने-देने की बात तो दूर, उसे दूर से आता देख मुँह फेर लेते हैं। लठिया थाम लेते हैं हाथ में।

सो अब चंदेई की किसी भी सड़क पर एक किनारे बैठ जाता है गुनिया। अपना सामान सामने रखकर। उसी की आड़ में। ऐसे कि सामान दिखे, खुद न दिखे। वहीं बैठकर ग्राहकों की राह जोहता है। राह चलतों को उम्मीद की नजर से हेरता है। साव ने जो पनैयाँ दिलवाईं थीं, वे भी टूट गईं, गल गईं। गुनिया टोकरी में दर्जनों पनैयाँ लाता है बेचने, लेकिन खुद के पाँव नंगे रहते हैं उसके। पनैयाँ पहनने की कल्पना तक नहीं करना चाहता गुनिया। उसके सामान में से ज्यादातर पनैयाँ ही तो बिकती हैं चंदेई में।

गुनिया का कई दिन से मन है कि किसी दिन हरिया, बनया, टिनिया, छिकिया से भेंट हो जाए। वे दिख भर जाएँ तो गुनिया उनसे मन की बात कहे। कहे कि जीरोन से अब हमारा नाता टूटने वाला है। इससे पहले कि वहाँ साव के आदमी आकर बसें, तुम एक बार जीरोन जाकर अपनी जनम-भूमि की चरण-रज ले आओ। आशीर्वाद ले आओ।

गुनिया नित्य-नियम की देखा-देखी कर रहा था कि एक जनी पर नजर गढ़ गई गुनिया की। गुनिया ने दूर से आती उस जनी का आँखों ही आँखों में स्वागत किया। जब वह करीब पहुँची तब अपनी स्मृति को कुरेदा। जैसे ही वह गुनिया को पार करती आगे बढ़ने को हुई कि हठात् गुनिया ने उसका हाथ थाम ही तो लिया!

"अरी, मुनिया तू?"

जनी ने पलटकर देखा। देखते ही थर्रा गई।

"अरी मुनिया तू? मैं गुनिया। जीरोन...."

सुना कि पछाड़ खाकर जमीन पर गिर गई वह जनी।

गुनिया हैरान। ढेरों-ढेर सवाल चक्कर काटने लगे लिलार में।

क्या करूँ? कैसे चेताऊँ? कोई दुर्गति न बना दे हमरी!

गुनिया ने जनी को हिलाया-डुलाया। हवा की। हाथ-पाँव रगड़े। हर करतब करते समय मंशा दोहरी, तिहरी, चौहरी।

जनी होश में आ जाए। मैंने ठीक ही चीन्हा है न! मुनिया ही है न यह! कहीं किसी और की जनी का हाथ तो नहीं थाम लिया हमने!

जनी होश में आई कि 'गुनिया-गुनिया' कहती चैंट गई गुनिया से। दहाड़ मारकर रोने लगी। अपना लिलार कूटने लगी धरती में दे-दे के। जमीन पर लोटने लगी। आँसू थे कि थमने में न आएँ। हुलस थी कि रुकने में न आए।

यह तमाशा देखा कि भीड़ जुट गई। हैरान-परेशान लोगों ने मजमा लगा लिया। घेरा डाल लिया। 'का भओ!' 'का हो गओ!' 'को है!' 'को-को है!' की आवाजें घेरे

के पीछे से घेरे के भीतर-आ-आकर गिरने लगीं।

गुनिया ने एक बार चारों तरफ निहारा। एक-दो दयालु आँखों को देर तक टकटकी लगाकर हेरा। फिर आँखों-ही-आँखों में अनुनय की। आँखों-ही-आँखों में आश्वासन पाया और घेरा तोड़ता दौड़ा गुनिया बैंक की ओर।

छिन पीछे घेरे को तोड़ता घेरे में लौटा गुनिया। अकेला नहीं, उसके संग-साथ आया था अरविंद पांडे।

बैंक बाबू को देखा कि भीड़ छँटने लगी।

गुनिया ने मुनिया को समझाया कि इस शहर में यही बामन देवता हैं अपने हितू। और कोई नहीं। कोई भी नहीं।

भीड़ छँटी कि अरविंद गुनिया और मुनिया को अपने डेरे पर ले आया। मुनिया को आराम करने की सलाह दी। खुद बैंक लौट जाना चाहा। लेकिन मुनिया को चैन कहाँ, आराम कहाँ? न मुनिया को, न गुनिया को। गुनिया के लिलार में तो हाहाकार मचा हुआ था।

"तू कितै बिला गई थी री मुनिया? तोए तो डाकू उठा ले गए थे न?"

"आँहाँ!" मुनिया ने चौंका दिया अरविंद को, गुनिया को।

"डाकू-भंड़या नईं, मोए घूरे साव भगा ले गओ थो रे गुनिया!"

"का?"

"मैं साँची-साँची कह रही हूँ गुनिया। बिल्कुल साँची।"

"कहाँ ले गया था?" चौंककर पूछा अरविंद ने।

"का खबर। एक शहर में ले जाके बेच दओ थो मोए।"

"कौन से शहर में?"

"का खबर!"

"तू यहाँ कैसे पहुँची?"

"बिकते-बिकाते। अब की बार जिसने खरीदा उसे चकमा देकर मोटर में बैठ गई। मोटर यहाँ ले आई। यहाँ से किसी और मोटर में बैठती कि तूने हाथ थाम लिया।"

अब!

अरविंद ने तय किया कि पुलिस को खबर देते हैं। घूरे साव के खिलाफ रिपोर्ट दर्ज करवाते हैं। इतना घिनौना पेशा अपनाया घूरे ने!

थानेदार ने अरविंद की एक न सुनी।

इस शहर में कभी ऐसी कोई बात सुनने में नहीं आई। हम रिपोर्ट किस आधार पर लिख लें? सुना है ऐसा मुरैना, शिवपुरी में होता है। वहीं हुआ होगा। वहीं जाकर रिपोर्ट दर्ज करवाओ। जब आदेश आएँगे, हम निर्मल साव को गिरफ्तार करके वहीं पेश

कर देंगे। इससे ज्यादा हम आपकी कोई मदद नहीं कर सकते पंडित जी।

थानेदार की दलीलें, सुझाव, लाचारी सुनकर लौट आया अरविंद।

क्या किया जाए? भूल जाएँ जो हुआ उसे?

नहीं, नहीं। अपराधी को दंड मिलना ही चाहिए!

चाहे इसके लिए मुझे मुरैना जाना पड़े, चाहे शिवपुरी!

मुरैना, शिवपुरी में भी वही घिसे-पिटे सवाल दोहराए गए। पुलिस-दरोगा से वही दलीलें मिलीं सुनने को।

कब की बात है? कितने साल हो गए? तुझे ठीक-ठीक याद है यही शहर था? इतने दिन तू कहाँ छिपी रही? कभी हमारे पास फरियाद लेकर क्यों नहीं आई? तुझे अपना पता-ठिकाना तक तो पता नहीं, कहती है वर्षों पहले देखा यह शहर याद है।

नहीं, नहीं। यह पागल है। या फिर सिरझाई हुई। यह तो सरासर एक शरीफ साहूकार के खिलाफ षड्यंत्र है। भागो, वरना तुम्हीं को अंदर कर देंगे!

इसे तो ठीक से यह भी खबर नहीं कि यह पहले कभी यहाँ आई भी थी या नहीं। हमारे इलाके में ऐसा नहीं होता। हमारा रिकार्ड देख लीजिए। कभी किसी औरत की खरीद-फरोख्त का कोई मामला आया हो तो कहिएगा।

फिर पंडित जी, जरा इसकी तरफ भी तो गौर से देखो। भला इस काली-कलूटी को किसने खरीदा होगा? इतनी-सी बात तो आपके भेजे में आई नहीं और चले आए दौड़े-दौड़े। अरे, जरा अपने दिमाग को दौड़ा लिया होता। आप तो कुँवारे हैं पंडित जी, हैं हैं हैं हैं!

जाइए, जाइए। आपसी रंजिश को अपराध का जामा पहनाने की कोशिश करने वाले यहाँ रोज़ आते हैं दो-चार।

कहीं जिक्र न करें तो एक सलाह दूँ पंडित जी।

हल्ला मचवाने का इरादा हो तो इसे किसी विपक्षी दल के विधायक के पास ले जाओ। उसने इसमें रुचि दिखाई तो राजधानी में थोड़ा-बहुत बाबेला जरूर मचवा देगा। सजा फिर भी नहीं होगी किसी को, यह पहले से जान लो।

हा, हा, हा, हा!

चारों तरफ से निराश, हताश होकर अरविंद लौट आया चंदेरी। गुनिया, मुनिया को साथ लेकर। अजीब पशोपेश के साथ। अपराध बताया जा रहा है, सताया गया व्यक्ति खुद अन्याय का बयान कर रहा है, फिर भी अपराधी को कोई सजा नहीं मिलेगी!

अरविंद ने सलाह दी गुनिया को कि वह मुनिया को लेकर जीरोन चला जाए। वह खुद एक-दो दिन बाद लड़ैई में आएगा। तब माते से, रामदुलारे से, मुखिया से बात

करके कोई रास्ता निकालेगा। निर्मल साव को यों ही छोड़ने का, माफ करने का इरादा नहीं है उसका। देखना यह है कि उन्हें घेरा कैसे जाए। कानून को यह सच सच ही है, यह बताया कैसे जाए, समझाया कैसे जाए!

अरविंद ने तो विदा कर दिया दोनों को, लेकिन गुनिया की दिक्कत यह कि वह इतने दिन बाद जीरोन जाए कैसे? वहाँ तो उसके नाम को याद कर-कर के रो भी चुके होंगे सब। ऐसे में मुनिया के नाम पर नए सिरे से रोने का अवसर देने कैसे जाए!

आखिर गुनिया है वह खेरे का! अगला मुखिया! फिर यहाँ तो, मुनिया के लिए तो वही मुखिया है। मुखिया की गैरमौजूदगी में उसी को न्याय करना है, उसी को न्याय दिलाना है मुनिया को। तभी वह सच्चा मुखिया कहलाएगा। तभी वह खेरे को मुँह दिखा पाएगा।

चंदेई में ही इधर-उधर छुप-छुपा कर दिन बिताया गुनिया ने। फिकर यही कि पांडे महाराज की नजर न पड़ जाए कहीं। मंशा यही कि घूरे साव नजर के सामने पड़ जाएँ यहीं!

शाम होते न होते गुनिया की मंशा सचमुच पूरी हो गई। घूरे साव और कैलाश महाराज एक मोटर से उतरते दीखे गुनिया को।

गुनिया ने आव देखा न ताव। जनाउर की नाईं जा दबोचा घूरे साव को!

जब तक साव चिल्लाएँ, शोर मचाएँ, कि कैलाश उनकी मदद को आगे बढ़ें, घूरे साव का टेंटुआ दबा दिया गुनिया ने…!

और…मुनिया का हाथ थाम गदबद दे ली जीरोन की दिशा में…

चौदह

माते को, रामदुलारे को, अरविंद का इंतजार है।

इंतजार में हैं माते और रामदुलारे।

आज पूरा पखवाड़ा बीत गया, अरविंद नहीं आया। ऐसा पहली बार हुआ है। अरविंद हर दूसरे-चौथे दिन साँझ होते न होते मोटर साइकिल पर बैठा लड़ैई में नजर आता था। पंचमनगर पार भी न कर पाता था कि लड़ैई को खबर हो जाती थी बैंक वाले बामन महाराज आ रहे हैं फटफटिया पर।

पिछली बार यह तय हुआ था कि अरविंद ट्यूबवेल, पंप को पंचमनगर तक बाँध वालों की जीप में लेकर आएगा। फिर लड़ैई में आकर खबर देगा। तब कुछ जन पंचमनगर जाकर सब सामान गाँव में ले आएँगे।

फिर किसी दिन कारीगर लाकर ट्यूबवेल को लगा जाएगा। डीजल लाया जाएगा। यह प्रयोग सफल रहा तो सौर ऊर्जा से चलने वाले कुछ और संयंत्र लाएँगे। नदी का तल ऊँचा करने से, पानी की जो परेशानी खड़ी हो सकती है उसे दूर करेंगे। जब तक गाँव नहीं उजाड़ा जाता, तब तक यहाँ जीवनयापन सरल बना रहे इसलिए। जब यहाँ से जाएँ तो ये लोग खाली दिमाग और खाली हाथ न हों इसलिए।

अरविंद आ क्यों नहीं रहा है इतने दिन से ? कहीं किसी दुविधा में तो नहीं उलझ गया ! कहीं इस दौड़-धूप के चलते हारी-बीमारी का शिकार तो नहीं हो गया !

रामदुलारे की चिंताएँ अनंत। आशंकाएँ अनंत।

रामदुलारे चंदेरी जाना चाहता है। लेकिन माते की एक ही जिद।

"हम तुम्हें कहीं न जाने देंगे बेटा। मुखिया के बेटे श्रीनाथ को तीन बार भेज तो चुके हैं हम चंदेई। पांडे महाराज उसे मिले ही कहाँ ! बैंक में, न डेरे पर ! हो सकता है भोपाल गया हो किसी काम से ! कि बैंक के काम से गया होगा कहीं। श्रीनाथ को आज फिर पहुँचाए देते हैं हम !

"फिर यहाँ कोई मुहूरत थोड़ेई निकला जा रहा है जो तुम गदबद देते फिरो !"

चिंता माते को भी कम नहीं है। भीतर से बहुत बेचैन हैं माते। घबराए हुए। सशंकित। अपना भेद रामदुलारे पर जाहिर नहीं करना चाहते। माते नहीं चाहते कि रामदुलारे के अनुपस्थित होते ही मन के भय उनके सर्वांग पर काबिज हो जाएँ।

अलबत्ता माते की चिंताओं के कारण वे नहीं हैं जो रामदुलारे के हैं।

माते को रह-रह कर महसूस हो रहा है कि जितने दिन से अरविंद नहीं आया उतने ही दिन से कैलाश महाराज भी नहीं दीखे गाँव में !

नहीं, नहीं। अशुभ मत विचारो इमरत सिंह। माते ने हटका अपने को। मत सोचो कि कैलाश महाराज ने किसी नए फंदे में न उलझा दिया हो अरविंद को।

यह सही है कि कैलाश महाराज की बुद्धि उलटी चलती है। इसीलिए न इस आबाद गाँव से देवता उठा कर रख रहे हैं जीरोन में। अब कैलाश महाराज वहीं रहेंगे। उन्हें चंदेई जाने की क्या दरकार! घूरे साव तो हाजिर रहते हैं उनके मुँह खोलते ही उनकी सब इच्छाएँ पूरी करने को।

फिर गए भी हों तो क्या! हमरा अरविंद उनसे ज्यादा ज्ञानवान है। उनके काटे की दवा है उसके पास।

अजीब मुसीबत है माते की। अरविंद के विषय में चिंता करना चाहते हैं कि ऐन तभी कैलाश महाराज आ विराजते हैं सोच पर, स्मृति पर, कभी-कभी तो जिह्वा पर भी।

कैलाश महाराज का खयाल आते ही माते नजर उठा कर देखते हैं सामने बैठे रामदुलारे को। देखते हैं और सोच पर सवार हो जाती है तुलना। तुला बन जाता है मन। पासंग बन जाते हैं कैलाश और रामदुलारे। तुला के एक पलड़े पर बाप, दूसरे पर बेटा। माते की समझ में नहीं आता कि वह बाँट कहाँ से, कैसे लाकर रखें कि कैलाश महाराज वाला अधर में झूलता पलड़ा सम पर आ जाए!

कितना फर्क है बाप और बेटे में!

बेटा गाँव बसाना चाहता है, बाप की जिद कि उजाड़ कर दम लेगा।

बेटा ज्ञान बाँटना चाहता है, बाप है कि अज्ञान फैलाने पर, भरमाने पर तुला है।

बेटा सबको पुख्ता जमीन देने तो तत्पर, बाप जमीन खिसकाने को उतावला।

कैलाश महाराज के अलावा कौन बाप होगा जो दुर्बुद्धि से काम लेना छोड़ कर यह न कहना चाहे छाती ठोक कर कि—बेटा किसका है!

और कैलाश महाराज! ऐसे गुणी बेटे को बेटा कुबूलने को ही तैयार नहीं। अपने ही वीर्य से जनमे बेटे को नीच का बेटा कहते हैं! अपने ही वंश को, खून को लजाते लाज नहीं आती कैलाश को!

कैलाश महाराज क्यों नहीं सोचना चाहते कि किसी स्वारथ से नहीं आया यहाँ रामदुलारे। गाँव का बेटा, गाँव की मदद करने आया है। जनम-भूमि का कर्ज चुकाने आया है। गाँव की गुहार सुनकर आया है। गाँव का उद्धार करने आया है। इसकी मेहनत के चलते गाँव का भला हुआ तो कैलाश महाराज के वंश का ही तो जश बढ़ेगा। रामदुलारे तो तब यहाँ जाने रहे न रहे। कल को कौन याद रखेगा कि इसकी पैदाइश का किस्सा क्या था! बस, यही याद रहेगा कि जब एक बार गाँव पर संकट आया तब बामन महाराज का बेटा आया था संकट-मोचन बन कर।

गाँव वालों को भी तो कम दोषी नहीं पाते माते। उनकी बुद्धि पर भी तरस आता है माते को। लाख समझाओ उन्हें कि कैलाश की बातों पर कान न दो। लेकिन नहीं,

कैलाश के मुँह से निकली बात तो भगवान की बात मानते हैं ये। फिर नहीं रहती सुध अपना भला-बुरा लेखने की भी।

कैलाश महाराज ने कहा सो मान लिया कि रामदुलारे तुम लोगों का भला करने नहीं आया। यह तो मुआवजा पा चुके लोगों को और मुआवजा दिलाने आया है। इसीलिए निर्मल साव ने उसे अपने मंदिर में शरण दी है। इसीलिए शहरों में बसे यहाँ के साव इसकी मदद को तैयार हैं।

कैलाश महाराज ने कहा और मान लिया कि पंचमनगर किला के साथ बन रही दीवार तक पानी रोका जाएगा और एक दिन अचानक दीवार गिरा कर पानी लड़ैई में पहुँचा दिया जाएगा ताकि तुम सब यहाँ जीवित जल-समाधि ले सको।

कैलाश ने सुझाया और लोग घर-द्वार छोड़कर अँधियाई के पारों में जाकर बसने को तैयार हो गए। राउतों की तरह। राउतों के बीच।

कैलाश महाराज का कहा सब सच। और रामदुलारे का कहा!

यह जो कहता है हम यहाँ जानवर नहीं बसने देंगे।

यह जो कहता है कि हम यहाँ से प्रानपुरा तक सड़क बनाएँगे।

यह जो कहता है हम यहाँ की फसल चंदेरी में जाकर बेचेंगे।

यह जो कहता है हम खेती के नए साधन जुटाएँगे।

आखिर कहाँ चला गया इनका विश्वास? इनका सब्र? इनकी शक्ति? इनकी उम्मीदें?

जब आया-आया था रामदुलारे तब कैसे सबने हाथों-हाथ लिया था इसे! कैसा तो एका हो गया था गाँव में! पूरे क्षेत्र में! सोते हुए भाग्य जाग गए हों जैसे। निस्तेज पड़ी शक्ति फिर से हाथों में आ समाई हो जैसे! हर हाथ कुछ कर गुजरने को उतावला था। हर दिल खाद-पानी पाकर हरिया उठा था। हर आँख सपनों से भर गई थी। हर जुबान बढ़-चढ़ कर आवाज दे रही थी। हर नाक फिजाँ में कुछ तबदीली महसूसने लगी थी। हर कान कहे जाने से पहले ही सुनने लगा था। हर दिमाग कुछ सुनने से पहले ही बूझने लगा था।

'इस सब पर पानी फेरने वाले तो तुम ही हो इमरत सिंह।'

मातेः ने चुपके से माते को वह कह दिया जो कहना तो यहाँ का बच्चा-बच्चा चाहता है, कहता इसलिए नहीं क्योंकि जानता है कहते ही उम्मीद की अंतिम डोर भी टूटी, सहारे का अंतिम छोर भी छूटा।

माते ने ही इच्छा जाहिर की थी कि अरविंद बेटा, हो सके तो कैलाश महाराज पर लगा इल्जाम वापस ले लो।

कैलाश महाराज का गाँव वापस आना क्या हुआ जैसे सपनों की विदाई हो गई गाँव से। कल तक का गुइयाँ, हितू रामदुलारे आँखों को खटकने लगा। सबरे गाँव की

दुलहनिया ठकुरानी बहू आँख की किरकिरी हो गई। धरम की, जाति की, अपनों-परायों की, गाँव-खेरे की, जाने किस-किस की आड़ लेकर हर दिल में विष बीज रोप दिया कैलाश महाराज ने।

फिर भी माते नाउम्मीद नहीं हुए अभी। माते को यकीन है रामदुलारे सब्र के हँसिए से विष बेल ही नहीं खर-पतवार भी काट देगा एक दिन। रात गुरजने पर सवेरा होता ही है। अँधेरा कितना भी डरावना, घना लगे, सूरज का तेज उसे मिटाता ही है।

माते को इंतजार है सूरज के उगने का। उनका सूरज जो उनके सामने बैठा है, अभी पूरे तेज के साथ उगा नहीं। अभी कुछ बदलियाँ उसका रास्ता रोकने में कामयाब हुई समझ रही हैं अपने को।

माते ने एक बार फिर निहारा रामदुलारे को, लेकिन निगाह पास आ खड़े हुए दीपू सलैया के बेटे पर अटक गई।

"का बात है कृपाल?" अपने कृशकाय हाथों में कृपाल के हाथ थाम कर पूछा माते ने।

"माते दाऊज्जू। हमरे ददूदा को हटकिए। वे गाँव छोड़कर अँधियाई में जा बसना चाहते हैं।" कृपाल ने खबर दी, गुहार की और चरण पकड़ लिए माते के।

"क्या कहते हो बेटा?" माते क्षण-भर को अवाक् रह गए।

दूसरे ही पल कृपाल को कंधों से पकड़ कर उठाया। खुद भी चारपाई से उठे। कृपाल के कंधे पर हाथ रखा और चलने को हुए।

"चल, चल तू हमरे संग। हम हटकत हैं तोरे दद्दा को!"

"आप क्यों कष्ट करते हैं दाऊज्जू। मैं जाता हूँ कृपाल के साथ।" रामदुलारे ने माते को रोक कर चारपाई पर बैठाने का उपक्रम किया।

माते क्षण-भर को बैठे, लेकिन क्षण पीछे उठ कर बोले, "नहीं, नहीं बेटा। यह कष्ट तो हमरे जाने से ही कटेगा। तुम यहीं बैठो। चाहो तो मंदिर में जा रहो। तुम तो वहाँ आना भी मत, जब तक हम खुद न बुलवाएँ।"

रामदुलारे को हिदायत देकर, जो उजागर नहीं करना चाहते थे, वही बयान करके, माते चल पड़े कृपाल के साथ। पीछे रह गया हालात बदलने के लिए आया, बदले हालात में निरुपाय, निःसहाय-सा हो चुका रामदुलारे।

कृपाल के साथ-साथ माते को अपनी बाखर में आया देख सकपकाया दीपू सलैया। माते से आँख बचाकर अपने बेटे को घूर कर देखा। कृपाल ने सिर झुका कर अपने दद्दा का वार खाली जाने दिया।

पौर में माते को ठहरा कर चला गया बाखर के और भीतर। भीतर से खाट लेकर आया। बिछा कर उस पर माते को विराजमान किया और खुद बैठ गया उनके पाँवों के

पास जमीन में।

दीपू अब तक ऊहापोह में था। खयाल ही न रहा कि माते से पूछे—काहे पधारे हो बड़े दाऊजू?

"दीपू, हमने जो सुना वह सही है?" माते ने सवाल किया।

टालमटोल करके माते की डपट खाने का मौका दीपू ने नहीं चाहा। "हाँ" कहने में भी भलाई नजर आई।

"काहे?"

"अब किस आसरे टिके रहें यहाँ दाऊजू!"

"अब तक किस आसरे पर टिके रहे?"

"अब तक की बात और थी दाऊजू। अब तक लाज ढँकने को एकाध टूँका तो था घर में। अब तो उसके भी लाले पड़ रहे हैं। भीतर बाखर में एक ही धुतिया से पूरे घर की लाज ढक रहे हैं हम दाऊजू।"

"यहाँ से जाकर और धुतियाँ पा जाओगे का?"

"नहीं पाएँगे। पर यह लाज-शरम तो सब यहीं का चलन है। वहाँ तो इनकी दरकार ही न होगी।"

"का बक रहे हो दीपू! तुम्हें चेत भी है कुछ? बहू-बेटी को नंगा राखोगे? देख पाओगे अपनी आँखों से उनकी दुर्दशा···वह अरूप रूप? यह कहने से पहले तुमरी जुबान नहीं बर गई दीपू! सोचने से पहले तुमरा मगज नहीं फटा दीपू! देखने से पहले तुमरी आँखें नहीं फूट जाएँगी दीपू!"

"आँखें तो हमरी अब तक फूटी रहीं दाऊजू, जो झूठी आस में बैठे रहे यहाँ। ऐसी आश में जो कभी पूरी ही न हो के दे।"

"और जब पूरी होने को आई तब भग चले। इसी को कहते हैं मति फिर जाना!"

"कहाँ पूरी हो रही है! कौन करने जा रहा है! हमें तो कुछ होता दीखता नहीं। हमें नहीं जमती यह बात। हमसे नहीं होता और इंतजार।"

"हुंह!"

माते ने किसी कटु विचार को जिह्वा पर आने से हटका कि सुधारने का अवसर जुटाया, खबर नहीं।

पल भर मौन रहने के बाद बोले माते, "तुमने अपने इंतजार की भली चलाई। अब तुमरे पास इंतजार का बखत ही कितना है! तुम अपने इस बेटे से तो पूछ कर देखो। यह तो बीसन बरस तक इंतजार करने को राजी है। इसे तो दीख रहा है वह दिन। इसे तो मिल गया है वह, जो इसकी, हमरी, तुमरी आश पूरी करेगा। इसे तो विश्वास है दीपू!"

"यह तो नादान है दाऊजू। इसे क्या खबर कि इस गाँव में हो क्या रहा है। पर

हमसे तो कुछ छुपा नहीं है। हमने तो सुनी है कि बानियों का कर्जा पाटने के लिए मुआवजा पाए लोगों को ही और मुआवजा दिलाने की जुगत लड़ाई जा रही है। उन्हीं को अगुआ बनाया जाएगा। बानिया लोग उन्हीं को अपनी तमाम जमीनें बेच देंगे। वे ही यहाँ आकर रहेंगे। बानियों के पास रेहन रखी हमरी जमीनें भी उन्हीं को मिल जाएँगी। हम अपने ही गाँव में बेघरबार हो जाएँगे। वह दिन देखा न जाएगा हमसे। यहाँ हमरी सुध किसी को नहीं, हमरी दरकार किसी को नहीं दाऊज्जू। तुमरे तो कई नाती-पोता हैं, हमरा तो एक यही कृपाल है। हमरी गुहार किसी तक नहीं।"

"खूब सुनी तुमने! और साँची भी मान ली! अरे मूरख, तूने सुनाने वाले से यह नहीं पूछा कि फिर ये तुमरा-हमरा ठाकुर सबको अकल क्यों दे रहा है! पढ़ाना क्यों चाहता है! सड़क क्यों बनवाना चाहता है! इस गाँव को जानवरों का डेरा बनाने के शिकंजे से क्यों बचाना चाहता है! सबकी खेती एक, सबकी कमाई साझा, सबके सुख-दुख साझा करने का सपना क्यों बुन रहा है! ट्रैक्टर, पंप, ट्यूबवेल क्या अपनी छाती पर चलाने को ला रहा है! सबके निखट्टू हाथों को काम दिलवाने को बाँध के ठेकेदारों के आगे हाथ क्यों बाँधे फिरता है!

"दीपू बेटा, तुझे याद है, एक बार जब तेरा बाप, तेरी बिरादरी वाले, तुझे गाँव से खदेड़ रहे थे, सावितरी के भाईबंद तेरी जान के प्यासे थे, तब हमने तुझे इस गाँव में बनाए रखा था। उनसे अभयदान दिलवाया था। अरे, तेरा जीवन तो हमरा दिया हुआ है।

"आज दीपू बेटा, मैं उसी दिन के बदले तुझसे गुहार करता हूँ कि तू रामदुलारे के हाथ से, हमरे ठाकुर के हाथ से कृपाल के दो जबर हाथ, सपनों से लबालब दिल-दिमाग झपट कर मत ले जा!

"एक बात कान खोल कर और सुन ले! जब तक तू अपना इरादा नहीं तजेगा, तब तक हम न इस बाखर से बाहर कदम बढ़ाएँगे, न दाना-पानी पाएँगे!"

माते ने चेतावनी सुनाई और आँखें मूँदकर चारपाई पर लेट गए।

माते ने आँखें मूँदी कि दीपू और सावितरी की अंतरतम में मुँदी-ढकी आँखें खुल गईं। वह घटना, वह दिन, वह ज्वार, वह जीत याद आ गई—जब दीपू ने कहीं और ब्याही सावितरी को अपनी बाखर में बिठा लिया था हाथ थाम कर। सावितरी ने भी ऐलान किया था कि अब इस बाखर से मेरी लाश ही जाएगी! तब अहीरों और सलैयों में, दीपू और सावितरी के भाईबंदों में, हितुओं में—बैरियों में खूब सिर-फुटव्वल हुई थी। तब माते ने पंचायत बुलाकर सुलह कराई थी। दीपू का सावितरी से ब्याह करवाया था। गाँव से भागने के आसार मिटाए थे।

वह दिन, वह घटना याद आई कि दोनों ने एक-दूसरे को निहारा भर-नजर। दोनों के चेहरों पर लाज का, अभिमान का, जीत का, कर्तव्य का बोध आ समाया।

दोनों ने माते को अपना निर्णय सुनाया। कहा कि वे यहीं रहेंगे।

लेकिन माते ने कुछ नहीं सुना। वे तो इस बीच जाने कब बेहोश हो गए थे। बूढ़ों में बूढ़ा शरीर, बिना अन्न-जल के कितनी देर चेतनामय बना रह सकता था भला!

दीपू, सावितरी के काटो तो खून नहीं! दोनों अवाक्! दोनों भयाक्रांत!

कहीं कुछ अनर्थ हो गया तो!

माते की देह तो किसी भी छिन मिट्टी होनी ही है। लेकिन वह दुखद क्षण हमरी बाखर में! ऐसे कौन से पाप किए हैं हमने! आग लगे हमरी बुद्धि को! क्यों कुमार्ग पर चलने को राजी हुई हमरी बुद्धि! क्यों इतनी देर लगाई अपना हित चीह्नने में! हमरी शर्म क्या माते से बढ़ी है!

हे शिव! हे शिव!

पूरा दिन दुश्चिंताओं में बीता। माते की खाट के पैतानों से चैंटे बैठे रहे दीपू-सावितरी और उनके परिवारी-जन। माते की साँस चल रही थी, यही राहत की बात थी। इसी से किसी को खबर नहीं दी उन्होंने। सोचा—बूढ़ी-जर्जर, हारी-थकी काया है। थक कर निढाल पड़ी है। जरूरत भर आराम मिलने दो।

सबकी चिंता एक! गुहार एक! इंतजार एक!

माते चेतें तो उन्हें अपना फैसला सुनाएँ। सुनकर, खुश होकर वे बाखर से बाहर पाँव रखें तो उन्हें सकुशल उनकी बाखर तक पहुँचा आएँ! यही एक बड़ा कर्तव्य दीख रहा है सामने।

अभी तो बूढ़ी देह विश्राम में है। हारी, बीमारी, कि कहीं अंत जाने की तैयारी में नहीं! यह भरोसा ही शोक से बचाए रहा उन्हें। लेकिन शंका से नहीं बचा पाया यह भरोसा भी।

साँझ ढले माते की आँख खुली।

देखा, सामने दीपू का पूरा परिवार बैठा है उनकी खाट घेरे।

"नींद लग गई थी हमरी। तुम सब कब से बैठे हो?" पूछा माते ने।

"तुम ठीक से तो हो न दाऊजू?" प्रतिप्रश्न किया सावितरी ने।

"हाँ! तुम लोग कब आए?" माते ने फिर अपना सवाल दोहराया।

"हम नहीं आए दाऊजू। तुम हमरी बाखर में परे हो।"

"अरे हाँ!" चेते माते।

"जरा आँख लग गई थी। का बखत हुआ होगा दीपू?"

"साँझ होने को है दाऊजू।"

"साँझ! तो क्या हम सब दिन यहीं सोए रहे?"

"हओ दाऊजू।"

"कोई टेरने, लेने तो आया होगा !"

"आँहाँ माते !" दीपू ने कहा, तभी सावितरी ने उसकी पीठ पर हाथ रखकर उसे चुप हो जाने का संकेत दिया।

दीपू की "आँहाँ" माते के कानों तक पहुँची कि माते को हलका-सा आघात लगा।

'अपनी नहीं, जग की फिकर करो इमरत सिंह।' माते ने डपटा अपने-आपको !

डपटते ही सँभले माते। मायूसी को परे धकेल कर पूछा, "तो तुमने क्या सोचा दीपू ?"

"हम तुमरे कहे से बाहर थोड़ेई हैं दाऊज्जू।" सावितरी और दीपू ने कहा और कहते ही माते के चरण पकड़ कर बोले, "हमसे भूल हुई दाऊज्जू। हमें क्षिमा कर देना दाऊज्जू।"

माते ने दोनों के सिर पर हाथ रखकर शाबाशी दी। फिर कृपाल की ओर देखकर बोले, "जा बेटा, जा ! अपने ठाकुर भैया को तो ले आ !"

कृपाल तो जैसे इस आदेश की प्रतीक्षा ही कर रहा था।

वह गदबद देता बाखर से निकल गया।

माते को लगा जैसे इस संझा बिरियाँ उनका सूरज उगने का, अपना तेज बिखेरने का वायदा दे रहा है उन्हें !

अपने सूर्योदय की प्रतीक्षा में बाखर के द्वार की ओर आँखें बिछाकर बैठ गए माते।

काफी प्रतीक्षा के बाद बाखर के दरवाजे पर दो मानव आकृतियाँ अवतरित हुईं। उनमें रामदुलारे को न पाकर माते का मन उदासी में डूबने लगा। माते ने दोनों को ध्यान से देखा। झुटपुटे में चेहरे पहचानने में कुछ विलंब हुआ माते को। पहचानते ही जाना कि उनमें एक है दीपू का बेटा कृपाल और दूसरा है कृपाल का गुइयाँ मुखिया का बेटा श्रीनाथ, जिसे आज सुबह माते ने चंदेरी भेजा था।

"क्यों रे, ठाकुर भैया को संग-साथ नहीं लाया ?" माते ने पूछा।

कृपाल ने कोई उत्तर नहीं दिया। श्रीनाथ को माते के करीब बिठाकर बाखर के भीतर गया। वापसी में एक लोटे में जल और एक हाथ में गुड़ लेकर आया।

दोनों चीजें माते की तरफ बढ़ाते हुए बोला, "लो दाऊज्जू, जल ग्रहण कर लो। थोड़ा मुँह भी जुठार लो।"

"रहने दे, रहने दे !" कृपाल की चिंतातुर आवाज पर ध्यान दिए बिना माते बोले, "हमरे ठाकुर को आ लेने दे। उन्हीं के हाथ से जल ग्रहण करेंगे हम।"

"वे आ जाएँगे दाऊज्जू। तुम जल तो लो। अक्कल फुआ ने बताया कि तुम बिना कलेवा किए बाखर से चले थे।"

"तो अक्कल से भी मिल आया। अपने गुइयाँ को भी खुशखबरी दे आया कि तू गाँव में ही रहेगा। इस उतावली में कहीं ठाकुर को टेरना तो नहीं भूल गया रे कृपाल!"

"तुम जल तो ग्रहण करो दाऊजू। तुमरा गला सूख रहा है। ठाकुर आते ही होंगे। उनके संग ब्यारू कर लेना।"

अपना अनुरोध पुनः दोहरा कर कृपाल ने माते की तरफ से चेहरा हटा कर अपनी माई सावितरी को निहारा।

"माई, तू काहे को गोढ़े पसार कर बैठी है यहाँ! माते दाऊजू के कार्जे ब्यारू तो पका चल कर!"

"का बात है बेटा, खुशी के मारे तोरे तो बोल भी ठीक से नहीं फूट रहे! ऐसे बोला जाता है जननी से!" माते ने डपटा कृपाल को।

'ऐ, इधर हमरी ओर तो देख जरा!"

माते से आँख मिली कि कृपाल के सब्र का बाँध टूट गया।

माते के पाँवों पर सिर रखकर फफक पड़ा कृपाल। पानी का लोटा, गुड़ की डली जमीन पर गिर गई।

"हमें क्षिमा करना दाऊजू। एक अनर्थ हो गया!"

"क्या हुआ, बता भी तो।"

"श्रीनाथ ने चंदेई से लौटकर खबर दी है कि अरविंद भैया को पुलिस ने जेल में बंद कर दिया है। यह खबर मिले पीछे रामदुलारे भैया चंदेरी दौड़े गए हैं।"

"पर काहे! क्या किया था अरविंद ने!"

"सुनते हैं दो-तीन रोज पहले जीरोन के गुनिया ने चंदेई में घूरे साव का टैंटुआ दबा दिया कैलाश महाराज के छिताँ। गुनिया तो भाग गया। कैलाश महाराज ने पुलिस को खबर दी। पुलिस को संग-साथ लेकर जीरोन में आए। वहाँ गुनिया तो दूर एक भी राउत-राउतन या अंडी-बच्चा तक पुलिस को नहीं मिला। वे सब खेरा खाली करके जाने कहाँ बिला गए!"

"तो इसमें हमरे अरविंद का क्या दोष?"

"सुना है कि कुछ दिन पहले अरविंद भैया गुनिया को साथ लेकर पुलिस थाने में गए थे। घूरे साव के खिलाफ रपट लिखाने। उनके साथ एक राउतन भी थी। उस राउतन का कहना था कि घूरे साव उसे कई बरस पहले खेरे से भगा ले गए थे और शहर ले जाकर बेच आए थे।

"पुलिस का कहना है कि वह झूठ नहीं चल पाया तो अरविंद पांडे ने गुनिया के हाथों घूरे साव की हत्या करवा दी!"

"क्या, क्या कह रहा है तू?"

"मेरा कुभाग दाऊजू जो मुझे बखानना पड़ा यह सब। हमरा कुभाग दाऊजू। इस

श्रीनाथ ने चंदेई से लौटकर यही बताया है रामदुलारे भैया को, मोए, अक्कल फुआ को और ठकुरानी भौजी को।"

"हे राम! यह सब हुआ और हमको खबर तक नहीं दी किसी ने!"

"अक्कल फुआ ने हटक दिया था दाऊजू।" श्रीनाथ ने बताया, "कहा कि कल को रामदुलारे वापस आएगा तब खुद ही बता देगा दाऊजू को। इसी से तो पूरी दुपहरिया तुमरी सुध-बुध लेने नहीं आ पाया कोई।"

"हमरी ठकुराइन की का दशा है बेटा? उसे तो···"

"भौजी तो ठाकुर भैया के संग-साथ गई हैं दाऊजू!"

"हे राम! यह किस पाप का दंड दे रहे हो तुम इस गाँव को! यह कहाँ का न्याय है भगवान! अरे दीपू, अब तो तू समझा कि तेरा हितू कौन है, बैरी कौन है! नीच कौन है कि ऊँच कौन है···" कहते-न-कहते लड़खड़ा कर चारपाई पर लुढ़क गए माते।

कुछ देर यूँ ही मौन लेटे रहे। फिर दीपू, कृपाल, सावितरी और श्रीनाथ को नाम ले-लेकर पुकारा।

बोले, "अब हम यह देह मिट्टी को सौंपते हैं दीपू। अपने ठाकुर के संग अंतिम बार गुड़ नहीं बाँट पाए। कोई बात नहीं। लेकिन यह ध्यान रहे, हमरी चिता में हमरे ठाकुर के सिवा कोई अग्नि न दे! हमरी देह को खाट से उतार कर धरती-मैया की गोद में पार देना···

"हे राम!"

कहा और चिर निद्रा में सो गए माते।

सावितरी पछाड़ खाकर माते की मृत देह पर धराशायी हो गई।

रह-रह कर एक ही बोल फूटता रहा उसके मुँह से—हमने, हमने माते दाऊजू के प्रान हर लिए। दौड़ो रे लोगो दौड़ो, गदबद दो! देखो, हमने तुमरी छत्रछाया मिटा दी। हमरे कुभाग से माते लांघन करते भूखे-प्यासे सिधारे। हमरी बत्तल खुद गाँव छोड़ गए दाऊजू। हमको कभी क्षिमा न करना भैया, हमको कभी क्षिमा न करना बीरन, हमको कभी क्षिमा न करना धरती-माई!"

डाँग में, हार में, पार में लगी आग की तरह पल-भर में डाँग में, हार में, पार में, गाँव में, पूरे क्षेत्र में खबर फैल गई—माते दाऊजू ने, बड़े माते ने, लड़ैई के अहीर अमृत सिंह यादव ने सौ बरस से ज्यादा पुरानी देह धरती को सौंप दी है! धरती में समा गया धरती का सपूत! धरती-मैया ने वापस ले ली अपनी धरोहर!

पंद्रह

बेचैन है यशस्वनी। यशस्वनी को किसी करवट चैन नहीं।

बचपन में मास्साव पिता से गाँव का, गाँव के चलते माते, अट्टू साव, गोराबाई और रामदुलारे का बखान सुनते-सुनाते यशस्वनी के मन में घर कर गए थे ये तमाम जन, ये तमाम तन।

तब कहाँ जानती थी कि एक समय ऐसा भी आएगा जब इनमें से कइयों के साथ नाता जुड़ेगा। इनमें से कुछ स्मृतियों से निकल कर, किस्सों से निकल कर, साक्षात सामने आ उपस्थित होंगे। उपस्थिति भी क्षणिक नहीं, स्मृतियों में केवल श्रीवृद्धि करने वाली नहीं, उनका हिस्सा बनाने वाली। उन्हीं के बीच ले जाने वाली, उन्हीं की होकर रह जाने को बाध्य करने वाली होगी।

रामदुलारे ने जब कहा कि वह अपने गाँव जाना चाहता है, तब सहर्ष तैयार यूँ ही नहीं हुई थी यशस्वनी।

रामदुलारे अपने गाँव आना चाहता था तो यशस्वनी भी तो आना चाहती थी अपने गाँव।

रामदुलारे अपनों की सेवा-सहायता करना चाहता था तो वह भी तो····

रामदुलारे अपनों के बीच रहना चाहता था तो वह भी तो····

मेरा पति औरों से अलहदा है यह तो तब से जानती थी यशस्वनी जब रामदुलारे से परिचय हुआ था केवल पिता की स्मृतियों के रूप में।

मेरा पति औरों से अलहदा हो, यह तो तब से चाहती थी यशस्वनी जब रामदुलारे से प्रशंसक, प्रेमी या पति के रूप में नाता भी न जुड़ा था।

मेरा पति औरों से अलहदा बना रहे, यह कामना तो तब से है यशस्वनी की, जब अपने पिता से कहा था उसने कि मैं अपने आगामी अतीत को रामदुलारे के साथ जोड़ना चाहती हूँ तात!

किताबों में, समाचारों में जब-जब पढ़ती-सुनती थी यशस्वनी कि अपना देश फलाँ क्षेत्र में निरंतर विकास कर रहा है····फलाँ क्षेत्र में हम पूर्ण विकास को प्राप्त हो चुके हैं····फलाँ क्षेत्र में विकास में रुकावटें आ रही हैं····फलाँ में विकास की कोई संभावना नजर नहीं आ रही····फलाँ परियोजना में इस देश ने, उस संघ ने, आर्थिक, तकनीकी, अनुदान, मदद, सहयोग दिया है····इतने हेक्टेयर जमीन सिंचाई परियोजनाओं के चलते लहलहाने लगी है····इतने वर्ग किलोमीटर तक विद्युतीकरण हो चुका है····इतनी दूरियाँ सड़क मार्ग से आसानी से तय करना संभव हो गया है····

तब राष्ट्र-भावना से ओत-प्रोत यशस्वनी का मन स्वाभाविक रूप से सूचना या ज्ञान की गति, दिशा, दशा से प्रभावित हुए बिना न रहता था। यह सब पढ़ कर, जान कर कभी खुश होती थी, कभी उदास, कभी चिंतित, कभी कृतसंकल्प, कभी आभारी, तो कभी भविष्य के प्रति आश्वस्त।

अपने को ज्ञानवान और अपने देश-काल को मूल्यवान बताने, मानने के लिए ये ठोस प्रमाण नाकाफी नहीं थे यशस्वनी के पास।

आज भी वे सूचनाएँ, वे उपलब्धियाँ यशस्वनी को कंठस्थ हैं, लेकिन फिर भी अपने को ज्ञानवान और अपने देश-काल को मूल्यवान बताने, मानने के लिए ये ठोस प्रमाण नाकाफी लगते हैं यशस्वनी को।

न आई होती गाँव तो कितना अधूरा रह जाता यशस्वनी का ज्ञान!

आज जाना यशस्वनी ने कि इन तमाम सच्चाइयों के पीछे छिपी है एक और सच्चाई। यह अर्धसत्य है। अच्छा-अच्छा, भला-भला। वह कटु सत्य है। तीखा, मारक। जो छिपा है या छिपाया गया जानबूझ कर!

यशस्वी ने अब जाना कि इक्कीसवीं सदी में तुरत-फुरत जाने को उतावले हमारे कर्णधार हमें हमारे अपनों का कितना कर्जदार बनाए दे रहे हैं!

यशस्वनी ने जाना कि उपग्रहों तक अपना हाथ पसारने को आतुर हमारी व्यवस्था ने किस कद्र कुछ लोगों को कई शताब्दी पहले के-से जीवन-जगत में धकेल दिया है!

यशस्वनी ने जाना कि कुछ हजार हेक्टेयर धरती को सिंचाई की सुविधा उपलब्ध कराने के लिए कितने धरती-पुत्रों के खून की आखिरी बूँद तक निचोड़ ली गई है!

यशस्वनी ने जाना कि कुछ वर्गमील में विद्युत प्रवाह पहुँचाने के लिए कितने भूस्वामियों का अँधेरे से स्थायी रिश्ता कायम कर दिया गया है!

राष्ट्र से हुए द्रोह का, अपराध का, प्रायश्चित करना चाहता था रामदुलारे, तो वह भी तो!

शुरू-शुरू में कितना लुभावना लगा था यह गाँव।

अपना पैतृक गाँव।

अपनी नैहर।

अपनी ससुराल।

किस तरह हाथों-हाथ लिया था गाँव वालों ने।

इतने बरस बाद उजड़ते-उजड़ते अधिक बसावट वाला हो चुका यह गाँव। वीरानी और बरबादी के कगार पर पहुँच कर घनी आबादी का धनी हो चुका यह गाँव।

बीसियों बरस तक निपूती कहलाने के बाद विधवा होने को हो आई किसी सुहागन को खबर मिले कि उसका सुहाग ही स्वस्थ नहीं हो रहा, वह पूत वाली भी होने

को है। तब जो उल्लास उस सधवा के मन में होता, वही देखने को मिलता था उन दिनों इस गाँव में।

पूरे गाँव ने सिर-आँखों पर लिया था रामदुलारे को, यशस्वनी को। गाँव की औरतें बात-बात पर बलइयाँ लेती थीं—चंदा जैसी दुलहनिया और सूरज जैसा दुल्हा! राम-सीता की-सी, राधा-किशन की-सी जुगल-जोड़ी! यशस्वनी के भाग्य को सराहती न थकती थीं बूढ़ियाँ, सधवाएँ, प्रौढ़ा, विधवाएँ, नवोढ़ाएँ, सुकुमारियाँ।

यही गाँव पीहर, यही गाँव ससुराल!

हमीं इनके भाई-बंद, हमीं इनके नातेदार!

वैष्णव मंदिर में डेरा डालने के बाद जब कुछ दिन में पूरा इलाका अच्छी तरह देख-भाल लिया, तब एक दिन रामदुलारे ने समझाई थी यशस्वनी को अपनी भावी योजना।

"यश, हमें कठिन संघर्ष करना होगा। बहुत से काम, बहुत दिशाओं में एक साथ लेकर आगे बढ़ना होगा। यह गाँव बहुत दिनों तक सुरक्षित नहीं रहने वाला। मैं चाहता हूँ कि ये यहाँ से इस लायक होकर जाएँ कि कहीं और अपने को खपा सकें। ठगे न जाएँ। दूसरों को इन्हें स्वीकारना लाजिमी लगे। उन पर बोझ न बनें ये। इस बीच बाहर की दुनिया बहुत कुछ बदल गई है। ये बहुत पिछड़ गए हैं। हमें इन्हें उस दुनिया के बराबर ज्ञान में, समृद्धि में पहुँचाना होगा।

"लेकिन कुछ भी हासिल करवाने के लिए इन्हें तैयार करना सरल नहीं है। जाने कितने युगों से इन्हें गुमराह किया जाता रहा है। इन्हें हमेशा ठगा गया। झूठे सपने दिखाए गए। झूठ की फसल बोई गई यहाँ हमेशा। उसे काटते-काटते ये भूल गए हैं कि कोई बीज ऐसा भी होता है जो सच की फसल भी दे सकता है। अभी आगे भी ऐसा ही होता रह सकता है यश।"

"क्यों होता रहेगा? फिर हम-तुम किस मर्ज की दवा हैं?" यशस्वनी ने पूछा था रामदुलारे से।

"हम दवा हैं या नहीं, यह तो आने वाला समय तय करेगा, यश। बहरहाल हमें दवा बनने के लिए खुद को होम करना है।"

"यह तो तय है। तुम तो केवल यह बताओ कि इस यज्ञ में मुझे कौन-सी समिधा बनना है?" जानना चाहा था यशस्वनी ने।

"यहाँ सबसे जरूरी तीन काम हैं। सड़क, संगठन और शिक्षा। इन्हीं की बदौलत ये दूसरों से जुड़ेंगे, दूसरों को जानेंगे, दूसरों से अपना वजूद मनवा सकेंगे। इसके बाद ही हालात बदलेंगे।"

"अगर यही प्राथमिक लक्ष्य हैं तो ठीक है। इनमें से शिक्षा-जागृति मेरा दायित्व रहा। सड़क तुम दोनों का और संगठन हमारा सामूहिक दायित्व होगा ही।"

अपनी ओर से उन्होंने चुन लिए थे अपने-अपने दायित्व, जोड़ लिए थे एक-दूसरे से अपने कर्तव्य।

शुरू में सब-कुछ उसी राह पर जाता दिखा जो लक्ष्य की ओर ले जाने वाली थी। लेकिन बहुत दूर तक नहीं जा सका यह कारवाँ। राह लंबी जरूर थी लेकिन थी तो स्पष्ट। चलने का अभ्यास भी बन रहा था, संकल्प में भी कोई कमी न थी, लेकिन यकायक रुक गया कारवाँ।

क्यों? नहीं बूझ पाई यशस्वनी।

नहीं जानती यशस्वनी।

यशस्वनी तो बहुत-कुछ नहीं जानती।

यशस्वनी नहीं जानती कि जिन महिलाओं और बच्चों को वह महीनों की मेहनत के बाद भी यह न रटा पाई थी, यह न समझा पाई थी कि—अ से अन्न, आ से आग, इ से इस्पात—वे तमाम महिलाएँ कैलाश महाराज के एक ही बार कहने पर वह कैसे याद रख पाईं कि रामदुलारे नीच की औलाद है। उसके संग-साथ के बाद यशस्वनी भी नीच हो गई है। सो उससे दूर रहो!

जो महिलाएँ कल तक उसके भाग्य को सराहते न थकती थीं, वे आज उसके भाग्य को कोसते नहीं अघातीं।

औरतों के उलाहनों, शिकवों, शिकायतों, मान्यताओं, धारणाओं से यशस्वनी भयभीत नहीं हुई, लेकिन सामाजिक बहिष्कार ने, उपेक्षा ने उसे तोड़ दिया।

जिस कुएँ पर कभी उसे पानी भरते देख बहुएँ, बेटियाँ, माएँ, बालाएँ दौड़ी-दौड़ी आती थीं—तुम न खींचो दुलहनिया, तुम न उठाओ गागर बिन्ना, तुम न झुको जिज्जी, तुम न भीगो भौजी, तुम तो बतियाती रहो बहुरिया, तुम तो मुसकाती रहो गुइयाँ—कहते न थकती थीं। वे ही अब यशस्वनी के कुएँ पर पहुँचते ही भाग-भाग क्यों जाती हैं? उस कुएँ पर आना क्यों छोड़ देती हैं?

बूझ ही न पाई यशस्वनी, पूछ ही न पाई यशस्वनी!

जब तक वैष्णव मंदिर में रहे, सब मन चाहा, मन चाहे ढंग से हुआ। लगता था लक्ष्य एकदम करीब है। एक दिन उसे पा ही लेंगे हम।

कैलाश महाराज ने जेल से आते ही वैष्णव मंदिर से बाहर नहीं किया, इन्हें अपने सपनों के संसार से, जीवन के संग्राम से, आत्मा को देह से ही अलग कर दिया जैसे!

अब इस जैन मंदिर की कोठरी में अपनी तमाम दुश्चिंताओं, भयावने स्वप्नों के साथ अकेली पड़ गई है यशस्वनी। रामदुलारे फँस गया है एक ऐसे चक्रव्यूह में जिसकी कल्पना तक न की थी कभी। फिर उसे भेदने, उसे तोड़ने, उसमें से बाहर निकलने का रास्ता तलाशे रखने का तो प्रश्न ही नहीं उठता था!

इस कोठरी में जब कभी होता है रामदुलारे, तब यहाँ आते हैं केवल निर्मल साव।

क्यों आते हैं निर्मल साव, खूब अच्छी तरह जानती है यशस्वनी। केवल निर्मल साव क्यों चाहते हैं कि रामदुलारे गाँव छोड़कर न जाए, खूब समझती है यशस्वनी।

रामदुलारे ने मुआवज़ा राशि बढ़ाने के लिए कानून का दरवाजा खटखटाया है न। निर्मल साव को उम्मीद है, यह हो जाएगा। वैसा अवसर आने पर कलदार पाने वाले किसानों को जीरोन की जमीनें बेचकर यहाँ से चले जाएँगे निर्मल साव। निर्मल साव को यकीन है कि रामदुलारे न केवल मुआवजा राशि बढ़वा देगा, यह अभयारण्य की योजना भी रद्द करवा देगा। जब वह योजना ही न रहेगी, तब जीरोन के खेतों को चाटेंगे थोड़ेई निर्मल साव।

इसीलिए निर्मल साव चाहते हैं कि यहीं बना रहे रामदुलारे। इसीलिए साव ने जैन मंदिर में शरण दी है रामदुलारे को।

रामदुलारे यहाँ किस हाल में है, इससे तब भी कोई सरोकार नहीं था साव को। बस वह बना रहे, यही चाहना थी निर्मल साव की। और जब से रामदुलारे ने ज़ीरोन पर निर्मल साव की दावेदारी को गलत सिद्ध करने का बीड़ा उठाया है, तब से तो निर्मल साव भी रामदुलारे को 'सबक' सिखाने की फिराक में रहने लगा है। पर अपने हाथों नहीं। साव को तलाश है किसी के कंधे की।

यशस्वनी को अरविंद पांडे की बेइंतहा याद आ रही है आज। याद आ रही हैं अरविंद पांडे की वे बातें जो उसने रामदुलारे को पत्र में लिखी थीं कभी····

इससे पहले कि तुम्हारे-हमारे शौचालय को भी वातानुकूलित करने के लिए इन लोगों की झांपड़ी डुबो दी जाए, तुम लौट आओ रामदुलारे।

इससे पहले कि तुम्हारी रेलगाड़ी को बिजली की गति से चलाने के लिए इनकी बैलगाड़ी का धुरा जमीन में धँसा दिया जाए, तुम लौट आओ रामदुलारे!

इससे पहले कि पंचतारा होटलों के तरणतालों में स्वच्छ पानी उपलब्ध करवाने के लिए इनके शरीर का पानी सुखा दिया जाए, तुम लौट आओ रामदुलारे!

इससे पहले कि तुम्हें प्राचीन संस्कृति से परिचित करवाने के लिए इन्हें शताब्दियों पूर्व का जीवन जीने वाला अजूबा बना दिया जाए, तुम लौट आओ रामदुलारे!

इससे पहले कि इनकी आँखों से आश और इनके प्राणों से साँस का साथ छूटे, तुम लौट आओ रामदुलारे!

आज बहुत याद आ रहा है अरविंद यशस्वनी को।

आज वह सामने होता, आज उससे सामना होता तो यशस्वनी पूछती कि तुमने यह भी क्यों नहीं लिखा था पत्र में अरविंद····

इससे पहले कि लोभ, द्वैष और अंधविश्वास इनके मन में स्थायी निवास बना लें, तुम लौट आओ रामदुलारे!

क्यों नहीं लिखा था अरविंद !

अरविंद कहता था, "भाभी, हम एक हजार एक सौ ग्यारह हैं।"

और माते कहते थे, "हम एक हजार एक सौ दस हैं।"

अपने को शून्य कहते थे माते।

लेकिन माते ने देह क्या धरी, सब-कुछ शून्य हो गया !

माते याद आ रहे हैं यशस्वनी को।

यशस्वनी के पास अब शेष हैं केवल यादें। जुड़ रही हैं केवल यादें !

यशस्वनी को ठकुरानी कहते थे माते। रामदुलारे को कहते थे ठाकुर।

"जिसे यशोदा मैया पाले, जो रक्षक बनने की ठाने, उसे ठाकुर नहीं तो क्या कहूँ ठकुरानी ?"

यही कहते थे माते। मानते थे माते। मनवाते थे माते।

आज तुम जीवित होते दाऊजू तो अपनी आँखों देखते कि मौत को सामने देख कैसा खरगोश-सा आँखें मूँदकर दुबका बैठा है तुम्हारा ठाकुर !

कैलाश महाराज निर्मल साव के साथ भोपाल गए थे। वहीं से लौटने के दिन तो गुनिया ने टेंटुआ दबाया था निर्मल साव का। कैलाश महाराज भोपाल से रामदुलारे का मैट्रिक का प्रमाण-पत्र खोज कर लाए हैं। सरकार को दे दिया है वह प्रमाण-पत्र।

इस दरखास्त के साथ कि जिस रामदुलारे ने उनके हिस्से का मुआवजा हासिल किया है वह उनका बेटा नहीं बल्कि किन्हीं आनंद कुमार उर्फ अट्टू साव का लड़का है। प्रमाण-पत्र में इसके बाप का नाम यही दर्ज है।

हमारे बेटे रामदुलारे का तो कोई अता-पता नहीं कि वह कहाँ है !

यह रामदुलारे तो कोई ठग है। झूठा है। इसने धोखाधड़ी की है सरकार से। इसने गुमराह किया है मुआवजा दफ्तर को। इसने हमारे बेटे की अमानत में खयानत की है। इसे जेल में बंद करो ! इससे रकम वापस लो। इसके षड्यंत्र में शामिल अरविंद पांडे को भी कठोर से कठोर सज़ा दो।

सरकार के पास, कानून की बंद आँखों के सामने जब इतना पुख्ता प्रमाण मौजूद हो, तब शासन के कर्णधार, रक्षक भला क्यों चूकते ! सो, आज की तारीख में धोखाधड़ी के आरोप में बंद है रामदुलारे !

कल तक जो स्वप्न में भी नहीं मानना चाहता था कि वह कैलाश महाराज का बेटा है, कल यह प्रमाणित करने के बाद ही मुक्त हो पाएगा कि कैलाश महाराज का सच्चा और इकलौता बेटा वही है।

तुम तो माते दाऊजू देख नहीं सकते और इधर रामदुलारे भी किसी का हाथ थामने नहीं आ सकता, सो लड़ैई धीरे-धीरे मानवहीन हुई जा रही है।

न, न, सरकार नहीं उजाड़ने आई इन्हें ! इन्हें उजड़ने पर मजबूर किया है इनके भय ने, इनके सब्र की इंतहा ने ।

पंचमनगर के किले के साथ-साथ प्राणपुर और बारी की ओर ज्यों-ज्यों दीवार ऊँची हो रही है, लड़ैईवासियों का शेष दुनिया से नाममात्र का संपर्क भी टूटता जा रहा है । तिस पर यह भय भी कि इस दीवार के साथ जमा किया जाने वाला पानी, किसी रात लड़ैई में छोड़ दिया गया तो क्या होगा !

इसीलिए धीरे-धीरे लड़ैई के वाशिंदे जा रहे हैं पठार पार के गाँवों की ओर। अँधियाई के सातों पारों के बीच में बसे राउतों के बीच। वहाँ, जहाँ सूर्य भी अपने पूरे तेज के साथ नहीं पहुँचता, विकास के पाँव तो स्वप्न की बात !

अब ये वहीं रहेंगे। उजड़ने की चिंता और बिछुड़ने के गम से दूर। निश्चिंत, निरापद, निरी प्राकृतिक अवस्था में !

सरकार की पाँच शताब्दी पहले के जीवन में ले जाने की योजना को धता बता कर पचीस शताब्दी पीछे के जीवन से फिर एक शुरुआत करेंगे ।

यशस्वनी आज दुख में है !

दुविधा में है !

चिंता में है !

संकट में है !

यशस्वनी जानती है। अक्कल फुआ हजार बार समझा चुकी हैं कि दुलहनिया, इस अवस्था में मन को प्रफुल्ल रखना चाहिए। आहार, निद्रा, मैथुन और विचार सात्विक रखने चाहिए। इस अवस्था में मन मलिन रखना आने वाले जीव के प्रति अपराध है।

जानती है यशस्वनी ! लेकिन क्या करे ! वह लाचार है, विवश है ।

यशस्वनी से एक दिन माते ने अनुनय की थी, "ठकुरानी, मैं फिर से इस गाँव में जनम लेना चाहता हूँ। ताकि इस जनम के और अगले जनम के भी कर्ज से मुक्त हो सकूँ। धरती-माता से बहुत कर्ज लिया मैंने। बहुत कुछ पाया। लेकिन अपना फर्ज नहीं निभाया। अपना फर्ज अदा नहीं कर पाया। तू मुझे वचन दे ठकुरानी कि तू मुझे नई देह देकर फिर इसी गाँव में जनमने का सौभाग्य बख्शेगी। वचन दे ठकुरानी ! वचन दे बिटिया !"

यशस्वनी ने मुँह से वचन भले ही नहीं दिया था, लेकिन मन-ही-मन वह उसी क्षण वचनबद्ध हो गई थी माते से ।

आज यशस्वनी की दुविधा का कारण वही वचनबद्धता है ।

अपने उभर आए पेट पर हाथ फेर कर बार-बार कह रही है यशस्वनी—मैं आधा वचन तो कुछ महीनों बाद निभा दूँगी दाऊजू, तुम्हें नई देह के साथ इस संसार में फिर से

जन्म देकर। लेकिन मैं तुम्हें तुम्हारा गाँव कहाँ से लाकर दूँगी दाऊज्जू? कहाँ से लाकर दूँगी?

तुम्हारा ठाकुर तो अपने गाँव की स्मृतियों को कागज पर उकेर-उकेर कर अपना जीवन बिता लेगा, लेकिन तुम किन स्मृतियों के सहारे जिओगे दाऊज्जू? मैं तुम्हारी स्मृतियों में दर्ज होने के लिए तुम्हारा गाँव कहाँ से लाकर दूँगी दाऊज्जू?

तुम बिना नाम-गाम के कैसे जिओगे दाऊज्जू?

जीते रह सकोगे?

जीना चाहोगे?

जीने देगा कोई तुम्हें बिना नाम-गाम के?

बोलो, माते, बोलो!

बोलो, दाऊज्जू, बोलो!!

बोलो, बेटा, बोलो!!!

□□□

डूब, शब्द-बध और सबसे बड़ा सिपहिया
वाणी से प्रकाशित वीरेन्द्र जैन के तीन और उपन्यास

डूब

प्रेमचंद महेश सम्मान और मध्य प्रदेश साहित्य परिषद के
अखिल भारतीय वीरसिंह देव पुरस्कार से पुरस्कृत उपन्यास

उत्तम साहित्य लेखन की परम्परा खत्म नहीं हुई। मैंने तरुण लेखक वीरेन्द्र जैन का उपन्यास **डूब** पढ़ा। ग्राम जीवन की समझ, उसका चित्रण, भाषा किसी कदर प्रेमचंद से कम नहीं है। फणीश्वरनाथ रेणु से तो अच्छी है। **हरिशंकर परसाई**

डूब उपन्यास को बहुत अंतरंगता से अपनी संस्कृति से गहराइयों में डूबे हुए व्यक्ति ने अनुभूति और संवेदना के साथ लिखा है। ऐसे उदाहरण कम हैं। **राजेन्द्र यादव**

डूब में लोकमानस की समझ बहुत अच्छे ढंग से व्यक्त हुई है। 'राग दरबारी' का परिवेश जहाँ अविश्वसनीय-सा लगता है, 'डूब' का परिवेश नितांत विश्वसनीय है।
प्रो. श्यामाचरण दुबे

डूब अगली शताब्दी की नींव का पत्थर माना जाएगा। इसमें जितना कुछ आया है, बहुत महत्त्वपूर्ण है। **शिवप्रसाद सिंह**

डूब नाम तो एक अच्छा-खासा प्रतीक है ही। यह उपन्यास उन व्यक्तियों का है जो या तो प्रवृत्तियों के प्रतीक हैं या संघर्ष के आइने हैं। साथ ही यह समाज के बिखराव की भी तस्वीर है। यह 'कल्चरल लेग' यानी दो संस्कृतियों के बीच के अंतराल को भी रेखांकित करता है। **गिरिराज किशोर**

डूब विकास की अब तक चली आती अवधारणा और उपलब्धियों पर ही प्रश्नचिह्न लगाता है। भारतीय गाँव कितने भूमिपूजक हैं, यह इस सूचना का अध्ययन बन जाता है और यही इसकी ताकत है। यह कई स्तर पर हिंदी लेखन में उपद्रव मचाता है। **सुधीश पचौरी**

डूब एशियाई कृषक समाज की गतिहीनता, शक्तिहीनता, आत्मग्रस्तता, बहु-आयामी उत्पीड़न व शोषण सहित विभिन्न प्रकार की पेचीदगियों का प्रतिनिधित्व करता है। इतिहास, समाजशास्त्र, नृतत्वशास्त्र, अर्थशास्त्र जैसे विषयों की परछाइयाँ उपन्यास में आरंभ से अंत तक बिखरी दिखाई देती हैं। **रामशरण जोशी**

डूब उस भारतीय किसान की विश्व-दृष्टि का संकेत करता है जो एक नैतिक, प्रेमपूर्ण, मर्यादा संपन्न सभ्यता का आधार हो सकती है। अपने वैविध्य, वर्णन की सच्चाई और अनुभूति की गहनता के कारण, एक साथ विविध मतवादियों द्वारा सराहा जा सकता है 'डूब' को। **पंकज**

डूब बहुत प्रभावशाली उपन्यास है। आंचलिक पृष्ठभूमि पर इतनी सशक्त रचनाएँ कम ही लिखी गई हैं। **अटल बिहारी वाजपेयी**

राजनीति, प्रशासन, अर्थतंत्र और धर्म-व्यवस्था सभी मिलकर किस तरह गाँव का जीवन-रस सोख रहे हैं, इसकी कहानी है—**डूब**। **रामदरश मिश्र**

डूब आंचलिक परंपरा का एक सफल उपन्यास है। माते इस उपन्यास का सच है तो गोराबाई नारी-जाति की ओजस्वी आत्मा। उपन्यास पढ़ते समय लगता है कि हम उस अंचल के अमृत शब्दों को पी रहे हैं। **यादवेन्द्र शर्मा 'चन्द्र'**

डूब जैसी कृति का जन्म तब होता है जब पाँच तत्वों से निर्मित यह मनुष्य, देह के पाँचों तत्वों को जलाता है, और कोई लेखक जन्मभूमि का ऋण अगर उतार पाता है तो इसी तरह जैसे वीरेन्द्र जैन ने 'डूब' लिखकर उतारा है। **बलराम**

डूब बुंदेलखंड अंचल के लोक जीवन के एक दस्तावेज के तौर पर महत्त्वपूर्ण है। इसमें लड़ैई गाँव के वर्तमान के बहाने आजादी के बाद का समूचा ग्रामीण भारत अपनी विपन्नता के साथ खड़ा है। **सुरेश सलिल**

डूब में प्रेमचंद के बाद के गाँव का चेहरा देखा जा सकता है। और यह भी कि 'गोदान' और 'मैला आँचल' की परंपरा अभी सूखी नहीं है। गाँव के जैसे बोलते हुए चित्र 'डूब' में हैं, वे भुलाए नहीं जा सकते। **प्रकाश मनु**

आज ग्रामीण जीवन को अंकित करने के लिए कथाकार यथार्थ का सहारा लेता है, जिससे पात्रों की संघर्ष क्षमता और ओजस्विता सामने आती है। **डूब** में यह ओजस्विता लुहार बहू गोराबाई, अट्टू साव और रामदुलारे में अलग-अलग स्तरों पर देखी जा सकती है।
तरसेम गुजराल

डूब एक लड़ैई गाँव की गाथा नहीं, उन हजारहा गाँवों की गाथा है जो डूब चुके और आगे जो डूबेंगे। सरदार सरोवर, नर्मदा को लेकर बाबा आमटे से लेकर तमाम पर्यावरण संरक्षकों के आंदोलन जहाँ मेरा बाल बांका नहीं कर सके, वहाँ एक बुंदेलखंडी घामड़ गँवार-से लगने वाले वीरेन्द्र जैन ने भीतर तक हिलाकर रख दिया।
नईम

डूब एक 'दुखद' सूचना है कि उपन्यास विधा जीवित ही नहीं, फलने-फूलने की भी कूबत रखती है। 'डूब' का यथार्थ न तो प्रेमचंद के काल का है, न ही वैचारिक आग्रहों का प्रोटोटाइप है। बल्कि जड़ता की जगह गतिशीलता और जड़ाऊ सौंदर्य के बजाय सहज सिंगार का उपन्यास है 'डूब'।
अरुण प्रकाश

डूब में अनेक चरित्र हैं जिन्हें भुलाया नहीं जा सकता। फिर स्थानीय बोली-बानी इतनी प्यारी है कि मन कहता है बार-बार पढ़ो।
शशिप्रभा शास्त्री

डूब विकास के नाम पर ठन-ठन गोपाल बना दिए गए लोगों की कहानी है। इसमें आजादी के बाद की राजनीतिक तस्वीर भी है।
महेश्वर दयालु गंगवार

सतह के नीचे से शुरू होकर वीरेन्द्र जैन ने अपने महाकाव्यात्मक उपन्यास **डूब** में तत्कालीन स्थितियों के सहारे तीन डुबकियाँ लगाकर बेतवा के यथार्थ को निरूपित किया है।
ज्योतिष जोशी

डूब ऐसी कृति है जो बरसों में किसी भाषा-साहित्य में कभी-कभार लिखी जा पाती है। उपन्यास की एक-एक घटना, एक-एक पात्र का ऐसा जीवंत रूप प्रस्तुत किया गया है कि पाठक अपने-आपको बेतवा की घाटियों और लड़ैई गाँव की गलियों में भटकता महसूस करता है।
राजनारायण बोहरे

डूब का माते उस विकासवादी यथार्थ का विरोधी है, जिसके कारण ग्रामीण आबादी शहरों की ओर पलायन कर रही है। वीरेन्द्र जैन ने समय की आन्दोलित नब्ज़ को ठीक ही पकड़ा है।
डॉ. प्रसाद 'निष्काम'

डूब को पढ़कर मेरी यह धारणा कि आज उपन्यासकार के पास संवेदना नहीं रह गई है और उनके उपन्यास पाठक को बाँध नहीं पाते हैं, खंडित हो गई।
राघवेंद्र प्रताप सिंह

डूब की पहली डुबकी ने अभिभूत कर दिया। निजी कारण यह भी है कि सन् 60 के समय मेरा बचपन मुंगावली में गुजरा था—चंदेरी भी परिचित है और गुना भी। अरसे से स्वयं सोचता रहा हूँ कि अपने परिवारी जैनियों की जीवन शैली को किसी कृति में चित्रित करूँ, पर सोचता ही रह गया। 'डूब' के लेखक ने वह कर भी दिखाया।

राजेश जैन

डूब कितनी बार पढ़ा है, खुद नहीं मालूम। शब्द-शब्द रट गए हैं। बुंदेलखंड से मुकम्मल परिचय कराया इस उपन्यास ने।

राजेश कालिया

खूब डुबोया **डूब** ने। ऐसी डूब जिससे आदमी सरलता से उबर नहीं सकता। ग्रामीण जीवन का इतना सहज, जीवंत और मार्मिक चित्रण हिंदी कथा साहित्य में अद्वितीय है। शैली और भाषा की दृष्टि से यह एक बेजोड़ कृति है। एक कथाकार के रूप में वीरेन्द्र जैन ने युग दृष्टा का कार्य किया है।

शैलेन्द्र सागर

अपनी मिट्टी से जुड़ा महसूस करने वाले चंदेरी में बहुत मिले और ऐसे लोग भी मिले जो बहुत भावुक होकर चंदेरी के विषय में बोलते पाये गये। लेकिन **डूब** में जो सुगंध बिखरी मिली, वह महक, मिट्टी का वह सौंधापन मुझे पहली बार महसूस हुआ और ऐसा लगा कि चंदेरी से जो किलोमीटरों में मुझसे करीब थे, उनके बजाय उसे ठीक निकट से देखने की दृष्टि इस उपन्यासकार के पास है।

विजय वाते

मध्य प्रदेश साहित्य परिषद विकास-प्रक्रिया के तले दबे ग्रामीण जन की त्रासदी के सूक्ष्म और संवेदनशील विश्लेषण, व्यापक दृष्टि, स्वानुभवमूलक यथार्थ की सशक्त सर्जना, भाषिक सहजता और रचनात्मक श्रेष्ठता की दृष्टि से **डूब** उपन्यास के लिए श्री वीरेन्द्र जैन को अखिल भारतीय वीरसिंह देव पुरस्कार से अलंकृत करता है।

(प्रदेश की साहित्य अकादमी) •

शब्द-बध

मध्य प्रदेश हिंदी साहित्य सम्मेलन के वागीश्वरी पुरस्कार से पुरस्कृत उपन्यास

शब्द-बध पढ़ने में बहुत मजा आया। बड़े-बड़े प्रकाशकों की जैसी तन्मयता से बखिया उधेड़ी गई है, सारे प्रकाशन जगत का ही सारा कच्चा चिट्ठा जैसी गहराई में जाकर हमारे सामने खोलकर रख दिया गया है, वह विश्वास जगाता है, उसके भीतर सचाई की गूँज है। एक संपूर्ण उपन्यास इस थीम पर इसके पहले नहीं लिखा गया। **अमृत राय**

शब्द-बध में प्रकाशन जगत का जो चित्रण किया गया है, वह प्रभावशाली है। खासतौर से जिस प्रतिबद्ध प्रकाशन का विवेचन किया गया है वह अत्यन्त डरावना है और सामन्तवादी है। ऐसे ही एक बड़े प्रकाशन का मुझे भी अनुभव है लेकिन इतना विशद नहीं। **गिरिराज किशोर**

शब्द-बध पढ़ने के बाद लगता है कि इसमें नामों के अलावा शायद सब कुछ सच है। प्रचलित शब्दावली में कहें तो लेखक का स्वानुभूत सत्य अथवा जिया-भोगा यथार्थ। **रमेश उपाध्याय**

शब्द-बध एक अद्वितीय उपन्यास है जिसे पढ़ते हुए हम एक दुःस्वप्न से गुजरने जैसा एहसास करते हैं। यह हिन्दी में लेखक की अस्मिता को प्रकाशन जगत की पृष्ठभूमि में तलाशने का पहला साहसपूर्ण और जोखिम भरा प्रयास है। **रमाकांत**

शब्द-बध जैसी दो टूक और निर्मम रचना पहले कभी देखने में नहीं आई। साहस और ईमानदारी के लिए बधाई। हिंदी के साहित्यिक प्रकाशकों की धूर्तता और संवेदनहीनता को परत-दर-परत उधेड़ने के लिए हमें इस युवा लेखक की पीठ ठोंकनी चाहिए। **राजेन्द्र राव**

शब्द-बध को वीरेन्द्र जैन जैसे उभरते युवा लेखक का एक ऐसा जोखिम भरा कदम माना जाएगा, जो समीक्षकों से संचालित होने वाले तथाकथित युवा लेखकों के लिए कठिन ही नहीं असंभव है। **सुरेश सलिल**

शब्द-बध एक ऐसा उपन्यास है जिसे निजी पूर्वाग्रहों या साहित्येतर धमाल के बावजूद एक घटना की तरह स्वीकार किया जाएगा। **धीरेन्द्र अस्थाना**

शब्द-बध हिंदी साहित्यिक प्रकाशन उद्योग की स्थिति को बेनकाब करने की जंग लड़ता दिखाई देता है।

रंजन जैदी

शब्द-बध शब्दों के कत्लगाह से लौटे एक लेखक का बयान है जो प्रकाशन जगत की खेदजनक सूचनाओं को पाठक के सामने लेकर उपस्थित हुआ है।

राजकुमार गौतम

शब्द-बध कुटिल प्रकाशकों की असलियत के बहाने समाज के उन सभी भ्रष्ट तत्वों की असलियत सामने लाता है जिन्होंने कहीं साम्यवादी प्रतिबद्धता का नकाब लगा रखा है तो कहीं वे हमें गांधीवादी नकाब लगाए नजर आते हैं।

प्रदीप पंत

शब्द-बध में पुस्तक व्यवसाय से जुड़े व्यक्तियों और संस्थाओं और उसमें चलते गर्हित अवसरवाद, पाखंड और शोषण का बड़ा तथ्यात्मक चित्रण मिलता है। कई प्रकाशक, लेखक-प्रकाशक और समाजोद्धारक बड़ी आसानी से अपने घृणित चेहरे इस रचना के आइने में देख सकेंगे।

डॉ. माहेश्वर

शब्द-बध में ढपोरशंखों के अंतर्विरोधों को बहुत गहरे में जाकर उद्‌घाटित किया गया है। यह खण्ड-खण्ड पाखंड का इतना ज्वलंत दस्तावेज है कि क्या कहूँ। लेखन और प्रकाशन जगत के अन्डर वर्ल्ड की इतनी मुकम्मल और प्रामाणिक तस्वीर हिंदी में इससे पहले किसी के हाथों नहीं लिखी गई।

से.रा. यात्री

शब्द-बध अच्छा बन पड़ा है। हमारे यहाँ प्रकाशकों को लेकर वैसे भी कुछ विशेष नहीं लिखा गया, इसमें तो काफी सधे ढंग से उनकी कारगुजारियों को सामने रखा है। सबसे बड़ी बात यह कि उपन्यास बहुत पठनीय है।

सत्येन कुमार

शब्द-बध एक ही बैठक में पढ़ गया। उसके पात्र आँखों के सामने घूम गये।

योगेंद्र कुमार लल्ला

शब्द-बध में शब्द के वधिकों की अच्छी बखिया उधेड़ी गई है। भीतर से भीतर तक की तहें खोलकर रख दी गई हैं। नवीन विषयवस्तु तथा शैली रोचक है।

चित्रा चतुर्वेदी 'कार्तिका'

शब्द-बध के जरिए प्रकाशन जगत की प्रपंचपूर्ण व्यावसायिकता को इतनी बखूबी बेनकाब किया गया है कि हृदय जहाँ एक ओर प्रसन्नता से उद्वेलित होता है, वहीं दूसरी ओर नए लेखकों को निराशा का घटाटोप भी कहीं कुछ चकित और परेशान करता है।

शैलेन्द्र सागर

शब्द-बध पढ़कर प्रकाशन जगत तो बौखलाएगा ही, कई लेखक भी इसे पढ़ने के बाद नज़रअंदाज करने की भूमिका निबाहेंगे। वीरेन्द्र जैन के दुश्मनों की संख्या निश्चित रूप से बढ़ जाएगी क्योंकि अपने चेहरे पर पड़े नकाब को हटाना कौन चाहता है।

सुरेन्द्र तिवारी

शब्द-बध में लेखक-प्रकाशक संबंधों और प्रकाशकों की व्यावसायिक चतुराई तथा शोषण को जिस कुशलता से भाषा में उतारा गया है वह बधाई देने योग्य है।

अमर गोस्वामी

शब्द-बध पढ़कर यह सोचना आवश्यक हो जाता है कि जिस समाज में विचार और संवेदनाएँ महज 'माल' हो जाती हैं, उसका क्या होगा? **अखिलेश**

शब्द-बध में पुस्तक व्यवसाय की आंतरिक गाथाओं का वास्तविक और तथ्यपूर्ण वर्णन है। 'गुप्त वंश' की कुटिलताओं का शिकार मुझे भी एक बार होना पड़ा था। इन लोगों के षड्यंत्रों ने मुझे तो एकबारगी चौराहे पर ही खड़ा कर दिया था। **नबाबसिंह चौहान**

शब्द-बध पढ़कर अभिभूत ही नहीं, चमत्कृत भी हुआ। उपन्यास की बहुत-सी घटनाएँ तो जैसे अविश्वसनीय-सी लगीं। हिंदी साहित्य के प्रकाशन जगत में इतने बड़े घपले होते हैं, मेरी सोच से बाहर की बातें हैं। **संजय भगत**

शब्द-बध में प्रकाशन व्यवसाय में होने वाली धांधलियों, भ्रष्टाचार और शोषण का सशक्त चित्रण हुआ है। दरअसल लेखनकार्य से लेकर प्रकाशन कर्म तक हर ओर इतना अधिक भ्रष्टाचार है कि साहित्य द्वारा व्यवस्था या समाज को बदलने की बात ही बेमानी-सी लगने लगी है। **अमरीकसिंह दीप**

एक लगभग अनजाने क्षेत्र की वास्तविकता को साहस के साथ उजागर करने, अच्छे संधान और जीवंत भाषा शैली में एक सामयिक विषयवस्तु पर रोचक उपन्यास के रूप में प्रशंसित और निर्णायकों द्वारा सर्वश्रेष्ठ घोषित **शब्द-बध** पर मध्यप्रदेश हिंदी साहित्य सम्मेलन श्री वीरेन्द्र जैन को वागीश्वरी पुरस्कार से सम्मानित करता है।

मायाराम सुरजन (अध्यक्ष) ●

सबसे बड़ा सिपहिया

हिंदी अकादमी दिल्ली का साहित्यिक कृति पुरस्कार और
नेताजी सुभाषचंद्र बोस स्मृति सम्मान प्राप्त उपन्यास

सबसे बड़ा सिपहिया को इसलिए खासतौर से रेखांकित किया जाना चाहिए कि जिस महकमे पर देश में कानून और व्यवस्था बनाए रखने की जिम्मेदारी है, उसके गैर जिम्मेदाराना और व्यक्तिद्रोही स्वरूप को सार्वजनिक बनाने की एक कोशिश इसके माध्यम से की गई है। 'शब्द-बध' के बाद '....सिपहिया' लिखकर वीरेन्द्र जैन ने अपने रचनाकर्म के प्रारंभिक चरण में ही जो जोखिम उठाया है, वह एक खास तरह की चारित्रिक दृढ़ता के बिना उठा पाना संभव नहीं होता। **सुरेश सलिल**

सबसे बड़ा सिपहिया के लेखक ने एक सीधी और बेबाक शैली में कोई तेवर न दिखाते हुए पुलिस तंत्र का सम्यक आकलन कर दिखाया है। इस उपन्यास को एक आक्रोशी तनाव में झेलना होता है, जो पाठक को कितने ही प्रश्नों के रूबरू ले जाकर खड़ा कर देता है। जीवंत भाषा में प्रस्तुत यह पुलसिया स्वरूप लेखक की गहरी दृष्टि का रेखांकन है। **से.रा. यात्री**

सबसे बड़ा सिपहिया के लेखक के पुलिस की भाषा संबंधी अध्ययन की दाद देनी होगी, जिसका उसने खूब कुशलता और बेबाकी से इस्तेमाल किया है। **प्रकाश मनु**

सबसे बड़ा सिपहिया में पुलिस विभाग में नीचे से ऊपर तक होने वाले भ्रष्टाचार और पुलिस द्वारा जनता पर किए जाने वाले अत्याचार का पर्दाफाश किया गया है। यह वर्णन इतना रोचक है कि उपन्यास को हम दम साधकर एक बार में ही पढ़ डालते हैं और 'आगे क्या हुआ' वाली उत्सुकता आरंभ से अंत तक बनी रहती है। उपन्यास पढ़ते हुए अनायास लगता है कि आप लेखक की आपबीती सुन रहे हैं और यह सब लेखक का अपना जिया-भोगा यानी स्वानुभूत सत्य है। **रमेश उपाध्याय**

सर्वसाधारण को सुरक्षा प्रदान करने, सामाजिक न्याय दिलाने और कानून की हिफाजत करनेवाली संस्था का नाम है पुलिस। लेकिन आजादी के चालीस साल बाद पुलिस और थानों का चरित्र क्या बन गया है ! इसी को उजागर करता है वीरेन्द्र जैन का यह व्यंग्य उपन्यास **सबसे बड़ा सिपहिया** । **रविवार (साप्ताहिक)** •